目次

幸せ

マウン・ルーエイ[*1]が大学を出てもうずいぶんたっていた。学士号を得た後、郡長[*2]の職に就いたので収入の道は保証されている。衣食住の心配は何もなし。一人前にりっぱに暮らせる人間だった。

それなのに、今日に至るまでマウン・ルーエイには連れ合いがいない。ひとり暮らしの独身生活を送っているので友人みんなにからかわれることたびたびだった。このように友人たちにからかわれてもマウン・ルーエイは「穏やかな人」という意の自分の名にふさわしく、ただひとりのんびりと厄介事を避けつつ、優雅な身分でいるのだった。

学もあり、職もあり、実直な人柄であることも多くの人に知られていたので、マウン・ルーエイを婿に迎えようとする相当数の舅《しゅうと》姑《しゅうとめ》候補者が現れていた。

両親もマウン・ルーエイを一人きりで遠いところに放っておかねばならぬのに気をもみ、だれかしかるべき人の娘さんと落ち着いてほしいがためにたびたび手紙をよこしてくる。マウン・ルーエイも「のんびりさせてください」とだけ書いて両親のもとへ返事を出す。こんな風にしてマウン・ルーエイは三十近くになっていたのだった。

今はマウン・ルーエイは上ビルマ[*3]、エーヤーワディー河流域のある町で郡長として勤務している。

エーヤーワディー河の方に面して建てられた家で使用人つきの独身生活を送っていた。

使用人といっても多くはいない。マウン・ドゥーとその妻、メーエイ、幼い娘のタンメイの三人だけである。あとはマウン・ルーエイの行くところどこにでもついてくる猫が二匹、雌猫の生んだ子猫三匹のほかに家人と言うべき者はだれひとりいなかった。子猫たちはまだ生後二か月ばかりの遊び盛りであった。

家具といっても多くはない。安楽いす一脚、普通のいす三脚、勉強机ひとつ、小さな本棚ひとつ、手紙入れのかごがひとつ。大学時代、友人たちと一緒にとった写真が三、四枚飾ってある。客間にあるのはこれがすべてだった。

寝室には衣装箱ひとつ、履き物を入れる柳ごうりひとつ、折り畳み式の寝台ひとつと旅行用掛け布団一枚[*4]といった身の回り品があるばかり。

食堂には食卓、いすというものがない。細めの丸太二本の上に板を一枚渡して食卓にしてある。食事のときは床に座って食べるのだった。

このようにただひとりの、わずかな世帯道具や一人、二人の使用人だけとの生活をだれが好もうか。マウン・ルーエイときたら他人のように派手な暮らしをすることを好まない。今、手元にある道具ですらまだ多すぎるので処分してしまいたいとさえ思っている。一風変わった人物なのだった。

ある日、マウン・ルーエイは早々と役所から帰ってきた。家に着くと使用人がいれてくれたコーヒーを一杯飲み、半ズボンと開襟シャツを身に着け、ステッキ片手にエーヤーワディー河の土手へ散歩にやって来た。

自分の歩いてきた道筋は人影もなく静まりかえっていた。時折、河で魚を捕っている漁師の小舟が一、二そう見えた。水辺には魚を待ち待ち食べている白さぎやダニン鳥[*5]も見える。土手に沿って植えられたトウモロコシ畑や大豆畑の青さが目に広がり、心が和んだ。

その瞬間、俗世間をまったく忘れ、ふと別世界に来ているような気分になった。こんなに爽快《そうかい》な気分でいながら心の中にはうつろができていた。何かが満たされていないかのようであった。寂しいような人恋しいような、どうしたらよいのかわからなくなった。こんな気持ちを抱きながら家路をたどったのだった。

暗くなってから家に着いた。帰宅して、水浴、食事を済ませると、家の表側のベランダに安楽いすを持ち出して腰を下ろし、室内から漏れ出てくる電灯の明かりで午後に届いた新聞を読んだ。

上弦の月、十日目なので月の明るい晩であった。絶えることなく流れゆくエーヤーワディーの河面に月の光が落ち、河全体が光り輝いていた。日が暮れた後でもあり、穏やかな風が吹いてくる。近くの木立でコオロギなどの虫たちも楽しげに鳴いていた。家の前のせんだん[*6]の木の上でも一羽のみみずくが一分間に一回規則正しく鳴いていた。うちで生まれた三匹の子猫たちもマウン・ルーエイのロンジー[*7]のすそを引っ張ってはじゃれていた。

マウン・ルーエイも一ページまた一ページとめくりながら新聞を読んでいた。しばらくすると友人マウン・タンペイの結婚告知記事[*8]が目にとまった。この記事を終わりまで読んでしまうと新聞を床の上に放り投げた。シャツのポケットから硬貨を二枚取りだして、あごに生えている短いひげを硬貨で挟んでは引き抜いた。顔は満天の星が輝く空を仰いでいた。しかし、マウン・ルーエイの目には月も星も映らない。何を考えているのであろうか。

友人のマウン・タンペイはもう結婚してしまった。自分もすでに適齢期を迎えている。適齢期どころかそれも過ぎていると言う人たちがいる。妻をめとるなら、どんな女性をめとるべきか。ウー・ポウタウンの娘、マ・フラティン[*9]は並外れた容姿の娘である。年も若い。また、かわいらしい。だが、ウー・ポウタウンは一文無しであった。こちらのほうがダイヤモンドのイヤリング、ダイヤモンドの腕輪、ダイヤモンドのボタンの一そろい[*10]を買ってやらねばなるまい。身に着けたくないというなら助かる。といってそんなはずもない。女というものは着飾りたがる者ばかりだ。互いに見えを張り合っている人種だ。ダイヤを身に着けるだけではおさまらず、自動車にも乗りたがるだろう。家だって派手に飾り立てたがるだろう。自分のもらう月給はたっぷりとは言えない。この月給で十分足りるとは思えない。「心を静めんと仏法に耳を傾けたが、かえって煩悩が増えた」という言葉のように、心が静まるどころか妻子のせいで心配の種が増えてくることになった。このように心配事を大きくするよりも今のように独り身でいるほうがましだ。

ウー・シュエポウは非常に裕福な大地主である。子どもといえば一人娘のマ・ソウキンしかいない。財産については少しの憂いもなく、悠々と仕事をして飲み食いするだけの生活だった。しかし、マ・ソウキンは大変に器量が悪いと聞いている。そんな見てくれの悪い妻と一緒に連れ立って祭礼へ出掛けていこうものなら、他人が悪口をたたくのは目に見えている。何だマウン・ルーエイは財産目当てに結婚する金の亡者ではないか、と言われる恐れもあった。他人に悪口をたたかれる心配がないとしても、金満家の娘のことだから妻が自分に対して強く出てくることもまた危惧された。自分に力もなく、妻の尻に敷かれてしまうのも不安であった。

郡長ウー・トーターの娘、マ・キンラッはなかなかの器量である。ウー・トーターも金はそこそこに持っている。しかしながら、この行政官殿の奥方マ・シュエはひどく小ざかしいという評判である。そんな人の娘をもらうとその小ざかしさの被害を被ることは間違いなしである。

素封家ウー・チュエの娘、マ・フラティンは容姿も美しく、気立てもよく、また話し上手であった。申し分なかった。しかし、マ・フラティンの兄のマウン・ティンマウンは乱暴者の酒飲みであった。遊蕩にふけったあげく、人との折り合いも悪くなっていた。こんなやからと義兄の関係になるのではうまくない。

金持ちの工場経営者ウー・ダーリーの娘、マ・タウンティンはとてもよくできた娘さんだというもっぱらのうわさである。財産あり、気立て良く、話し上手、器量よし、まことに好ましかった。しかし、ウー・ダーリーは自分の連れ合いに先立たれて程なく、年若い後妻を迎えた。その後妻は自分の娘マ・タウンティンよりまだ三つも若いと聞く。このようにずっと年の離れた妻をもらったじいさんと舅《しゅうと》の関係になるのはごめんである。

ブローカーの奥様だったドー・テインメイ[*11]には夫の死後、ばくだいな財産と一人娘が残された。

母娘共に気立てが良かった。他人に対してもあいそがいい。地元の人との関係も上々。言うことなしであった。かわいい娘マ・エイチーをもらったらすべて丸くおさまる。ただ、ドー・テインメイの親戚たちは何かにつけ口が悪い上に、家系もあまり血筋がよろしくないという陰の声が聞こえる。

このようにあれやこれやと考えているうちに、西の空からわき上がってきた雲がお月さまを隠してしまった。エーヤーワディー河からサンパン[*12]をこぐ、櫂《かい》のきしむ音が規則正しく聞こえた。家の前のせんだんの木の上では、みみずくがまだ相変わらず一分間に一回規則正しく鳴いていた。南側にある郡長の家でかけているレコード「ペテン師さんの歌[*13]」がかすかに聞こえてきた。それらの音がマウン・ルーエイの耳から次第に遠のいていった。しばらくすると全く消え去ってしまった。マウン・ルーエイは安楽いすの上でスースーと寝息を立てているのだった。

この幸せにまさるどんな幸せがあろうか。

訳注

（1）「マウン」はビルマ族の少年、青年の名につける敬称。自ら名乗ることもある。なお、ビルマ族には姓がなく、「ルーエイ」というのが彼の名前のすべてである。

（2）郡長は、植民地時代の高級公務員「インド高等文官」（当時のミャンマーは英領インドの一部だった）として採用されたものが最初に就くポスト。司法権を持つ行政官であり、任地の裁判官であると共に徴税の任にも当たった。通常五年くらいの間に数カ所で郡長を務めた。その下には市長および町長など、その上には県知事、管区長官、行政参事会、ビルマ州知事、インド総督が位置していた。当時の管区ビルマ（平野部を中心とする主な地域）は七管区三七県八三郡に分かれていた。「インド高等文官」は従来イギリス人で占められていたが、一九二一年からミャンマー人の採用も開始された。しかし、勤務待遇は人種に関係なしとしながらも、ミャンマー人が昇進できる最高ランクは県知事レベルまでであった。

（3）ミャンマー中央部の乾燥地帯は伝統的にこう呼ばれる。ミャンマー国土を南北に縦断して流れるエーヤーワディー河（イラワジ河）の中流域地域でもある。下流域のデルタ地帯は下ビルマと呼ばれる。なお、ミャンマーはおよそ下ビルマに当たる地域から先に漸次英領化され、後に上ビルマ一帯が併合されたことから、植民地政府がその行政区画として上ビルマ、下ビルマの名称を用いた例も見られる。

（4）ミャンマー人は旅行や他人の家に泊まるとき、宿泊先に寝具の心配をかけぬよう、よく携帯用寝具セットを持参する。薄い敷き布団と掛け布団、シーツ、枕などをキャンバス地（カーキ色や茶色が多い）で包んで筒状に巻き、二カ所を革のベルトで止める。ベルトとベルトの間には取っ手がついていて持ち運びにも便利。

（5）小型のカワセミの一種。

（6）正しくはインドセンダン、トラガカントゴムノキと呼ぶ。葉に苦みがあり、ゴムのような樹液が出る。「せんだんは双葉より芳し」のせんだんは白檀《びゃくだん》を指し、この木とは別種。

（7）ミャンマーで男女とも着用する腰巻き。

（8）ミャンマーでは訃報や尋ね人はもちろんのこと、結婚、離婚、出産、時には息子や娘の勘当も新聞広告で知らせることが多い。

（9）「ウー」はビルマ族の成人男性に、「マ」はビルマ族の少女、若い女性につける敬称。どちらの敬称も自ら名乗ることもある。

(10) ミャンマー女性の装身具の「一そろい」とは、普通、イヤリング、首飾り、かんざし、指輪、腕輪、ボタン（伝統デザインのブラウス、エンジーにつける。五個組み）。ダイヤモンド、ルビー、エメラルド、ひすい、サファイヤなど同種の宝石でそろえるのが望ましい。マンダレーの女性はこれに金の太い足輪を加えることもある。

(11)「ドー」はビルマ族の成人女性につける敬称。自ら名乗ることもある。

(12) 三板、舢板（共に中国語）とも書く。沿岸や河川で用いる、櫂《かい》でこぐ小舟。帆を張ることもある。真上から見ると二等辺三角形に近く、鳥の形に似ているところからミャンマー語でフゲッ（鳥の意）と呼ぶこともある。

(13) 当時の流行歌。女をだましては泣かせる男のことを歌ったもの。

一生に一度

マウン・ルーエイは妻子を持つ苦労を恐れるあまり、相当に若いころから独身でいようと心に決めていた。成人し、職業を持つようになると、公務員としてさまざまな町への転勤、出張を余儀なくされた。一人きりで生活するようになってだいぶたつ。帰宅してもなんだか退屈でうつろな心境であった。何かが欠けているように感じた。何が足りないのかわからない。安楽いすに身を預け、あれこれ考えながら眠り込んでしまうこともたびたびであった。

あるとき、妻をめとればこの退屈は消え去るのではないかと考えついた。自分の希望に添うような女性を探した。見つからないので長い間がっかりし続けていた。最後に幼いときの遊び友達だったかわいいマ・ミヤタンにしようと決心した。

自分がめとる女《ひと》には会えた。しかし、派手な結婚式はごめんだった。真っ昼間、他人の視線にさらされるなど耐えられない。自分の実家とマ・ミヤタンの家もお互いすぐ近所というわけではない。白昼、自動車を連ねて移動することになるだろう。どの家からも人が出てきてはこちらを見る。そして、あれこれ言われるのかと思うと耐えられない。こんなふうに考えながら時間がたっていった。

最後に、夜、目上の人を十人か十五人ぐらいだけ招待し、静かに結婚式を挙げようと決めた。

マ・ミャタンたちの側は同意してくれるだろうか。同意してくれるよう説得せねばならない。実際また説得した。説得したとおりに同意してくれた。しかるべき人十人、一五人ほどを口頭で招き、夜、自動車三、四台でマ・ミャタンの家へ向かった。[*1] 車に乗り込んでいる者たちの内、半数あまりは親類縁者ばかりだった。

上弦の月十二日目の夜なので月が明るく輝いていた。心愉しい限りである。この三、四台の車たちも自分たちの義務を果たすべく、男性の家から女性の家へと一路夜道を走っていった。わしらはこうした晴れの場のため何度も走ってきたもんだ。こんなしんみりした結婚式は一度もお目にかかったことがないぞ。何か言っているわけではないが、自動車どうしがこんなことを言っているように思えた。道路沿いに住んでいる人たちも、車が走り抜けていくとき、何があるんだろう、結婚式か、得度式[*2]か、鳴り物がないね、じゃ、何かの会合かね、などとあれこれ想像して言い合っていた。

しばらくして車はマ・ミャタンの家の前で止まった。乗り込んでいた人々もそれぞれマ・ミャタンの家へ上がっていった。マウン・ルーエイも上がろうとしたとき、人々が玄関へ続く階段を金の鎖やダイヤモンドをつづった鎖で遮った。[*3] マウン・ルーエイのポケットには一銭もなかった。お金を持ってくるべきだったことも知らなかった。これまで人の結婚式にも出席したことがなかったのである。金の鎖やダイヤモンドの鎖で自分の行く手を遮られ、ただただ驚いていた。五分ぐらいそのままぼう然と立ちつくしていた。無言のまま中途はんぱな表情で、ほほえんだらいいのか、笑ったらいいのか、怒るべきなのか、困難の極みにいた。式らしい式も執り行わず、金鎖やダイヤモンドの鎖で通せんぼするとは、一体どういうことなのか考えも及ばなかった。

とうとうマウン・ルーエイのおじさんがお金を取り出して払ってくれた。マウン・ルーエイも目上の人たちについて階上に上がった。二階に着くと、八十人は下らない人々が座っているのが目に入り、すっかり肝をつぶしてしまった。怖くなった。表情も定まらなくなった。胸がどきどきしてきた。

結婚式に来ている人々は、ほかでもないマウン・ルーエイだけを見つめているのだった。世界大戦のとき、[*4]イギリスがサーチライトという非常に強力な明かりをほうぼうから発してドイツの飛行機を照らし出したごとく、マウン・ルーエイというドイツの飛行機は出席者たちの視線のサーチライトで照らし出されていた。どんな顔つきをすればよいのかわからなかった。恥ずかしくもあった。つらくもあった。これらの視線を跳ね返したい気持ちも起こってきた。

皆、このように注目するだけでは満足しない。品定めのおしゃべりもしている。お互い肘でつつき合っている。マウン・ルーエイは自分の思ってきたとおりになっていないため平静を保てない。厳しい顔つきをすればよいのか。ずうずうしい顔をしているねと人々は言うだろう。情けない顔つきをすればよいのか。大変な恥ずかしがり屋だねと人々は言うだろう。最後に何物にも目をくれず、うなだれて床板だけを見つめているのであった。

人々はあれこれおしゃべりをして時を過ごしていた。しょうがやラペッの和《あ》え物[*5]を口にしていた。

マウン・ルーエイは何も見ないまま。あれこれ考え事をして時を過ごしていた。ずいぶん長い間この苦労を堪え忍んだ後、マウン・ルーエイの父が花婿を花嫁側に差し出した。マ・ミャタンの父親がそれを迎え入れた。

この口上が済むとしばらくはそのままいなければならなかった。早く終われ、早く終われと心の中で祈っていた。

下でアイスクリームを召し上がってくださいと人が呼びに上がってきた。招待客は四人、五人と連れだって階下へ降りていった。皆すっかり消え去るまで三十分以上待たねばならなかった。

人がいなくなるとマウン・ルーエイたちは階下へ案内された。アイスクリームを食べてからまた二階へ上がってきた。後は部屋に引きこもるのみ。他人の視線のさらし者になるのからやっと解放された。部屋に引きこもろうとするとまた鎖で通せんぼされた。また来たか、人一倍ごうつくな女たち。まだ食べ足りないのか。そこでまたお金を渡した。これでは少ないときた。少なくないと身内の者と一緒に言い返した。

だいぶ時間がたってからやっと部屋に落ち着くことができたのであった。マウン・ルーエイはどこに腰掛けたらいいのやらわからない。あちこちきょろきょろ見回していた。目上の人の一人がここに座るようにと指さした。そこはいとしのマ・ミャタンの真横だった。ちらっとマ・ミャタンの顔を見た。彼女は恥ずかしさにうつむいていた。そばに中年に近い女性が二人座っていた。

マウン・ルーエイが着席すると、両親たちを拝むようにと言われた。新郎新婦二人そろってひざまずき頭を下げた。それから、親類縁者一人一人に対しても礼拝した。何回頭を下げたのか数え切れない。まったく嫌けがさしてくる。時間もだいぶ遅くなった。招待客たちの数も次第にまばらになっていった。新郎新婦は隣り合わせに座っていなければならなかった。お互いの顔を見ていたかった。しかし、そうするわけにもいかなかった。哀れなことだ。新郎新婦のそばに介添えの者が一人、二人いた。彼らばかりがしゃべっていた。マウン・ルーエイとマ・ミャタンはおとなしくしていた。

さらにだいぶたってから、家の守護神のナッ[*6]、町の守護神のナッに始まりナッを拝みに行くように呼ばれたので、新郎新婦はまた階下に降りていった。ああ、まだ終わりまで遠いのか。このようにお参りしながら時間はどんどん遅くなっていった。十時半になった。そして十一時になった。疲れた。もう嫌だ。また眠くてしかたがなかった。もう客の姿も見えなかった。マ・ミャタンも介添えの女性二人と二階に上がっていった。自分もついて上がるには気が引けた。階下でマ・ミャタンのおじさんにあたる人の話し相手をした。夜はさらに更けていった。マ・ミャタンのおじさんも眠けを催し、あくびをし始めた。それがマウン・ルーエイにも移ってきた。ついに、マウン・ルーエイも二階に上がっていったのであった。

マウン・ルーエイは部屋に入っていった。マ・ミャタンのそばには女性たちが三、四人いた。マウン・ルーエイは面食らった。恥ずかしくなった。あちらに座ったらいいのか、こちらに座ったらいいのかしばらく決めかねていた。このままこうしていても事は終わらない。意を決して部屋の隅に行き、そこに一人で腰掛けた。女性たちも恥ずかしそうに部屋を出ていった。マウン・ルーエイとマ・ミャタンだけが部屋に残された。結婚式とは大変な難儀ではないか。

マウン・ルーエイは午後から身に着けていたパソー・タウンシー[*7]を脱ぎ、ふだん着のロンジーに着替えた。上着を脱ぐと、ガラス張りの戸棚の中にしまった。開け放されていたドアを閉めた。またどこに座っていいものやら迷った。最後に、部屋にしつらえてあったかわいらしいベッドに腰を下ろした。マ・ミャタンはまだうつむいて先ほどの場所に座っていた。マウン・ルーエイはマ・ミャタンのそばに行くと、一緒にベッドに座ろうと誘った。マ・ミャタンも気を利かせてついてきた。

二人して腰を下ろすとマウン・ルーエイが言った。

「親戚たちを拝むのもくたびれるものだね、マ・ミャタン」

マ・ミャタン「功徳が積めるわ」

マウン・ルーエイ「そりゃ確かに功徳は積めるけど。くたびれるのには参ったな」

マ・ミャタン「くたびれる思いもせずにどうして功徳が積めるの」

マウン・ルーエイ「ミンジャンへ一緒に行くかい」

マ・ミャタン「いつ?」

マウン・ルーエイ「二週間後の日曜日」

マ・ミャタン「もちろん行くわ」

このようにあれやこれやと話し込んでいるうちに二時になった。そして四時。そして五時。目覚めたカラスたちが鳴き始めた。家の前で物売りたちが騒々しい声を上げ始めた。マウン・ルーエイたちはまだ話に夢中。

訳注

（1）仏教徒ビルマ族の結婚式は伝統的に花嫁の家で行われる。またその結婚慣習法は男女関係は平等で、結婚した夫婦は双方の両親から独立するという核家族観に基づく。結婚後数年間妻の実家に同居した後、夫婦で独立した所帯を持つか、またはそのまま同居を続ける例が多い。
（2）少年が一時仏門に入り見習い僧となるための儀式。ミャンマーの仏教徒家族にとっては大切な儀式。
（3）仏教徒ビルマ族の結婚式では、このように第三者（たいてい独身の若者たち）が花婿が花嫁の家に入るのを阻止し、花婿は彼らに小銭を渡して中に入れてもらうという習慣がある。
（4）第一次世界大戦を指している。
（5）ミャンマーではお茶請けに各種の和《あ》え物が食される。特に緑茶の漬物ラペッを主体に、いりごまや干しえびを混ぜた和え物は人々の集まりに欠かせない一品。
（6）ナッとは精霊、神格化されたもの一般を指す。ミャンマーでは仏教に従属するものとしつつ、こうしたナッ信仰が併存する。
（7）花婿の婚礼衣装で、何メートルもの生地を使った豪華なロンジー（腰巻き）。このデザインは宮廷人の衣装に由来する。

インワ

きょうのザガイン市[*1]は雨の日である。ひどい暑さの後、急に冷え込んできた。月曜日である。

マウン・ルーエイはその日、あまり出勤する気になれなかった。家にこもってのんびりとささやかな幸せを味わっていたかったがそうもいかず、役所へ行かねばならなかった。

役所に着くと、郡長のウー・トーカが本日の午後はインワ、ダダーウー市[*2]へ出張すると言ったので、自分も彼の配下で見習いをしている身のため[*3]、その午後は同行することになった。午後四時に退庁した。帰宅すると使用人がすでに用意しておいてくれた荷物を馬車に乗せ、郡長の家へと向かったのであった。

郡長宅に着いて、郡長のお客夫婦とその子息一人も一緒であることを知った。その夫婦は年のころ、四十過ぎ五十近くで郡長も同年代。彼らの息子はまだ十二歳くらいだった。

郡長の家から船着き場へ出発したとき、荷物は馬車一台分以上もあった。出張する者は客夫婦に息子の少年、郡長二人、事務員二人、使用人四人、みんなそろってまるでピクニックに出掛けるかのようであった。

五分ほどで船着き場に着いた。馬車を止めた場所と水際とは百ヤード[*4]以上の距離があった。広い砂原を越えて乗り場に降りていかねばならなかった。荷物を背負う者は背負い、抱える者は抱え、担ぐ者は担ぎ、頭に乗せる者は乗せ、次々に手渡しする者は手渡しし、疲れるどころかたいそう楽しい作業であった。程なくして終わった。

こうしてサンパンに乗り込み、エーヤーワディーの大河を渡っていった。時間は五時半、雨がぱらつき、ややどんよりと曇り、日差しもなし。ザガインの丘の上に白く光っているパゴダの数々をありがたい思いで仰ぎ見た。河の流れはほとんど止まっていた。実に爽快《そうかい》な気分になった。言葉を口にする者もなかった。皆、そののどかな時と光景をかみしめ、味わっているのであった。

しばらくすると対岸のインワの船着き場に到着した。そこはきらびやかなものは何一つなく、まるでエーヤーワディー河流域のほかの小さな村のよう。インワの都華やかなりしころであったら、行き来する人々でにぎわっていたことであろう。その時分は王族たちが船遊び、野遊びにお出ましになるのもこの場所であったことであろう。ボート・レースなどさまざまな行事を開催したときもこの場所から観覧されていたのであろう。ビルマ族のボート軍団が合戦を繰り広げたのもこの場所であったであろう。ハンターワディー*5のモン族がインワを攻め落とした後、ザガイン方面を経て、シュエボウ、キンウーをはじめとする地域を降伏させんと進軍していったのもこの場所だったことであろう。何代もの王朝、何代もの王たちが滅びていったが、エーヤーワディー河は相変わらず流れをたたえている。無常、不変のものなど何も無いという世のことわりには逆らえないものである。

こんなことを考えながらマウン・ルーエイはなんとなく感傷的な気分になっていた。同行してきた者たちがそれぞれ荷物を馬車に乗せると、馬車は一行をダダーウーのゲスト・ハウス[*6]へと連れていった。二人の郡長と客人夫婦は薄汚れた田舎馬車の上に偉そうにとりすまして座り、揺られていったのだった

やがて城壁と堀が見えてきた。堀には水がなかった。大きなくぼみのようになっていた。今や広広とした畑としての余生を送っているのであった。豆、とうがらし、香菜、トウモロコシで満ちあふれ、青々としていた。城壁はといえば大小のやぶに隠されているのだった。ああ諸行無常。

馬車をまたしばらく進めると城壁の中へ通じる小道が見えたので、馬車を道ばたに止めさせ、四人で城壁の中の町を見にいった。

町の中には、やしの葉で壁と屋根をこしらえた掘っ立て小屋のような家が九軒、十軒あるばかりの小規模な村が見えた。村の外に少女が二人いたので宮殿のあった場所を尋ねると、村からほど遠くないところに見張り塔まであると言っていた。その見張り塔を見るため村の中を通過した。犬はぎゃんぎゃんほえ、にぎやかで楽しい所である。村長のことを聞くと、村長はおらず、ほかの村の村長が治めていると答えた。王の君臨する王都が村長さえいないちっぽけな村になってしまったのだ。まさにこれこそ無常ではないか。

村の近くには朽ち果てたパゴダや僧院に参道が見えた。村のはずれに立つと見張り塔が望めた。いくぶん傾いていた。移動の途中だったのでそばまでは行かなかった。こうして馬車へ戻ってきたのであった。

馬車を止めておいた城壁の外側にも掘っ立て小屋の家が三軒あった。タナッカー[*7]を分厚く、乱雑に塗りたくって出てきた二人の少女はまだ十五、六歳くらいであった。今や田舎の村娘にすぎない。昔に生まれていたら都会の少女であったことであろう。ヤンゴン、モーラミャイン、ピェー、パテインから来た少女たちのほうがやぼな田舎者としてさげすまれたに違いない。

短めの半ズボンに少々大きすぎるブレザーを身に着け、編み上げの革靴を履き、帽子をかぶり、格好をつけてステッキを手に馬車のそばに立っている、イギリス人のような中国人のようなマウン・ルーエイの姿を少女たちはにやにやしながら見ていた。お互い手でつつきあうとどっと笑い出した。マウン・ルーエイは気恥ずかしかったが、そのまま威厳を保っていた。

郡長と客人夫婦がその二人の少女に白インゲンを売っているかどうか尋ねた。少女たちも気を利かせて近所の何軒かの家に聞いてくれた。売ってくれるという家からは一ビー[*8]十ピャー[*9]の値で買うことになった。十チャット札ではお釣りがないという（どう考えてもあるはずがない）。五チャット札でもお釣りがないという（またか）。一チャット札でもお釣りがない（厄介だ）。五十ムー[*10]硬貨でもない（金に困っているんだなあ）。いつまでも片がつかず村人は難儀していた。最後にマウン・ルーエイのブレザーのポケットに一ペー[*11]硬貨が三枚あったのでそれを渡すと、二ピャーのお釣りがまたないので、この二ピャーは功徳を積む[*12]つもりで彼らにやったのであった。

買い物が済むと一行四人はまた馬車に乗り込み、ダダーウーのゲスト・ハウスへと向かった。すでに暗くなっていた。何も見えなかった。時折、崩れたパゴダや壊れかけた橋などを通り過ぎてきた。一時間ばかりしてダダーウーのゲスト・ハウスに到着した。

郡長どのがインワの城壁内の視察をしたいと言うので、次の日の夕刻、大きな自動車で村長がやって来た。四人で自動車に乗り込んだ。車はフォードであった。自動車が出始めのころ入ってきたものらしかった。ナンバー・プレートの数字も千番をちょっと過ぎたぐらいであった。老齢に達しており、若いときの面影はもはやなかった。全身へこみにへこみ、ゆがみにゆがみ、折れ曲がって欠けていた。まさに車の骨董品であった。

エンジンを回して出てきたものの、道中ずっとギシギシとうめき続けていた。その馬力はせいぜい馬車ぐらいしかなかった。自動車のほとんどない地方なので、そんなお古の車でも子どもたちは見ると珍しがって取り囲んできた。走って追いかけてくる者あり、声をかけてくる者ありと大喜びしているのであった。牛車とすれ違うと牛たちは仰天し、車に乗っている者たちもちょっと気取って大金持ちたちと張り合いたいような気持ちになるのであった。

こうしてインワにやって来た。町に着くと、四人は大きな車で楽しげに城壁と城壁の間を通って入城した。古来、輿《こし》に乗り、馬や象に引かせて出入りしたものである。今、自分たちはポンコツ車であっという間に入城できるのだと自画自賛していた。

程なくれんが造りの白い大きな僧院に着いた。中へ入ってみた。広く、また頑丈な造りのりっぱな大僧院である。壊れたり、傾いたりした箇所もなく、本来のがっしりとした造りを保っていた。住職はいなかった。大小のこうもりたちの住みかと化しているのであった。こうもりのにおいで悪臭ふんぷんとしていた。一行は僧院の床下から外側まで気の赴くまま、くまなく歩きまわった。その後、付近の宿坊のお堂やらパゴダや参道にも足をのばしたり、お参りをしたりでだいぶ時間も遅くなっていった。やぶに隠れたパゴダ、つたのからまったパゴダも少なくない。朽ち果てたものも数え切れないほどである。

またその場を後にした。かつてヌ王妃[*13]が建てたれんが造りの僧院の前からそう離れていないところに、宣教師ジャドソン[*14]を記念して建てられた大きな石碑が見えたので敷地に入ってみた。そこはインワの王に背いた者を監禁する刑務所があった場所である。ミャンマーとイギリスが最初に戦争[*15]となったとき、ジャドソン先生をはじめ外国人は疑わしい存在として投獄されたのであった。ジャドソン先生はイギリスの暦で一八二四年から一八二五年までまる一年この獄内にいたのである。

今や監獄の建物など跡形もない。原っぱが目の前に広がっているだけである。マウン・ルーエイは昔起こった出来事や獄につながれた者たちが受けた苦しみのことなどをふと考え、心が痛んだ。見張り塔へはその場所からそう遠くなかった。あと少しの距離である。しかしすでに暗くなりかけていた。牛車道を行かねばならないので、道が見えなくなったら厄介である。そのためその場を後にしたのであった。牛車道に沿って進んできたが、途中で車が「壊れはしないか、壊れはしないか」と気をもみながら幹線道路に着いた。

その後またしばらく行くと、バーガヤー僧院[*16]へ通じる分かれ道に着いた。幹線道路からも見える距離である。行ってみたい気持ちが起こった。運転手にバーガヤー僧院に行くよう命じた。

また牛車道を通らねばならなかった。ひどいでこぼこ道で、ほこりはもうもうとたちこめ、道の半分ほど走ると、もともとがたがきていたため頼みの愛車はすっかり前進を拒否してしまった。運転手があらゆる手を尽くしていじってみても、たじろぎもせず、不動のまま。こうなると車中の者たちも降りてきてしばらく後押しをして発車させねばならなかった。このようにお車様の頑強な抵抗に遭い、バーガヤー僧院は近くに見ながら遠いところとなったのであった。

訳注

(1) ミャンマー最長の河川、エーヤーワディー河流域のミャンマー中央部の地方都市。英領植民地時代は郡長事務所があった。現在はザガイン管区の庁所在地。
(2) インワはミャンマー史上最も長く王都だった町。アワとも呼ばれる。一三六四年にダドウミンピャー王によりインワ王朝が成立して以来、一八三八年にコンバウン王朝ターヤーワディー王が付近のアマラプーラに遷都するまで、数年から数十年の間隔を空けつつ四回王都となった。ダダーウーはインワから五キロほど離れた町。植民地時代、町長事務所があった。
(3) マウン・ルーエイは幹部候補生として、就職後数年ながらすでに見習い郡長であることがうかがえる。
(4) 約九〇十メートルあまり。一ヤードは〇.九一四四メートル。
(5) 十三世紀後半から十六世紀前半にかけて下ビルマを統一して栄えたモン族の国家。
(6) 植民地時代の高級公務員が地方に出張した際、泊まった宿舎。
(7) 美肌、日焼け止めなど薬用効果のある木の名、またこの木から得たおろし汁。水を加えながらタナッカーの木片の表面を石のすずりですりおろすとその汁が薄黄色のクリーム状になる。ミャンマー女性は日常的にこれを顔、腕、足などに薄くのばして塗っている。

（8）ミャンマーの計量単位。一ビーはコンデンスミルクの空き缶（四〇〇グラム入り）の八杯分。

（9）ピャーは英領時代の貨幣単位では六十四分の一チャットまたは四分の一ペーに相当。現在は百分の一チャットに相当。

（10）ムーは英領時代の貨幣単位。八分の一チャットまたは二ペーに相当。

（11）ペーは英領時代の貨幣単位。十六分の一チャットまたは四ピャーに相当。

（12）原文は「涅槃《ねはん》の土台にする」。

（13）一八二一年から三八年までインワを最後の王都にしていたバジードー王の王妃。

（14）十九世紀前半、ミャンマーで布教活動を行ったバプティスト派のアメリカ人宣教師。ビルマ王国の王族とも親交を結び、また聖書の翻訳やミャンマー語・英語辞書の編纂でも知られる。

（15）第一次英緬《めん》戦争（一八二四～二六年）を指す。これにビルマ王国は敗戦し、アラカン、テナセリム両地方をイギリスに割譲する。英領植民地化の始まりであった。

（16）ターヤーワディー王とその王位を継承したパガン王が帰依した高僧、バーガヤー僧正のためにパガン王が一八四八年に寄進した豪壮な僧院。

郡長マウン・ルーエイは毎日たいてい十一時きっかりに登庁した。きょうは忙しくなる日なので十時には家を出た。

役所に着くと、県知事に提出すべき書類を提出し、町長に回すべき書類を回し、書き込むべき事や署名すべき物があれば書き込み、署名し、さまざまな仕事で忙殺された。一時間以上はそのように過ごしていた。扇係[*1]のインド人が風を送り続けていたので、猛暑の午後ながらかろうじてそれほど暑さを感ぜずに済んだ。

こうした書類署名の仕事が済むやいなや法廷へ出向き、裁判を開始した。原告はオリヤー・インド人たち[*2]であった。ミャンマー語がわからない。マウン・ルーエイもインドの言葉はできない。にっちもさっちもいかない。通訳を呼ばねばならなかった。通訳を呼んで尋問しても、聞いたことと答えがかみ合わない。進展するどころか後戻りしてしまった。裁定を下そうにも事態は一層ややこしくなってしまった。何と困ったことか。まったく何というやからたちと会ってしまったのか。二時になってようやく二人の証人への尋問が終わった。マウン・ルーエイも汗まみれになっていた。法廷から出て、コーヒーを飲んだ。

その後、また裁判に臨んだ。弁護人たちの冗舌なこと。話を切り上げるよう要請しても効果なし。

マウン・ルーエイもいいかげん腹を立て、調書には適当に思ったことを書きつけた。弁護士たちの長話で時間が過ぎていった。五時になった。まだ弁論は終わっていない。五時半になった。まだ終わらない。六時になった。それでもまだ終わらない。マウン・ルーエイもむしゃくしゃしてきた。頭の中がすっかり混乱してしまった。疲労困憊《こんぱい》していた。体はともかく、頭のほうが疲れていたことは言うまでもない。六時になってもまだ裁判は終わらないので、延期日を言い渡し、マウン・ルーエイは法廷を後にした。

法廷から出てくると疲れた体を引きずって歩いて家へ帰った。役所と家は遠くない。徒歩で五分程度である。歩きながら終始気が晴れなかった。気疲れもつのってきた。帰宅しても妻のマ・ミャタンのかわいくほほえむ顔にすねた顔、いたずらっぽい顔などが見られなければ、先の職場での疲れは消えないだろう。それどころか一層疲れが増すだろうと思った。

いつもだったらこのように疲れて帰ってきて、いとしのマ・ミャタンのほほえむ顔にすねた顔、いたずらっぽい顔を見ると、心身の疲れもゆううつもいっぺんで吹き飛び、まるで巨大な氷の固まりの上に至ったように涼やかな心持ちになるのだった。マ・ミャタンのおしゃべりを聞けば、何とも言えない幸せを感じた。横に彼女がやって来て、並んでいすに腰掛ければ、まるで天人、天女の国にいるかのように感じた。昼間の仕事のことなどいっさい忘れ去ってしまうのだった。

それが今、マ・ミャタンが病気のためモーラミャイン[*3]の実家に帰って十五日ほど立っていた。家の中には使用人一人と自分一人が残っているだけ。どうにも落ち着かなかった。

家に着くやいなや、頭からガウン・バウン[*4]を取ってテーブルの上に置き、籐《とう》の長いすに投げ出すように身を預けた。このように身を預けながら目を閉じ、あれこれ考えた。なんだか寝室にマ・ミャタンがいるような気がした。どうして今まで出てこないのか。自分が帰ってきたのに気づかずにでもいるのか。たぶん水浴びをしているのだろう。それとも何かの用事をしているのだろうか。などと考えては幾分愉しい気持ちにもなったが、しょせんこれは気休めでしかない。

しばらくたつと現実が心の中に広がりだしてきた。マ・ミャタンはこの家にはいない。モーラミャインの両親の家にいるのだ。どうしているだろうか。だいぶ良くなってきたわ、と彼女自身が書いた手紙もおととい届いた。今ごろはすっかり治っているだろう。この時間、何をしているのだろう。水浴びも終わって、タナッカーを塗っているころかもしれない。それとも食事中か。おしゃべりでもしているのだろう。自分のことでも考えてくれているだろうか。もちろん考えていることだろう。いや、考えてくれるはずもない。自分たちが一緒になってどれほどの時がたったと言うのだ。たかだか四か月でしかない。彼女も自分と同じように自分を思い出しているだろう。恋しく思っているだろう。考えてくれていることだろう。

こんなことを考えていると、マウン・ルーエイの心はすでにマ・ミャタンのいるモーラミャインへ飛んでいた。いとしいマ・ミャタンのそばにいるような気がした。マ・ミャタンと一緒に笑いながら話をしているような気になった。マ・ミャタンのそばに行って、からかったり、ふざけたりしているような気になった。こうして想像に浸っていると、マウン・ルーエイの心はこの上ない楽しさに満たされた。

それからしばらくたって、使用人がソーダ水のコップを手にして現れ、自分のそばに置いた。モーラミャインに飛んでいた心も不意にミャウンミャ*5の家に引き戻された。夢ははかなく消えてしまった。このいいときにソーダ水なんか持ってくるなと怒りがこみ上げてきた。自分が頼んだので持ってきたこともつい忘れて。美しく豪華な造りの夢のお城が一瞬で壊されてしまったかのように感じ、悲しいやら、がっかりするやら、むしょうに腹が立つやら……。

使用人の持ってきたソーダ水を受け取って口にした。ふだんだったら甘く冷たく、胸のあたりが暖かく感じられる。そして熱気を冷やしてくれる。気分も爽快《そうかい》になり、疲れも引いていく。それが今では違う。何の味もしないように感じられた。どこか苦いような味わいだった。飲む意味がないと思った。一口、二口飲むと、後はテーブルにコップを置いてしまった。

日が傾いてきたが、日中の暑さの勢いはまだ残っていた。家じゅううだるような暑さだった。マウン・ルーエイは通勤用の上着*6やロンジーをまだ着替えていなかった。蒸し暑かった。もともと暑いのに加え、ドアや窓が閉め切ってあったのでなおさら暑かったのだった。

暑さに耐えかねて立ち上がり、窓を開けた。自分たちが作った家の前の花壇がくっきりと目に映った。半月型に植えた菊の花々が咲き乱れていた。赤に黄色に青の色合い、大小さまざま、思い思いに。花びらも密なものもあれば、疎なものも多数あり、見飽きることのない美しさを誇っていた。

こうしたさまざまに咲き誇る花たちも、太陽が放つあまりの暑さのため、しおれながら必死にその頭をもたげているのだった。自分たちを植えてくれた主人マウン・ルーエイの心も打ち沈み、妻を恋しがっているのを見て、花たちも共にしおれているのだろうか。

このように元気を失っている菊の花たちを見て、マウン・ルーエイは心が痛んだ。悲しくもなってきた。マ・ミヤタンと一緒にこの花壇へ来て、夕暮れどきまた月夜の晩になぞなぞ遊びをしながら草花を植えたのである。この場所へ来てはたびたび語らったものである。

今では、この菊の花たちも無駄になってしまった。いかに美しく、目を奪う咲き方をしてもどんな意味があるというのか。菊の花たちも、自分たちをじっくり見てくれるでもなく、褒めてくれるでもなく、ただうつろな目で眺めているばかりのマウン・ルーエイを見ると、精気を失い憂いに沈んでしまうのだった。そして、そのしおれた姿で皆、マ・ミヤタンの帰りをひたすら待っているのだった。

訳注

（1）英領インドやビルマ各地の役所では、天井に取り付けられた大きな扇を紐で引いてひたすら送風作業をする者がよくいた。

（2）インド南東部オリッサ地方で広く使われているオリヤー語を話す人々。オリッサは植民地時代、同じ英領のビルマ、セイロン、フィジー諸島などへ多くの移民を送り出してきた。なお、インド政府がまとめた一九八〇年代の統計では、ミャンマーにはインド移民とその子孫が三〇万から四〇万人いるという。

（3）モールメインという英語名でも知られるミャンマー南東部の港湾都市。

（4）ビルマ族男性が正式の場で着用する頭巾《ずきん》。昔は長い布を頭に巻き付けたが、一九三〇年代ごろから、竹ひごを内にめぐらして形を作った帽子型が使用されるようになった。

（5）下ビルマ、エーヤーワディー・デルタにある都市。植民地時代、デルタ地帯は稲作用地として開発が進められ、それに伴いインドから多くの移民が移り住んできた。

（6）タイポン・エンジーと呼ばれるビルマ族の男性が職場や正式の場で着用する上着。襟なし、長そでで、前見頃に中国ボタンのような共布のひも付きボタンが縫いつけられている。この下に襟なしのワイシャツのような仕立ての長そでシャツを着る。

電報

マウン・ルーエイが法廷で判決を下そうとしていたとき、一通の電報が届けられた。開封してみると、妻のマ・ミャタンが危篤に陥っているのですぐ帰ってくるようにとの知らせだった。マウン・ルーエイの心はたちまち動揺した。もうそれ以上裁判を進める意志が失せてしまった。法廷にいてもただ放心状態で座っているにすぎなくなった。原告、被告、証人、弁護士たちがマウン・ルーエイの顔を凝視していた。

マウン・ルーエイも努めて平静を装い、裁判を継続しようと考え直した。しかし、訴訟の裁定にはもう集中できなかった。マ・ミャタンのほうにばかり気持ちがいってしまい、調書のページに何が書いてあるのかわからなくなってしまった。思いつきを書き、思いつきで喚問しているのにすぎなくなった。十分ばかりすると、このまま続けて喚問しても意味はないと悟って裁判を延期にし、県知事のところへ直行して事情を話した。そして十日間の休暇願いを申し出た。県知事もすぐに許可してくれたので、許可されるやいなや家へ帰り、マ・ミャタンの元へ行くための準備にかかった。済むと船着き場[*1]へ向かった。

船の一等船室には空席がなかった。二等船室にも空きはなかった。すべての場所が乗客でひしめいていた。今日、何としても行かねばならなかった。万難を排してでも今日の船に乗らねばならなかった。船の責任者に談判して、一等船室の外側の一角に場を得てやっと乗り込んだ。

船は定刻どおりに出発した。暗くなってくると、何千、何万匹という蚊やあらゆる羽虫たちが飛んできた。乗客たちも食事を終えるとそれぞれ船室に入っていった。デッキで一人いすに座っていたマウン・ルーエイは、蚊や羽虫たちと共に外に残された。

蚊の大軍は満足げにマウン・ルーエイの血を吸っていた。このように群がる蚊においしそうに血を吸われてもマウン・ルーエイは身じろぎもしなかった。ただじっと物思いにふけるばかりだった。心は船の中にはなかった。蚊に刺されていることも気づかなかった。病の床にあるマ・ミャタンのことばかりを思い続けているのだった。マ・ミャタンの具合はどうだろうか。まさかの事態に至りでもしたら大変だ。

群がる蚊は相変わらず血の吸いたい放題だった。午前零時を過ぎた。二時になった。三時になった。船上の人々は皆、眠りの中にいた。船員たちはかいがいしく働いていた。マウン・ルーエイはいろいろなことを脈絡なく考え続けていた。やがて夜が明けてきた。マウン・ルーエイもマ・ミャタンのことを考えながら、次第に明るくなっていく朝の光を浴びていた。

船がヤンゴン港の埠頭に着いた。早くもマ・ミャタンと出会ったような気になった。しかし、まだ会えない。マ・ミャタンと会うには後、丸一日旅を続けねばならなかった。ああ、このつらさ。一生でこんな苦しい思いをしたことは未だかつてなかった。心配でたまらなかった。埠頭へ迎えにきてくれたマウン・フラマウンの自動車で停車場[*2]へ移動した。

汽車も定刻どおり駅を後にした。バゴー駅[*3]で外に出て食事をした。暑さのために食欲がわかなかった。ほんの少しだけ食べるともう席へ戻ってきた。自分のいる車両に二人の男と二人の女が乗り込んできた。

バゴー駅で、新聞売りが歩いてくるとありったけの種類の新聞を買った。英語にミャンマー語、新聞に雑誌で十五種類ぐらいあった。新聞の売り子も喜んでいいのやら、驚きを顔に出していいのやらという風でいた。ともかく新聞が売れたので喜んでいた。しかし手当たり次第に新聞を買うこの客には驚愕していた。車両の中に座っている人々もマウン・ルーエイの新聞の買い方を見て仰天していた。髪にくしも入れず、新聞をやたらに買い込み、気のほうも確かかどうか怪しいと思っているようであった。

マウン・ルーエイもだれとも口をきかずに、新聞や雑誌のページを次々とめくって読んでいた。読むといっても他人がするようにきちんと読むのではない。新聞や雑誌を一紙、一冊と手にしてパラパラとページをめくると床に落とし、物思いに沈み、を繰り返しているのであった。両目の視線は新聞の紙面にあっても心は新聞にはなかった。マ・ミャタンのほうにばかりいっていた。汽車の進みがあまりにも遅く感じられた。

汽車も自らの義務を果たすべく、黙々と進んでいた。マウン・ルーエイは相変わらずだれとも話をせず、ゆううつな顔をしていた。汽車の車両にいる人々もマウン・ルーエイをいぶかしげに見ていた。いつの間にか時もたち、やがて暗くなり始めた。汽車も駅に停車した。

　座席から外をうかがうと、マ・ミャタンの兄のコウ・サンカイン[*4]の姿が見えたので、力付けられた思いがした。汽車から降りるとすぐにマ・ミャタンの容態を尋ねたかった。だが、気が引けた。回復したと言われればよいが。何か起こったと言われたらどうすればよいのか。聞くほうがよいのか、聞かずにいるほうがよいのかしばらくの間考えていた。関係のない話題をあれこれ持ち出して話しかけた。そうしながらコウ・サンカインの様子を観察していた。しかし、わからない。コウ・サンカインもマ・ミャタンについては何も言わない。聞かされるのも怖かった。最後に、

「マ・ミャタンの様子は今はどうなんだ」

と聞いてみた。相変わらずだよ、という言葉が返ってきた。マウン・ルーエイは幾分落ち着いた気持ちになった。

　間もなくマ・ミャタンの家に到着した。病のためにやつれた顔だったが、マウン・ルーエイを見るとその顔がぱっと輝いた。お互いの顔を見つめ合いながら二人とも幸せを味わった。お互いをいたわり合う心が次第にわき上がってきた。口には何もしなくても二人の表情がその気持ちを表していた。別れ別れに暮らして二か月近くたっていた。人というものはだれかと別れてみてさらにお互い慈しむようになる。二人は長い間、無言のままお互いの顔を見つめて時を過ごしていた。

　マウン・ルーエイが来て一日二日の内にマ・ミャタンの病状は軽くなってきた。マウン・ルーエイの心も幸せに満たされた。ほかの何の考えも入り込む余地はなかった。仕事のことも、過去二か

月味わった恋しさも、すっかり消え去ってしまった。

マウン・ルーエイが来て三日ほどたったとき、マ・ミャタンの容態が急変した。日に日にその顔は精気を失っていった。先に顔が輝いたのも病状が軽くなったからではない。マ・ミャタンの心がそうさせたのであった。気力というものは大したものである。しかし、こうした気力のなせる技はわずかしか持たない。長い時間は耐えられない。やがて病の威力に押さえ込まれていく。

病状は刻一刻と悪化していった。マ・ミャタンの顔も精気を失っていく一方だった。マウン・ルーエイの心配は筆舌に尽くしがたいほどであった。マ・ミャタンも自分がこの世にもういられないことを悟った。しかし、それをマウン・ルーエイが知ってしまうことのないよう胸の内に秘めていた。そうして隠していても、それが顔に現れていた。マウン・ルーエイもマ・ミャタンの状況を知った。でも、それをマ・ミャタンが悟ることのないよう、顔は努めて平静にマ・ミャタンを励まし続けていた。二人ともわかっていた。しかし、お互い知られぬよう口に出さずにいた。二人にとってどれほどつらい時だったか。自分たちが一緒にいたのはわずか半年にもならないことを考えると、共に胸が締め付けられる思いがした。しかし、何も口には出さなかった。共に穏やかに時を過ごしていた。

二人の時が終わりに近づいてきた。マ・ミャタンと別れるのはマウン・ルーエイにはつらいことだった。別れずにいるのもまた無理なことだった。

訳注

（1）河川のフェリー・ボートの船着き場。ミャンマー国土を南北に縦断するエーヤーワディー河やそれに連なる下ビルマ、エーヤーワディー・デルタの河川を往来する船はミャンマーの主要な交通手段のひとつ。

（2）ヤンゴン駅を指す。

（3）バゴーはペグーという英語名でも知られる。ヤンゴンの北東部八〇キロほどの場所にある都市で、ミャンマー中央部のマンダレー、南東部のモーラミャインへの鉄道の分岐点でもある。

（4）「コウ」はビルマ族の男性の名前に、自分と同等の意、または親しみを込めて呼ぶときにつける敬称。

ミンラッ号

ミンラッとはマンダレーとピェーの間を行き来するフェリー・ボートの名前である。ミンラッ号がピェーに赴いた回数はすでに相当なものとなっている。マンダレーへ戻ってきた回数も数えきれないほどである。今回マンダレーを出航したのもそうした数え切れない中の一回にすぎなかった。何ら変わるところのない旅であった。

早朝、マンダレーを後にしてきた。ザガイン[*1]、インワといったかつては殷賑《いんしん》を極めた古都に止まった。乗船する者もあれば下船する者もあり、荷物運びのクーリーたちも、ご用はこちらへ、お使いなせえ、とけたたましい声で客引きをしていた。

この地を過ぎると、ユワティッチー、チャウッタロン、ンガゾン、ミンムーなど綿花の産地の船着き場に止まった。ある場所では、サンパンが船と川岸との間の足掛かりとなった。ある場所では川岸に密接して船を横付けせねばならなかった。そのような岸に近づくやいなや、船の上から四人のインド人水夫が水に飛び込み、みんなして泳ぎながら岸へ向かって太い一本の綱を引っ張っていくのであった。陸に上がると打ち込まれた杭《くい》にその綱を結びつけた。船もその綱に牽引されて岸に横付けにされた。

岸縁では船の到着を今か今かと待っていた人々が騒がしくなっていた。クーリーたちの数も少なからず。物見遊山で船着き場に来ている人々もいた。知り合いを出迎えまた見送る人々が大勢いた。船が岸に着くと同時に乗降客たちは押し合いへし合いし、うきうきした気分の反面、水の中に落ちる者でもいやしないかとひやひやする。

川岸沿いの景色を見渡せば、たいそう見ごたえのあるのどかな風情である。緩やかにうねる丘陵、青々と広がる畑、丘の上に点在する純白のパゴダに崩れかけた古パゴダ、歩いたら愉快であろう広々とした砂州、そして河原の斜面に台地。それらを眺めてだれが爽快《そうかい》な気分にならずにいられようか。

河原では、牛の群を引き連れて水を飲ませにきた牛飼いの少年たちは、自分たちのそばを通り過ぎていく船を目にすると、何が楽しいのか飛び跳ねて踊ってみせる者あり、手にした布きれや破れロンジーを振り回して大声であいさつする者ありと陽気に過ごしている。この牛飼いたちは自分たちのそばを通っていく船がどこから来てどこへ行くのかも知らない。あるいはマンダレー・ピェー間を行く定期船だということぐらいは知っているかもしれない。それでもそのマンダレーとピェーが自分たちのところからどれぐらい離れていて、どれほど大きい町で、そこでは汽車や自動車が激しく往来していることなど少しも知るはずはなく、また知ろうとも思わない。牛たちの大将である今の暮らしに満足しているのである。大将の役割に得意満面、あれこれ自画自賛して日を送っているのである。

この牛飼いたちのほか、河原の近くの丘の上にぽつりぽつりと小さな僧院が見えた。僧院のそばには村もない。人里離れた山頂でただ一人修行に励もうと登ってきた僧侶に修験者、求道者にふさわしい場所である。水はエーヤーワディー河に頼って得ているのである。

これらのひなびた僧院を居として精進生活を送っているお方たちは、このフェリー・ボートにだれが乗っているかということなどに関心はない。船の行き先にも気をとめることはない。ただ、何時に船が通り過ぎたかということには注意しているかもしれない。船がエーヤーワディー河の流れを一回下っていくたびに一日が過ぎていく。この一日はもう戻ってはこない。人の命もこうして死を迎える日へ向かって近づいていく。いかなる場合でも止まっていることはない。不変のものなど何もないことよ、とこの世のことわりを自らに言い聞かせつつ、船を見送っているのである。

ミンラッ号はひたすら流れを下っていった。すっかり日が暮れてからミンジャンに着いた。ミンジャンで一泊して旅の疲れをいやした。旅を続ける乗客たちの中には町へ足を向けてそぞろ歩きをする者あり、またミンジャンの知人が船着き場にやって来てあいさつする例もそこかしこに見られた。夜が更けてから人々は眠りについた。

翌朝、夜明け前にミンジャンを後にした。昼過ぎにニャウンウーに到着した。ニャウンウーからパガンを通過するまでには四、五マイルほどある。船上から仰ぎ見るパゴダの数は数え切れないほどである。ほとんど崩れ、朽ちてしまったパゴダもある。政府の碑文局[*2]が修復したものも少なくない。アノーヤター王とチャンスィッター王[*3]が建立したシュエズィゴン・パゴダを始め、参詣しようにもきりがない無数のパゴダには圧倒される。こちらはアーナンダ、あちらはシュエグージー、あのそばのがタッビンニュー、その手前のがスーラーマニ、その角のがローカナンダー、さらに控えるパゴダはダンマヤンジー、ダンマヤーズィカ、ミンガラーゼーディーといった具合に多すぎて数えようにも限りがない。

このあたり一帯は宮殿に城壁などが建ち並び、栄華を極めていた場所である。時を経て、この土地の大宮殿も城壁も今や壊れて廃虚となってしまった。

パガンの河岸にそびえ立つれんが造りのパゴダたちは、通り過ぎてゆくフェリー・ボートなど気にもかけず、威厳あるその姿を保っているのであった。これらの大パゴダはパガン王朝の栄光もごらんになってきたのである。そして、「中国逃走王」[*4]の時代、中国の大軍が侵攻してきたのもごらんになってきたのである。その中国軍との戦いの際、抗戦のために同時期に建造されたパゴダが崩され、城壁や要塞に造り替えられたのも目にされてきた。お仲間であった一部のパゴダが気候風土のため朽ち果てていったのも見つめてこられた。ご自身だけが残ったのである。ご自身もいつまでも不変でいるはずはない。いつの日か、やがて崩れてしまうことであろう。ご自身だけではない。この世に見られるすべての人間に動物、あらゆる物質もやがて朽ち果ててしまうことであろう。声はなくともそんなことを語っているかのようなパゴダたちは静まり返ったまま、やがて後方に小さくなっていった。

船はまる一日かけてさらに流れを下っていった。夕刻六時ぐらいになると太陽も真っ赤な光を放ち始めた。その光がエーヤーワディー河の水面を真っ赤に染め上げた。心を和ませるひとときである。しばらくすると日輪は西の山脈[*5]のかなたに沈んでいった。光も陰っていった。エーヤーワディーの河面の色も変化していった。赤から黄、黄から紫に、紫から青、青から漆黒に。船に明かりがともった。

やがて行く手に明るく輝く電灯の光の一群が見えた。人々は感嘆の声を上げてそれを見つめていた。お互い尋ねあっていた。イェーナンジャウン[*6]の町の灯であった。この遠景はまれな美しさで、また興味の尽きない眺めであった。

ほどなくイェーナンジャウンの船着き場に到着した。もう旅には遅い時間だったのでその場に一晩停泊した。ミンジャンの時よろしく下船する者に乗船する者、またあいさつしあう者で込み合っていた。翌朝、イェーナンジャウンをたつと、いつもどおりにマグエー、ミンブーといった町に寄ってきた。

乗船している者たちは自分の行き先の町のこと、自分にかかわるさまざまな用事のこと、親類縁者のことなどを話していた。また、そうした思いを頭にめぐらしていた。

ある者は眠り込み、ある者は幼子をあやしていた。船内の売店で食事を終えてきた四人の客は政治や米価の話[*7]に熱中していた。彼らのそばのデッキチェアに横たわり、絹のけさで頭を覆ってお休み中の僧侶は本当に眠っているのだろうか。[*8]それとも四人の政治談義に耳をそばだてておられるのか。

その絹けさ和尚のそばで、じゅうたんに座ってお勤めをされている若い僧侶を見れば、「ダゴン・

マガジン」[*9]の小説をさも面白そうに読んでいらっしゃる。両僧侶のそばでは二人の老年の男性が強盗事件のことを話題にしていた。二人のすぐ隣では、やや色白で肉づきのよい男が一人、だれにも構わず、他人の話にも気をとめず、帳簿の中に書き込まれた数字と格闘を続けていた。

その後ろ側では、ひどくみすぼらしい身なりの夫婦が無言のまま、それぞれ白っぽいトウモロコシ皮で巻いた葉巻をふかしてその味わいを楽しんでいた。そのそばで三歳から五歳ぐらいの年ごろの子どもたち三人がひとつのかまに手を突っ込み、底に残った飯をむさぼり食べていた。その子たちの手前では、身なりのよい紳士がティン編みのござ[*10]に座り、人に聞こえるような声で「トゥーリヤ新聞」を音読していた[*11]。

日が沈み、光が消え失せてからミンラッ号はピェーの船着き場に到着した。喧騒がひとしきり続き、乗客たちは先を争って一人残らず下船していった。やがて、船は静寂に包まれた。

訳注

（1）ザガインは十四世紀の一時期シャン族王朝の王都となった場所として有名。

（2）碑文局は植民地時代の組織名。現在は、歴史的パゴダの修復は主に文化省考古学局によって行われている。

（3）アノーヤター王はビルマ族による初の統一王朝、パガン王朝（一〇四四～一二八七年）を開いた。三代目のチャンスィッター王は上座部仏教の導入に努めつつ王権を強化し、多くのパゴダを建てた。

（4）パガン王朝最後の王、十一代目のナラティハーパティ王を指す。パガン王朝を攻略した中国軍（フビライ汗の元軍）のために南部のピェーに逃走したのでこのように呼ばれる。十三世紀後半、パガン王朝は四度にわたって元軍の攻撃を受け、この王の代で滅亡した。

（5）ミャンマーとインド、バングラデシュを隔てるヤカイン（アラカン）山脈。

（6）付近に油田があり、植民地時代は英国資本のバーマ・オイル・カンパニーの企業城下町として栄えていた。

（7）一九二九年の世界恐慌を境に、それまで米の輸出で繁栄していた植民地ビルマ経済にも陰りが見え始めた。また、当時のビルマは英領インドの一州として統治されていたが、インドから分離させイギリスの直轄領植民地として編成し直す動きが進んでおり、その後の政治・経済的利点をめぐってビルマ住民の関心の的となっていた。

（8）上座部仏教の教えでは、僧侶は寝台など高いところで寝るぜいたくを慎み、清貧の象徴である綿の僧衣をまとうのが望ましいとされている。当時、僧侶の堕落がひとつの社会問題となっていた。

（9）当時、文芸作品で人気のあった娯楽雑誌。上座部仏教では、僧侶はあらゆる世俗の快楽を避けて、仏法の修行にいそしむべきであると考えられている。

（10）ティンというあしのような植物の繊維でできた柔らかく感触のよい上質のござ。

（11）「トゥーリヤ新聞」は反英、民族主義的傾向を持つミャンマー語新聞。当時は民族主義運動が高揚し始めていた時期でもあった。また、ミャンマー人には音読をする習慣が割合広く見られる。

金の雨（死）

マウン・ルーエイが最愛の妻マ・ミヤタンをモーラミャインにあるダインウングウィン墓地[*1]の小さなカシューナッツの木の下に葬って十日ばかりたった。その若いカシューナッツの木や枝がまだ目の中に見えるようであった。すべての用事を終えて自分の家に戻ってきてまだ三日というところだった。

家に戻ってきてからずっと放心状態だった。うつろな心持ちだった。退屈なような、沈んだような、人恋しいような感じだった。寂しいとも落ち込んでいるとも形容できない、つらい心境とも言えない、ただうつろな心持ちだった。放心状態で何から手をつけたらいいのかわからない、地に足が着いていないに等しかった。

ただ一人机の前に座り、ぼんやりと考え事をしながら長い時間過ごしていた。かつてイギリスのオックスフォード大学へ一人で留学した。そのとき、親兄弟や親類、愛する者たちを恋しく思ったことがある。それでも今の自分のように、どうしたらいいのかわからないという心境にはならなかった。明日になれば会えるということがわかっていたからのようである。一人暮らしも何年も経験した。それでも今のような気持ちは味わったためしがない。そのときはまだ二人一緒に住んだことがなかったからだと言われるかもしれない。しかし、それとも違う。マ・ミャタンが病の床に着いてからも別れ別れに暮らしたことはある。そのときは恋しく、再会を待ち焦がれ、また心配に心を痛めたものである。それでも今のようにも放心状態で何をしたらわからぬということにはならなかった。明日になれば会えるという希望があったからである。

今ではその希望がまったくなくなった。一人は戻ることのない道へ進んでいってしまったのである。あのカシューナッツの木の下で肉体は朽ちていくばかりなのである。希望を絶たれた者にとっては、この世は何の意味も持たない。この世で目にするものすべて、良いことが見えず、悪いことばかり目についてきた。立てばいいのか座ればいいのか、眠ればいいのか歩けばいいのかという状態に陥っていた。マ・ミャタンの顔、マ・ミャタンがその下で眠っているカシューナッツの木ばかりが目にちらついた。気分を変えようとした。自分で自分に言い聞かせようとした。仏の教えを思い出した。しかし、だめだった。

気分転換にステッキ片手にただひとり、人けの少ない河岸へ散歩に行った。青い草原、緩やかにうねる丘陵、森や林に沼沢や小川を目にしても、沈んだ寂しい気持ちは消えなかった。それどころか悲しさを一層つのらせることになった。

悲しい気持ちでいる者に静かな場所はよくない。静かであればあるほど悲しさが増してくる。早々に家へ帰ってきた。

食事を終えると、人の多い場所、高級公務員たちのクラブ[*2]へ出掛けた。ふだんはめったに足を向けない場所である。気分を変えてトランプとばくの輪に加わった。トランプのカードの間にマ・ミャタンの顔が浮かんで見えた。参加者はそれぞれに勝っていった。マウン・ルーエイは負けてばかりいた。トランプとばくもうまくいかない。人々がビリヤードに興じているのを見た。人々の話の輪に自分も加わって話をした。笑うべきところで笑った。ほほえむべきところでほほえんだ。しかし、マ・ミャタンを思う心は消えなかった。心と体が別なことをしているのであった。

こうして時を過ごして帰宅すると、自分の好きな本を開いて読み始めた。昔だったらこうした本を読み始めると、食事も忘れて夢中になったものである。我を忘れ、その世界に浸っていたものである。まさに読書のだいごみであった。ところが今は一ページ読み進むのにも相当な時間がかかった。そのページを読み終わっても、何を言わんとしているのかわからない。それで、読んでは考え、推測し、を繰り返しているからであった。それも脈絡なく考えているばかりであった。それでも時間がなかなか過ぎていかないような気がした。

時間をつぶしたくて友人のところへ手紙を書いた。その手紙に何を書いているのかわからない、ただ頭に浮かぶ端から書きつけているにすぎないことがよくあった。おおよそいとしいマ・ミャタンのことを書いていることが多かった。気分を変えようと努力した。努力しても効果がないので、そのうちなるがままに任せた。考えたいことを考えていた。

このように、どうしたらいいのかわからないという状態で三日たっていた。今日は五時に役所から帰ってきた。気分転換に散歩に行くためズボンや靴に履き替えていた。[*3] ちょうどそのとき、西の空から見る見るうちに黒雲が広がりだした。見ていると大粒の雨が降り出してきた。愛する者と別れた者がこんな場に遭うと、どうして別れた相手を思い出さずにいられようか。（マウン・ルーエイはマ・ミャタンとしばし別れたのではない。二度と再会することのない別れ方をしたのである。）マウン・ルーエイの嘆きは言うまでもない。恋しがる者はまた再会できる。嘆く者の場合はもう会えない。お互い永遠の分かれ道を進んでしまったのである。

　マウン・ルーエイは降り注ぐ雨粒をじっと見つめていた。微動だにせず凝視していたけれども、その心の内のうねりをだれが言い当てられただろうか。家の前の花壇に咲く菊の花たちは、マ・ミャタンが元気だったときは健やかに育ち、無数の花やつぼみで目を楽しませてくれた。見る人ごとに褒めていた。マ・ミャタンが体調を崩してモーラミャインに帰ってからは、菊の花やつぼみたちもしおれて勢いを失ってしまった。そして今、マ・ミャタンがあの世へ行ってしまってからは、花たちも一緒に別の世界へ旅立っていってしまった。

　花壇の中に花らしい花は今やなかった。むき出しの地面が残っているばかりだった。マ・ミャタンはまるで愛らしい菊の花のようだった。見るもかれんな花たち。いつまでもその美しい姿を見ていたかったのに、その命ははかない。わずかな間しかこの世にいない。マ・ミャタンも自戒の徳と堅実の徳[*4]に満ちていた。しかしその命は短かった。

　草花のない花壇は自分によく似ている、とマウン・ルーエイは思った。花壇に菊の花が咲き誇っているときは本当に見栄えがしていた。マウン・ルーエイもマ・ミャタンがいるときはたいそうりっぱな様相だった。明るく笑みを絶やさなかった。今では草花のない花壇のように、暗くさえない姿でいるのだった。快活さとは無縁の様相になっていた。家の前の花壇を見ながら、ずいぶん長い間マウン・ルーエイは悲しい気持ちで物思いにふけっていた。

雨は相変わらず降り続いていた。雨の威力とは、愛する二人が共にいればその心を穏やかに冷やす。愛する者が別れていればその恋心をつのらせる。雨を詠《うた》った古い詩歌を何回も読み返した。無意識のうちに読んでいたのである。以前は恋しい心も嘆きの心も起こらなかった。今、こうして体験することになった。雨が降るため悲しくなって、その悲しみをいやそうと家の前の花壇を見たけれど、その枯れ果てた様を見ると一層悲しくなってきた。

国庫に関する講習会のためザロン[*5]へ行ったとき、マ・ミャタンをしばらくヒンダータ市[*6]に残してきたことがある。日曜日で役所も休みの日にマ・ミャタンに会いたくなって夜の九時、闇夜の中を、自動車がやっと一台通れる程度の細い堤防の道をひたすら走らせてヒンダータへ行ったときのことがふと思い出された。まったく怖さを感じなかった。そんな恐れはマ・ミャタンに会いたい一心の気持ちが覆い隠していたのである。今では、車は言うに及ばず飛行機で探しにいってもマ・ミャタンと会えることはないのである。あの世へ行ってしまったからである。越えることのできない谷で別れてしまった。思い出ばかりが頭に浮かび、また寂しさがつのってきた。

モーラミャインからおととい持ってきたマ・ミャタンの写真が見たくなり、トランクの中から取りだして眺めた。その写真はマ・ミャタンがまだだいぶ若いとき、年ごろになりかけのころに写したものであった。まげ[*7]もまだ結っていなかった。小さなくしを頭にしているに過ぎなかった。長い間しげしげとそれを眺めていた。この写真のマ・ミャタンは自分たちの結婚のときに撮ったものよりずっときれいに思えた。本当にきれいだったのか、それとも逃した魚だからそのようによく思えるのか、これを説明できる者などいないだろう。

本人の代わりに写真を残していった。本人は帰ることのない旅に出てしまった。この写真は命のない物質である。紙にすぎない。マウン・ルーエイはぼんやりとそれを見つめていた。マ・ミャタン自身はいないのに、この写真が自分を支配している。力を得始めているかのようである。自分には話しかけてくれない。自分の関心を一身に集めている。そして自分も渇望するようにひたすらこの写真を見ている。

この写真もまた姿の主のマ・ミャタン自身のようにこの世に永遠にあるわけはない。いつかは破れ、失われていくのは避けられない。十年も持たないだろう。五十年などとても持たないだろう。仮に五十年持ったとしても、五百年は持たない。いつの日かその形を失うのは確かである。

写真は失われてしまっても、名づけられたマ・ミャタンという名前は末永く残ることだろう。親兄弟親類縁者たちがマ・ミャタン、マ・ミャタンとその名を口にするので残っていくことだろう。みんなたびたびマ・ミャタンのことを思い出すことだろう。しかし、このマ・ミャタンという名前もいつまでも残っていくはずはない。五十年、百年と時がたつにしたがい、その名も忘れ去られてしまうのが現実だろう。

マ・ミャタン本人、マ・ミャタンの写真、マ・ミャタンの名前だけではない。マ・ミャタンを懐かしむ者、マ・ミャタンの写真を見ては思い出す者、マ・ミャタンの名前をその耳で覚えている者も、だれもいつまでもこの世にはいられない。時が来たらその姿は朽ちてしまうだろう。マ・ミャタンの血族も彼女を愛する者たちも、すべての人間たちの中にあってどうしてこの消滅という世のことわりを避けられようか。この世の中に繁茂する森の草木に大地、河川の水はこの滅びの道を避けられるか。避けられない。この世界を始め動物界、運命界、自然界*8も滅びの道を避けられない。一体どんなものが滅びの道を避けられるのか。

この、滅びという世のことわりのはざまでマウン・ルーエイの心は千々に乱れていた。現実の世界から心が離れていた。この世のことを忘れていた。どれほどの時がたったのだろうか。雨はもうやんでいた。使用人が食事の時間であることを告げにきて初めていすに座ったまま眠り込んでいたことに気がついた。手にしていたマ・ミャタンの写真を机の上に置くと、マウン・ルーエイはひとり食堂のある階下へ降りていった。

訳注

（1）ダイウングウィンはモーラミャイン市内にある地区名。
（2）英領インドやビルマには各地にこうした高級公務員の社交クラブがあった。
（3）職場ではミャンマーの伝統的な正装をし、余暇の時間にズボン（それも半ズボンが多い）に長靴下、靴というイギリス風の服装を身に着けた状況を指している。
（4）どちらの徳も仏教徒の美徳として考えられている。
（5）ザロンは下ビルマ、エーヤーワディー・デルタにある都市。
（6）ヒンダータはザロンよりも数十キロエーヤーワディー河流域を北上した場所にある都市。
（7）一九三〇年代当時のビルマ族成人女性は広くビー・ザドン（くしまげの意）というまげを結っていた。頭頂にくしを据え、くしの周りに長い髪を巻き付けていく。でき上がりは頭の上に筒状のまげを乗せた形となり、脇に一房の髪を垂らす。髪には日常的に生花を飾ったり、まげにかんざしを差したりした。こうした髪型は今では花嫁の婚礼用または伝統舞踊の踊り子にその例が見られる程度である。
（8）ミャンマーでは動物界、運命界、自然界をまとめて三界《さんがい》と呼ぶ。この三界は不変不滅のものなどこの世にないことを表す代名詞としても使われる。仏教では精神世界は三十一の層に別れているとされるが（人間界は下から第五番目の層にある）、動物界とはこの三十一世界のどこかに住む、生命と感情のあるものを総称したもの。自然界とはこのそれぞれの階層世界そのものや天空に大地、山や森や水といったものの総称。運命界とはこの三十一世界にある生物無生物すべての成り行きを支配する法則。

ほていあおい

マウン・ルーエイは、穏やかな人というその名のとおり平穏無事に暮らしていたかったものの、たまたま政府側の人間になってしまったためにマウン・ループー、心配の絶えない人になっていた。マウン・ルーエイが就職して間もなく、米価は大下落[*1]、ターヤーワディーでは反乱が起こり[*2]、あちこちの町や村でも不穏分子が騒動を起こすという、まことに奇妙な時代と遭遇してしまったのであった。

自分の管轄地域は税の取り立てこそ難しいものの、政情のほうはまだそれほど心配することはなかった。ただ、周辺の地域が不穏になっていたのでマウン・ルーエイたちも気が気ではなかった。県知事の命によってマウン・ルーエイは郡の境界線方面へ急行した。政府所有の船[*3]に乗り込んでいるのは自分の事務員と使用人のほかは船員たちだけだった。自分の管轄地域の村々を訪ねながら情報収集をした。税金も取り立てた。そのためにはあめとむち、なだめるところではなだめ、脅すところでは脅し、文句をつけるところでは文句をつけとやって来た。第一〇九条、一一〇条[*4]にひっかかる村があれば取り調べた。

このように進みながら、日暮れどき、船は管轄地域のはずれのアスガレイという村に到着した。

村と船を停泊した場所は相当の距離があった。村に行くには政府の大型船は入れず、発動機付きの小舟で行くしかなかった。

郡長殿のお出ましと聞いて、村長のマウン・スィッサイも小さな発動機ボートでやって来た。マウン・ルーエイに自分の家においでくださいと請い願う気の使いよう。マウン・ルーエイも食事を終えると、事務員を連れてアスガレイ村の村長についていった。

ダバウン満月の日[*5]だったので、月はこうこうと輝いていた。小川は一面白く光っていた。稲田も薄紅色に浮かんでいた。微風が吹いていたのでやや涼しく、ことにマウン・ルーエイは半ズボン[*6]をはいていたため、二つのひざ小僧がだんだん冷えてきてしまった。耐えられないほど寒くはないが、寒くないとも言えない。少しばかりつらい思いをしていた。

しばらくしてアスガレイ村に着いた。パゴダ祭をしている場所からサイン・ワイン楽団[*7]の音が聞こえた。楽団の調べに耳を傾けているわけにはいかなかった。地域の政情について村長と話し合わねばならなかった。村の住民台帳の鑑査もした。不穏分子たちのことについても尋ねた。人頭税[*8]についても取り調べた。

サイン・ワイン楽団の音は相変わらず聞こえていた。パゴダ祭に行く者たちは皆、楽しんでいるに違いない。村長と事務員と郡長の三人は、頭をつきあわせてひたすら話し込んでいた。どんな楽団の調べも聞く余裕とてなく、いかなるパゴダ祭にも心奪われず、満月の夜であることすら忘れ、マウン・ルーエイはただ自分の職務に頭を悩ましていた。

またしばらくして一行は発動機付きの小舟で村から出てきた。大型船を止めてある本流の入り口に着くと、村長にあいさつしてマウン・ルーエイは自分の船室に引き上げた。机の上の時計を見ると、もう真夜中過ぎであることを知った。

税金のためお国のため、一日じゅう奮闘してきたので疲労困憊《こんぱい》し、マウン・ルーエイは身を投げ出すようにしていすに座り込んだ。机の上に双方の足を重ねて乗せてこれからすべき仕事のことを考えた。そばにあったたばこ入れからたばこを一本取り出して火をつけ、煙を吐き出した。自分の部屋の中なのだから構うことはない。ヤンゴンの路上でこんな格好でたばこを吸っていたら、パチンコで小石でもぶつけられることだろう。不良少年たちやたばこをたかる連中に出くわすかもしれないと考え、思わず苦笑してしまった。

翌朝も早くから徴税の巡回に行かねばならない。今もすでに夜半過ぎである。寝ることにしよう。半ズボンからロンジーにはきかえ、寝台のそばに近づいた。寝台の真横に月の光がまっすぐに射し込み、そこだけが明るくなっていた。見てみると、そこはガラス窓がはまっているのだった。ほかのように板張りの開閉窓ではなかった。寝台に寝転がるとその窓は自分の体のすぐそばになる。その窓からだれか手を差し入れたら自分に届く距離であった。

夕方、村長が言っていたことにふと考えが及んだ。この船を停泊させている場所からほど遠くない対岸に、ふていのやから十人ばかりが掘っ立て小屋を建てて住み着いているという話を思い出した。ガラス窓越しにその小屋の方角をうかがってみた。いくつかの小屋が見えた。見た目にはまともな建物だった。人声というものはまったく聞こえなかった。村じゅう、静まり返っていた。それらの小屋からも何の物音も聞こえなかった。時折、村はずれから犬のほえ声が聞こえてくるばかりだった。

自分の拳銃《けんじゅう》を探した。ない。家に忘れてきたのだ。使用人ももう眠っている。別の側にいる事務員や船員たちの方からも物音は聞こえない。動揺した。そのままそれらの小屋を凝視していた。あのふていのやからたちは自分が来ていることをすでに知っていたに違いない。こちらを恐れて逃走してしまったのかもしれない。逃走したのならまだいい。逃げ出さずに、こちらへ束になってかかってきたら厄介ではないか。護身用の拳銃も家に置き忘れてきてしまった。

いや、構うことはない。人間生まれたからにはいつか死ぬ[9]。権威の側にある自分が悪漢を恐れることはない。勇気を奮い起こした。三宝礼賛[10]の経文を唱えた。厄よけの偈頌《げじゅ》[11]を唱えた。半そでシャツのすそをつまみ上げ、部屋の中を行ったり来たりして歩き回った。しばらくすると暑くなってきた。全身に汗が吹き出してきた。

外の冷気に当たりたくなったので部屋のドアを開け、へさきの方に置いてあったいすに腰を下ろした。たばこに火をつけた。見事な月を見上げた。くっきりと澄み渡った月だった。七連星[12]を探した。あった。しっぽの部分が曲がっていた。ひよこ座[13]にてんびん棒担ぎ[14]などの星も探してみた。あった。

土手一帯に茂っている木々を見渡した。微風の中で優しく揺れ動いていた。村の方角にも目をやった。静まり返ったまま。ほかの方角も見渡すと、先ほどのふていのやからたちの小屋がまた目に入った。そっと体の向きを変えた。どうもまだ腹が据わっていないようである。それらの小屋からは何の物音も聞こえない。明かりも見えない。みんな寝ているのか。逃げ出してしまったのか。それとも相談事でもしているのか。だれがそれを知ろう。満潮になってだいぶたつので河全体の水かさが増していた。自分が座っているところと水面との差はわずか二フィート程度である。水面は月光の下で白銀色に光っていた。キラキラとさざ波が立ち、思わず目を奪われた。

こうして水面を眺めていると、ひとかたまりのほていあおいが微風を受けて、流れに乗ってやって来た。ほていあおいのピンと張った小さな葉はまさに帆掛け船の帆と同じである。風の吹く方向へ流されていく。あるものは一株ずつ流れてきた。あるものは大きなかたまりになってやって来た。あるものは大きめのものを中心に小さな株のお供がそれを取り囲んでいた。ほていあおいの王様に仕える家来たちである。中には花を咲かせたほていあおいもところどころ漂ってきている。小さな楼閣といったていである。明るい月光の下ではなおさら見映えがする。白い月の光が青いほていあおいの花をとらえている光景は、見る者の心を和ませた。

ほていあおいたちは自分たちの気の赴くまま、愉しげに行き来し漂っている。水位が上がってくればそれに乗って流れていく。水位が下がればまたそれにあわせて流れていく。陸に流れ着いてしまってもまた陸の上で繁殖していく。流れを上ったり下ったり、行きつ戻りつ、どこにいても生き延びていくのであった。

行きたいところに行く。何ものをも恐れない性質の植物である。だれに対してもひるむところなし。ボートに船、人間、何ものも彼らにはかなわない。一株を断ち切れば二株になる。二株を断ち切れば四株になる。四株から八株に、やがて退治しようとした者たちもあきらめる。このようにあきらめれば、なおさら思いのままにあちらへこちらへと楽しげに漂っている。この世で人間がかなわないもののひとつにほていあおいも入る。

こうしてどこかに留まることなく、行き着いたところで楽しんでいるほていあおいたちが、次から次へと漂ってくるのを見ているとマウン・ルーエイはうらやましく感じた。ほていあおいたちはみんな自由である。自分はといえば、このとおり行きたいところへ行くこともできない。自分の持ち場の中で狭苦しい思いをしているのである。

やがて、付近の精米工場から二時を告げる時計の音が聞こえてきて我に返り、もう寝ようと思った。そろそろあくびもするようになった。見上げた空に、月は相変わらずこうこうとしていた。あたりは静けさに包まれていた。不穏分子たちのこともう考えなくなった。部屋に戻り、朝、使用人に起こされて目覚めるまで眠り込んでいた。

訳注

(1) 一九二九年の世界大恐慌の影響による。米は英領ビルマの主要輸出産品でもあった。米価の下落により、稲作地帯のエーヤーワディー・デルタでは現金収入の道を断たれた多くの農民が困窮した。

(2) 一九三〇年、エーヤーワディー・デルタの都市ターヤーワディーで、困窮した農民たちがサヤー・サンを首領として植民地政府に対する大規模な暴動を起こした。暴動は近隣地域にも飛び火し、三二年にようやく反乱が鎮圧されてサヤー・サンは処刑されるが、それまでに役場の打ち壊し、村長に対する殺傷事件が数多く起こった。なお、独立後のミャンマーではサヤー・サンは英雄として評価され、現在、九十チャット札にその姿を見ることができる。

(3) エーヤーワディー・デルタの河川、またそれに連なってミャンマー国土を南北に縦断するエーヤーワディー河の航行に使う船。

(4) 共に刑法。第一〇九条は、不審な住所不定者に対する取り締まりを定めたもので、最高禁固刑一年。第一一〇条は、強盗、空き巣、窃盗、貨幣・手形の偽造、盗品の隠匿など、常習犯に対する取り締まりを定めたもので、最高禁固刑三年。

(5) 太陰暦に基づくミャンマー暦の十二番目、一年最後の月、ダバウン月の満月の日。ダバウン月はだいたい太陽暦の二、三月に重なる。

(6) 英領インドやビルマでイギリス人官僚が地方視察の際などによく着用していた。

(7) 環状に並べた調律太鼓サイン・ワインを中心としたミャンマー伝統楽器のオーケストラ。十人程度で編成する。

(8) 植民地時代、成人すると課された税。庶民の暮らしを圧迫するとして不評だった。

(9) 原文は「死ぬのは一日、生まれるのも一日」。死を恐れるなという意味の決まり文句。

(10) 三宝とは仏法僧、すなわち仏陀、仏法、僧団を指す。これらは仏教徒の信仰のよりどころでもある。

(11) 偈頌《げじゅ》はもともとパーリ語で書かれた仏教詩を指すが、後に魔よけ、開運祈願などの呪文《じゅもん》もこれに含められるようになった。

(12)北斗七星のミャンマーでの呼び名。
(13)牡牛《おうし》座のプレアデス星団、またはすばるをミャンマーでは六羽のひよこに見立ててこう呼んでいる。なお、ミャンマー式星座では、地球から見た月の軌道すなわち白道上にある星座を「白道二十七星座」としており、ひよこ座はこの二十七星座のひとつ。
(14)オリオン座のこと。ミャンマー式星座では正式には門番座（矢を手にして座り込んだ門番に見立てられている）と呼ばれ、白道二十七星座のひとつでもある。

ちんぴら

マウン・ルーエイはマ・ミャタンを亡くしてからというもの、一介のちんぴらになってしまった。出勤の時間も退庁の時間も不規則になった。仕事もまじめに取り組まない。人が登庁する時間にはまだ寝床の中にいた。人が退庁する時間には法廷で判決の真っ最中。マウン・ルーエイの行状は以前とは打って変わったものになってしまった。

退庁してもがらんとした家には帰らず、公務員たちの集まるクラブへ直行した。クラブに着くと、テニスをしたり、トランプとばくの輪に加わったり、人がビリヤードをしているのを眺めて一時間、二時間、三時間、四時間と過ごしていた。

こうしてクラブに入り浸り、他人が遊んでいるのを座って見ていると何となく愉しい気分になった。クラブを出て家に帰るのが怖くなった。時間になると仲間の友人たちもそれぞれ帰宅していった。マウン・ルーエイは他人が帰ってしまった後、ひとり取り残されてからやっと家に帰るのだった。

トランプとばくに加わっても、トランプ遊びにたけているわけでもないマウン・ルーエイは負けてばかりいて、ほかの公務員たちの副収入を増やすのに貢献しているにすぎなかった。マウン・ルーエイがクラブの建物にやって来るのを見ると、人々がよく「やあ、獲物が飛び込んできたぞ」と笑っていた。このように毎日容赦もなく金を吸い取られていてもマウン・ルーエイは気にもとめなかった。愉しい気分になればそれでいいと思い、トコトコとクラブに日参していた。

　こうして毎日クラブにむしられに出掛けていく者が、どうしてきちんと食べて寝る生活が送られようか。どうしてまっとうな日常が過ごせようか。

　時々、夕食を真夜中すぎに取った。空腹であることも忘れてしまう。就寝すべきことも考えなくなった。マウン・ルーエイが家に帰ってこないので、使用人のマウン・トゥンペイと料理人のサミーはマウン・ルーエイの帰りを今か今かと待っていた。ご飯もおかずもすっかり冷めてしまっていた。マウン・トゥンペイたちもマウン・ルーエイを待ちながら眠り込んでしまうこともたびたびだった。帰ってきたマウン・ルーエイに起こされて、彼らも食事を出してくれるのだった。マウン・ルーエイが家へ帰ってこないので彼らも空腹に違いないが、[*1]二人とも今は自分たちの主人も苦しいときなのでこのように遊び回っているのだと心得て、辛抱強く接してくれた。

　マウン・ルーエイも、常識はずれな時間に遊び回ったり、食事をしたり、時間を守らずに出勤したり、勤務するのはよくないとわかっていた。けれども、自分で自分の心を制することができず、流れに任せるほかなかったのである。使用人たちも気を利かせて何も言わずにいた。主人の気持ちがそれ以上落ち込むことのないよう、今まで以上に尽くしてくれていた。

　こうして三か月が過ぎた。そして、四か月、五か月、六か月、七か月と何か月もたっていった。このように月日がたてばたつほど自分の心も幾分ほぐれてきた。マ・ミヤタンの姿も自分の目の中から少しずつ遠のいていった。

旅人が歩みを進めるほどにその出発点から遠く離れていくようであった。遠くへやって来た旅人にとって、目に映る出発点がはるかかなたにかすんでいくように、時間という旅の道のりを進んできたマウン・ルーエイにとって、昔の出来事は次第にかなたにかすんでいくように感じられた。去る者、日々に疎し[*2]、という昔の古老の言葉は日に日に正しいものに感じられた。嘆きという病、追憶という病は時間という薬のほかにどんな薬でいやせようか。マウン・ルーエイの嘆きと追憶にとらえられていた心も、時間という薬の効果のおかげでゆっくりと快方に向かってきた。これはだれも否定できないこの世の習いでもある。

こうして次第に寂しさ、悲しさが消えていくにつれてマウン・ルーエイも時間どおりに出勤するようになってきた。食事の時間に帰宅の時間、就寝時間も規則正しくなってきた。

クラブにも以前のようには行かなくなった。クラブの会員たちも、前のようにマウン・ルーエイからやすやすと金を巻き上げるわけにはいかなくなった。

ある日、政府の印が押された一通の書簡が届いた。それはマウン・ルーエイを……市へ転勤させるという辞令であった。この辞令を得てからは転勤の準備にかかった。やがてその町へやって来た。しばらくたつと、以前の土地のことも、そのときの出来事もマウン・ルーエイの心の中からだんだんと遠ざかっていった。新しい土地に来て、自分自身も新しい人間になったような気がした。生まれ変わったようにも感じた。ゾージー[*3]たちは一生の内、一回の人生を送るという話が思い出された。

マウン・ルーエイの両親や親類縁者が彼をひとりにさせておくのを心配した。たびたび手紙をよこしては新しい結婚生活を勧めてきた。マウン・ルーエイ自身もひとりで暮らす苦労を実際に体験していた。自分が暮らす公務員用家屋もあまりにも広かった。その広い家で一人暮らしをするのもあじきないものだった。帰宅しても話し相手もいない。ひとりでただぼんやりとしていた。その町へ赴任して間もないので知り合いもまだいない。昔のことやこれからのことをただ考えているばかりだった。

このように考え事をしているときなど、マ・ミャタンのことにも思いが及んだ。マ・ミャタンは帰ることのない道を行ってしまった。自分が嘆いても、思い焦がれても帰ってくることはない。どうかよい運が開けますようにと祈っていた。遠縁にあたるキンタンミンのことをたびたび考えるようになった。キンタンミンはまだ二十歳そこそこの年である。彼女が幼いころ、一、二度見たことがある。今の年ごろになった姿はまだ見ていない。まだこの目で見ていなくとも、自分の妹のティンティンがキンタンミンがとても美人であることを繰り返し手紙に書いてきた。口でもたびたびそう言っていた。ティンティンがキンタンミンとだったらと賛成した。自分の両親親類縁者も反対する理由はない。マ・ミャタンと結婚する前、キンタンミンとの話があった。まだそのときはキンタンミンが若すぎるということで話はまとまらなかった。

片思いという、一人相撲の愛の種まきをマウン・ルーエイはしてしまった。その愛の苗木はだんだん大きく育っていった。秘密という肥料をたびたび与えたことも功を奏して、愛の若木はやがて枝を張り始めた。キンタンミンのことを考えながら、家の前のベランダに持ち出したデッキチェアに座ったまま眠り込んでしまうことも時々あった。キンタンミンの顔を思い浮かべてみた。思い浮かべられない。最後にキンタンミンとの話をまとめてくれるようティンティンに手紙で頼んだ。それから長いこと何の返事も来なかったのでマウン・ルーエイは落胆した。またティンティンの元へせっせと手紙を書いた。

ついにティンティンからの手紙が来た。客間のデッキチェアに身を預け、たばこを吹かしながら手紙を読んでいた。たばこから立ち上る煙を目で追った。たゆたう煙の間にさまざまな思いが浮かんできた。もし思ったことがすべて実現したらどんなによいことか。

そのように次々と考えを膨らませている最中、家ににぎやかな人声が入ってきたのが聞こえたので、マウン・ルーエイは出迎えのため客間を離れた。心の中で造りかけていた夢の御殿も雲散霧消してしまった。

訳注

（1）ミャンマーの使用人は、主人が食事を済ませてから自分たちの食事をすることが多い。

（2）原文は「死んだ者はやがて忘れ去られる」。

（3）ミャンマー伝統思想上の超能力者をこう呼ぶ。また、ミャンマーには「生まれることと死ぬことはそれぞれ一生に一度だけ」という言い方がある。

信じられないわ

きょうはダバウン満月の日。時間は宵の七時であった。マウン・ルーエイは夕飯を終えると、家の前の花壇の中にある小さなベンチにひとり腰掛けた。満月も涼しげに澄み渡り、穏やかな輝きを放っていた。そして、下界にさわやかな冷気を振りまいていた。

夕涼みをする者たちは皆、お月様の冷たい光を浴びると暑さを忘れてしまう。離ればなれになっている恋人たちはお月様を見上げては自分の相手に思いをはせた。相手のために皆、お月様に願い事をするのであった。満月の夜に会う約束をしている恋人たちもいる。約束どおり会っているのかもしれない。マウン・ルーエイも自分の恋人、かわいいキンタンミンに会いたい気持ちをつのらせて月を見上げた。と言って、約束もしていなかったので会えるとはほとんど期待していなかった。キンタンミンへの想いを月に託して祈ろうと考えた。でも、お月様に向かうと照れくさくなり、何も祈らずにいた。

こうしてしばらく月光の涼やかで平和な味わいを楽しむと、上着のポケットからたばこを一本取り出して最近手に入れたパイプに差した。このパイプはキンタンミンから贈られたものであった。マウン・ルーエイがヘビー・スモーカーになってまだそれほどたっていなかった。キンタンミンからパイプをもらったその日からなのであった。たばこ好きだからなのか、それともキンタンミンからのプレゼントのパイプをしょっちゅう見ていたいからなのかと聞かれたら、マウン・ルーエイは答えに窮することであろう。

たばこに火をつけて一服、二服すると、ポケットからハンカチを取り出した。ハンカチを取り出した理由はわからない。汗をぬぐうために取り出したのかと思いきや、取り出して手にしたままでいる。その夜は暑くもない。風も吹き渡っていた。マウン・ルーエイはハンカチの角の赤いイニシャルの縫い取りをしげしげと見ているのであった。その小さな文字を刺繍《ししゅう》した手を褒めたたえた。その両手の主、キンタンミンをこの上なく褒めたたえた。細かい文字を見事に刺繍できるから賞賛したというよりも、自分を気にかけ、刺繍してくれたけなげさを賞賛し、また感謝した。キンタンミンが小さな文字を刺繍している様が目に浮かぶようであった。その小さな文字たちにキンタンミンのことを聞いてみた。どんな答えがかえってきたかはわからない。マウン・ルーエイは笑顔を見せていた。

小さな文字たちを見て満足すると、今度はうちの中から持ってきた写真を見た。見飽きる様子もない。月光の下、じっと見入っているのであった。もしも写真が写真でなくて、本当のキンタンミンだったらどんなによいことか、と考えながら暖かく幸せな気持ちでいた。

このように思いを巡らし、思いをはせながら、ベンチのそばのジャスミンの茂みの中で何かが動いているのが目に入ったのでとっさに立ち上がると、

「おい、だれだ」

とやや声を荒げて聞いた。聞いても何の答えもない。マウン・ルーエイのところへ何者かが次第に近づいてくる気配を感じた。マウン・ルーエイも再度、

「おい、聞いているのが聞こえないのか。痛い目に遭ってもいいのか」

と今度はかなりの大声で尋ねた。

「怖い声ね。郡長さん」

と言いながら人影はマウン・ルーエイが先ほど座っていたベンチのそばへやって来た。マウン・ルーエイもその人物を見るとしばらく言葉を失ってしまった。この上なく驚愕した。何しろベンチのそばに立っている人物は、とびきり美しい十八、十九歳ぐらいの若い女性だったのだから。その娘の美しく品のある姿はとうてい書き表せないほどなので、この程度でやめておこう。

　その娘もそれからは何もしゃべらない。ほほえみながらベンチに腰を下ろしたのであった。ベンチに二人並んで腰掛けるとマウン・ルーエイが
「キン、いつ来たんだ」

と聞いた。

キン「いつ私に気がついたの」

エイ「たった今だよ」

キン「じゃ、たった今、来たのよ」

エイ「何しに来たんだ」
キン「来ちゃいけないの？　来ちゃいけないのなら、今、帰るわ」
エイ「来ちゃいけないとだれが言った。会ったとたんにけんか腰なんだから。わけを聞いたんだよ。聞くなと言うなら聞かないよ。でも、聞いちゃいけないのか」
キン「聞きたければ聞いたら？」
エイ「だから何しに来たんだ」
キン「何もしないわ。お兄さん[*1]が信じられないからちょっと様子うかがいに来たの」
エイ「おやおや、何か信用できないことでもあるのかな」
キン「わからないわ。お兄さんのような郡長さんたち、それから町長さんたちはあちこちに出掛けるから信用できないわ。よくそう聞くの」
エイ「わかった。キン、どの郡長、どの町長もがそうではないんだよ。同じ人間でも息づかいは違うように」
キン「息づかいは違っても同じ人間じゃない。だから心配なのよ」
エイ「まったく……。じゃ、息づかいも違えば、人間としても違う。これならいいかい」
キン「うん、いいわ。本当だと思っていい？」
エイ「いいよ。こりゃ一言言うごとに、一チャットぐらいはやらなければいけないな（笑いながら）」
キン「うまいこと言いながら、後から何か言うんだから。それなら帰るわ」

エイ「これまた何て短気な性格なんだ。話を面白くするために言ってるんだよ。そんなに短気ならもう口をきかないよ」
キン「お兄さんも人をからかうのが好きね。キンが短気な性格だなんて。本当にお兄さんったら」
エイ「本当の兄さんでなければ偽物の兄さんか」
キン「わあ、言いたい放題、冗談まで言うんだから」
エイ「さあ、冗談はこのくらいにしよう。ちゃんと話をするからね」
キン「本当の話だと安心して聞いていていいのね」
エイ「もちろん本当の話さ。兄さんはうそのつけないたちだよ」
キン「信じられないわ」
エイ「信じてくれよ、キン。この時代、大空の下、ひとりだけと思う……って歌を聴いたことがあるかい」
キン「ないわ。歌ってみて」
エイ「それは無理だな。『大空の下、ひとりだけと思う』ってフレーズだけいいなあと思って覚えてる」
キン「それがどうしたの」
エイ「わからないふりをするんじゃないよ。大空の下、ひとりだけと思うっていうのはキンのことだよ」

キン「うそつかないでね」
エイ「うそじゃないよ。まじめに言ってるんだよ。信じられないなら、僕の身内に聞いてごらん」
キン「お兄さんのご親戚には聞けないわ。信じるわ」
エイ「そう来なくちゃ。僕は毎日恋しい思いでいるんだよ。今日だってシュエミンティン・パゴダの祭にも行かない。誘いに来てくれた人たちだっていたけれどね」
キン「どうして行かないの」
エイ「来年、キンと二人で行こうって心に決めたからさ。キンと一緒でなければどんな道にも行かない。わかるかい」
キン「田舎にはなぜ行くの?」
エイ「おいおいキン、田舎に行かずに済むことか。田舎に出張するのが仕事なんじゃないか。キンはまったく根掘り葉掘り聞きたがる娘《こ》だね」
キン「お兄さんたち男性は根掘り葉掘り聞いたってまだだめだわ。放ってなんかおいたら……大変……」
エイ「またか。ついさっき信じるって言ってたね」
キン「信じてます。信じてます。庭で何してたの?」
エイ「キンのことを考えていたんだよ」
キン「信じられないわ。お兄さんたち男というものは、一度やぶに隠れたらもう前の女性を忘れ、出会ったら死ぬほど恋い焦がれ、別れたらすぐに忘れるって性格よ」
エイ「おいおい、まただね。よし、それほどまで信用できないのなら帰るな。これからこの家で暮らしたまえ。僕が離れたらすぐ相手を忘れる人種かそうでないかわかるようにね」
キン「キンがお兄さんの家で暮らすなら、離れることなく、それから離れても忘れないってことがどうやってわかるの（ほほえみながら）」
エイ「これは困ったな。君には負けたよ」
キン「じゃ、離れたら忘れるのね」
エイ「やれやれ。離れても忘れない。会っていても忘れない。食事のときも、出掛けるときも、眠っているときも忘れない。それほどまでに忘れない。さあ、信じるかい」
キン「あれはだれの写真？」
エイ「僕の恋人の写真」
キン「大空の下、ひとりだけって言ってたわよね（不満げに）」
エイ「本当にそう思ったから言ったんだよ」
キン「それなら、どうしてほかにガール・フレンドを作るの」
エイ「この写真をよく見てごらん。そう人を責めるなよ」
キン「（写真を見て）まあ、キンの写真じゃない。お兄さん、キンのこと本当に好きなのね」
エイ「キンよ。信じてくれ。大空の下、ひとりだけだよ」

キン「ううん。信じられないわ」

と言いながら、マウン・ルーエイに魅力的な笑みを見せた。

マウン・ルーエイがキンタンミンを優しく抱き寄せたとき、ベンチの手すりに抱きついて我に返り、キンタンミンのことを想いつつベンチで眠り込んでしまった自分に苦笑したのであった。

訳注

（1）ミャンマーでは恋人や夫婦が呼び合うとき、女性は男性を「コウコウ」「アコウ」または「マウン」と呼び、男性は女性を「ニーマ」と呼ぶことが多い。これらは兄弟姉妹を表す名称でもあり、「コウコウ」「アコウ」にはお兄さん、「マウン」には弟、「ニーマ」には妹の意味がある。また女性が恋人や夫の名前を呼ぶときは「コウ」の敬称を付けて呼ぶ。

女の威徳

マウン・ルーエイがきょうやっと地方出張から帰ってきた。かわいいキンタンミンと離ればなれになって十日ばかりたっていた。十回死んでまた生まれ変わったぐらい長く感じた。夕食を終えると二人はお互いの顔を見つめ合い、幸せな気分に浸っていた。甘い言葉を交わし合った。まだ物足りない。最近手に入れた「似てるけど違う」という歌のレコードをかけた。この上ない心愉しさ。

そのとき、家の外でドアをノックする音が聞こえた。マウン・トゥンペイがドアを開けにいった。マウン・ルーエイのそばへやって来た彼の手には一通の電報が。それを見たマウン・ルーエイとキンタンミンの顔色が変わった。驚きの表情から心配を隠せない表情になった。宝くじを買った者を除き、電報が届けられて不安な気持ちにならないような人間がいるだろうか。

マウン・ルーエイはその電報を受け取ると開けて読んでみた。キンタンミンはもう息が止まる思いだった。それは県知事からの電報だった。ワーヨンカウッ村の村長が反徒とおぼしき人物たちにより人質に取られたので、即刻現場へ行くようにとの電報であった。マウン・ルーエイがキンタンミンの顔を見た。キンタンミンもマウン・ルーエイの顔を見た。

キンタンミン「行くの?」

マウン・ルーエイ「行かなくちゃ」

マウン・ルーエイはキンタンミンとろくろく言葉も交わさないうちにまた別れてワーヨンカウッへ行かねばならないのがつらかった。キンタンミンは謀反者、強盗たちを逮捕するためマウン・ルーエイを行かせることが心配だった。といってどうすることもできない。行くのみ、そして二人が離ればなれになることは必至。翌朝の五時の船に乗っていく手配をした。事務員のピャンセインに事情を知らせた。メッセンジャー・ボーイのポウシュエにも連絡した。彼らも同じく、マウン・ルーエイに同行して愛する者たちと別れるのをつらく思うに違いない。

翌朝五時にはマウン・ルーエイたち一行はすでに船着き場に到着していた。震えがくるほどの冷え込みであった。船も五時きっかりにやって来た。マウン・ルーエイは乗船すると直ちに一等船室へ向かった。船室のドアは閉ざされていた。ノックしてみた。中からは何の音も聞こえない。今度はやや大きめの音でゆっくりとノックを繰り返した。中から
「だれだ」

という声が聞こえた。

「僕だ」

と答えた。

「僕だと言うおまえはだれだ」

と怒気を含んだ声が返ってきた。

エイ「僕だというのは一等船室に乗る者だ」
声「こんな時間に何でノックするんだ。寝られないじゃないか」
エイ「しかたがない。この時間に船が着いたのだから」
声「まったく困ったやつだ。眠れやしない」
エイ「眠れないのはちょっと置いて、ドアを開けてくれ」
　中の人物が荒々しい足音で寝床から起きて来てドアを開けるのと同時に、マウン・ルーエイが声を上げた。
「何だ。フラティン。ずいぶん突っかかった物の言い方だったな」
ティン「おお、ルーエイ、君が来てたのか。ほかの人だと思ったものだから」
エイ「道中こうして会えるとはうれしいよ。学校を出て離ればなれになってから、いったいどうしていたんだ。これからどこに行くんだ」
ティン「さあさあ座れよ。言いたいことは山ほどだ。君のことも聞きたいよ」
二人はいすにかけるなり長い間話し続けた。マウン・フラティンの話をかいつまんで述べれば以下のとおりとなる。マウン・ルーエイの話はこの際省く。
　マウン・フラティンが公務員になってからまだそれほどたっていない。やっと二年そこそこ。新米幹部候補生なのであった。宮仕えの世界の広大で奥深いことはおろか、まだそれらを察することさえできなかった。もうすでに公務員生活が長く、老獪《ろうかい》な役人となって役所内で立ち回っている者たちの目には、マウン・フラティンのような人間は少々間抜けな役立たずとして写った。

マウン・フラティンは正義感の強い人物であった。正義感が強く、またそのとおりに行動した。そうした行動のため、疎まれることもたびたびであった。いつも訓令どおりに仕事を進めるため、一部の者たちが訓令を無視するよう言った。効果なし。一度その訓令が出されたら、それを破棄するなどもってのほかという考えなのであった。だれが誘いをかけてもその手に乗らず。しかも、ほかの役人たちも自分と同様だろうと思っていたのであった。

だれだれがいい場所に転勤したくて、上の偉い人たちのところへ行って画策したという話を聞いたことがある。またださだれは今の職務がいやで、ほかへ転勤させてくれるようヤンゴンまで出掛けていって工作したとも聞いた。だれだれは転勤先が気に入らず上司のところへ手を打ちに行ったとも聞いた。このように聞いたことはあっても信じられなかった。またそんなことをする者たちを笑った。思いどおりにいくものかと思ったからである。そんなふうに思いどおりのことだけがまかり通っていっても、世間はそんなに困らないものなのかと思いつつもまだ信じられずにいた。

このように「手を打った、手を打った」と言われたとき、どのように手を打ったのか想像もつかず、信じられもしなかった。自分の仕事ぶりが良ければその職務だって良いものとなる。自分の働きが悪ければ悪いポジションとなるだろう。自分の名声が上がればその地位だって良いものとなる。自分に悪評がたてばその地位だって居心地の悪いものとなるだろうといった思いをいつも自分の心の中に刻みつけているのだった。己の評判も落とし、ろくな仕事もせず、ヤンゴンまで出掛けて工作したからと言って、良い場所へ転勤できる、楽な仕事をもらえる、昇進もするなどとはとうてい信じられなかった。

信じられないだけに、自分の任務を果たそうと一生懸命働いた。よく評価されるよう黙々と職務を遂行していった。理由もなくだれかのところに出入りするようなまねもせず、またたれに対してもいつも変わらず、職務に忠実にひたすら真っすぐな姿勢を貫いていた。お世辞やおべんちゃらも言わず、いつもきぜんとしているのだった。

自分もまた自分の原則を曲げるようなまねをするのはいやだった。自分の部下の中でも正直にしている者、一生懸命やっている者だけを目にかけていた。しばしば不当な行いをするような者に対しては冷たく接し、時にはかなり厳しい罰を与えることもあった。

ある者たちは、官報に人事異動の発表があった後でさえも、関連部署に足を運んで画策すればなんとかなると言っていた。官報に発表された後にもなって、どうして自分の思いのままにできようか。官報にも出た事項をだれが覆せようか。

以上がまだ十分練れていない役人、マウン・フラティンの思考なのであった。

マウン・フラティンがその地方に転勤になってまだ日が浅い。わずかに四か月たったところである。ようやくその町の人々と知り合い、友人となって、町での暮らしにも慣れ、管轄地域の様子がわかってきたころである。また、出張を通じてさまざまなことを理解してきたころである。毎日の生活がやっと楽しく感じられるようになった。転勤してきたばかりのときは知り合いもだれもおらず、ひとりでぽつねんとしていた。ひどく退屈でもあった。今、やっと自分のペースで仕事ができるようになってきたところである。その地方はほかに比べたらはるかに平穏であった。税金の徴収も楽であった。マウン・フラティンも地方の暮らしに合ったのんびりとしたところのある人物であったので、田舎の生活を楽しんでいた。

ある日、自分が一緒に組んで仕事をしている町長のウー・カンのところに、……市周辺を管轄する郡長として赴任する意志があるかどうかを問う書簡が届いた。ウー・カンはそうしたたぐいの書類を毎日心待ちにしていた人間であった。すぐさまこれに応じる旨の返事を出した。返事を出してしまうと、もう喜びで胸がいっぱいになってしまった。友人ひとりひとりに吹聴した。自分が毎日顔を出していた社交クラブでもこの話で持ちきりになった。町内の酒屋の主人アブドゥーラーもおかげでだいぶもうけた。家へ帰ればまた家じゅうこの話で持ちきりとなった。息子も娘も、そして妻も、みんな口をそろえて「良かったね」の大合唱。その夜は皆、今後のことに夢が果てしなく膨らみ[*1]、だれも眠れなかった。

夜が明けると、自分の赴任先となる市に勤務している友人に、日常生活に始まり現地事情を問う手紙を書いた。その手紙を出してしまうと、毎日首を長くして返事を待っていた。五日後に返事が来た。開封する手に力がこもり、中の便箋《びんせん》までやぶいてしまった。つなぎ合わせて読み進むうちに、自分の赴任先の市は何一つ良いところはないことがわかったのだった。これは一大事。どうすればいいのか。もう行くと文書で答えてしまった。今さらやっぱり行きませんなどと書き送ったら、上の者たちは何と言うだろうか。大ばか者と言うだろう。大ばか者と言われて済むならまだいい。ずっと覚えていて、将来さらに悪い地域に転勤させられでもしたら大変だ。

こんな不幸の手紙を受け取ってしまった。もう何も考えられず、ウー・カンの心は暗い雲に覆われていったのであった。つい先ほどまであんなに楽しかった気分もどこかへ吹き飛んでいってしまった。喜びに輝いていた顔も色を失い、すっかりしょげきってしまった。

自分で自分の首を絞めてしまった[*2]とはこのことだ。どうやって切り抜けようか。その日は仕事が手につかなかった。家に帰りたかった。時間が恐ろしくゆっくりと過ぎてゆく気がした。

いいことがあれば愛する妻に聞かせたい。困ったことがあれば愛する妻に相談したい。これが世の中の常である。ウー・カンはいいことがあったときは早めに家に帰って妻と喜びを分かち合った。今はこの悩みを一刻も早く妻と分かち合いたい気持ちでいっぱいであった。この気持ちがあまりにも大きく膨らみ、気分が悪いと言って早退して家に帰ってきたのであった。

帰宅するとすぐさま妻に事の次第を話した。妻とともに娘も息子もそろってぼう然自失となった。ウー・カンとしてもどうしようもなかった。万事休すといったありさまであった。こんなときには妻なる者だけが良い知恵を出してくれるものだが、ウー・カンの奥方もうまいことを考えついた。

それは、上のしかるべき人のところへ奥方自ら出向いていって、切々と訴えたらだれが心を動かさずにいられようかというものであった。言うべきせりふも早くも奥方の頭にはっきりと浮かんできた。私たちはもう若くありません。子どもだって四人も五人もいるのです。引っ越しは大仕事となります。何人かの子どもはまだ学生の身です。もし、転勤なんてことになったら、子どもたちの勉強にもさしさわるでしょう。私どもの代わりにマウン・フラティンが転勤すればこの場はおさまるでしょう。マウン・フラティンはまだ若く、それに独身者です。マウン・フラティンなら転勤になっても何も困ることはありません。といった言葉が奥方の心に次から次へとわき出てきた。

奥方がこれらの考えを話すと、家族は一斉に賛成した。翌朝の船で奥方は出掛けていった。二、三日してから戻ってきた。前の喜びに輪をかけた喜びとなった。酒屋もまた売り上げを伸ばした。しばらくたつと、マウン・フラティンが今の土地から……市へ転勤するといううわさがたった。そして、それは町じゅうに広まった。なんとかするために手を打つという言葉を信じないマウン・フラティンもこのうわさを耳にして心穏やかではいられなくなった。この言葉は本当かもしれないと思い始めた。

これがまだ役所暮らしの短いマウン・フラティンが最初に経験した役人生活の教訓なのであった。ほどなくマウン・フラティンに対して……市への転勤を命ずる辞令が届けられた。この辞令どおりに赴任する途中でマウン・ルーエイと会ったのであった。

このようにかつての級友どうしの話が佳境に入っているとき、船はどこかに到着し、マウン・ルーエイは下船しなければならなかった。

ああ、マウン・フラティン、マウン・フラティン、正直すぎたのだ。

訳注

（1）原文は「空中に御殿を建てる」。
（2）原文は「自分の才覚で自分を突き刺す」。

漁業権オークション

何のオークションか。漁業権オークションである。[*1]

本日は漁業権オークションの日である。漁師の親方たちにとっては神聖な日である。魚たちにとっては最悪の日であった。

早朝から郡長殿の事務所の敷地内には、漁師の親方の大物に中物、小物、彼らの奥方、女房、おかみさん、ならびに令嬢、娘さん、おねえちゃん、その下で働く男女の漁業従事者たち、そのまた下請けの女性たち、漁業関係者なのかよくわからぬ男に女、果てはクーリーまで、漁業で食べている者たちがすでに勢ぞろいしていた。

町の中も彼らばかり。あちらへ行っても彼ら、こちらへ行っても彼らと会い、市場の中でも彼ら、中華そば屋でも彼ら、インド料理屋でも彼ら、中国人アピャンが経営する酒場も彼ら、インド人ムーサーのどぶろく一杯飲み屋も彼ら、マウン・トゥーのトランプとばく場も彼ら、町じゅう至る所に漁師たちが繰り出しているのであった。

漁師頭ひとりにぞろぞろとお供がつき、お頭もお頭でガウン・バウンの端をぴんと立ててあちこち練り歩き、手提げの中では硬貨がじゃらじゃら音をたてている。奥方もけなげにお頭のそばを離れず、顔つきもきりり。あるお頭は一行共々、郡長事務所の庭のビルマネムノキ[*2]の大木の下にじゅうたんを敷き、宴会を繰り広げていた。

コウ・タールーは、漁業権税を滞納しているため、オークション参加証がもらえない。親友のマウン・ポウアウンに頼んでオークションに参加してもらおうと画策している。しかし、マウン・ポウアウンも参加証がもらえない。第一、財産のある人間でもないのだから。それでもコウ・タールーには不安の影などみじんもない。インマ村の村長、ウー・ポウシンのところへ行き、マウン・ポウアウンに一定の財産があることを証明する書類に署名させようというのであった。この村長様は顔つきも厳しく、いやなやつだ。と言ってもここは臨機応変にせねば。下手に出ないわけにはいかない。お願いの言葉を申し出た。相手にもされない。このずる賢い村長め。自分を帝釈天《たいしゃく》[*3]だとでも思っているのか。さりながら、コウ・タールーはいったいどのようにやってのけたのか。しばらくすると、村長もにこにこ顔でサインしてくれたのだった。

マウン・ポウアウンがサインしてもらった。これで本当に事は済んだのか。まだ済まない。町長のところにひとっ走り行かなければ。村長の署名は財産所有者証明にすぎない。漁業権オークション参加証は町長、税務署長、郡長たちだけが発行してくれるのである。

町長殿の事務所に入るのも楽ではない。オークション参加証を得ようと待っている人々の数も相当なものである。マウン・ポウニー、マウン・ターハン、マウン・ミョウ、マウン・ニーターたちも汗まみれ。漁師頭のマウン・チャインも群衆の中であちらへこちらへもまれているではないか。

このおやじ、昨年の漁業権税も完納せずにしゃあしゃあとした顔で来ている。たいしたやつだ。

町長は早々と登庁して、執務室の中にいた。町長よりも恐ろしいのは町長のかばん持ち、マウン・キンである。このお方、町長よりもいい服を着ている。たばこを指に、白い草履を履き、あちらをどなり、こちらをにらみ、格好をつけている。彼といい関係ができている者たちは前列にいられる。そうでない者たちは後列に下がっていなければならない。自分で自分を町長だとでも思っているのだろうか。オークションにも参加しない先から地獄の始まりだ。

マウン・キンがチャンスを与えてくれた者はひとりまたひとりと順番に執務室に入っていった。町長とはもう会ったのだろうか。まだ会えない。上から偉い事務官、あまり偉くない事務官、事務官見習い、偉い事務官の秘書役たち、補佐の庶務係たち。これを下から順々に会っていかねばならない。また彼らがいろいろな質問で妨害をしてくる。さあ大変。大虎《とら》も怖いが小虎も怖い。まったくどの場所もうまくいかないものである。

ついに町長のところにたどり着いた。町長もまたいろいろな質問をしてくる。大学入試の問いよりも漁師の親方たちへの問いのほうがはるかに難しい。みんなうそばかり答えてくる。二十チャット相当の家屋を二千チャット相当と宣誓するわ、五チャット相当の牛車を百チャット相当と宣誓するわ、十チャット相当の牛を百チャット相当と宣誓する。罰が当たるという言葉を聞いたことがないかのようにうそのつき放題。入念に質問しても、取り調べる者のほうが混乱するほどの返答ぶり。なかなかのしたたか者たちである。

最後に町長がある者をふるい落とし、ある者には署名したのであった。署名を得た者たちの中にはポウアウン、トゥンセイン、サンウー、マウンミヤ、ロントーたちの顔が見える。それぞれ署名してもらった書類を手に、顔はほとんどえびす顔。[*4] コウ・サンパはマウンキンと仲が悪いので、事務所の外で居場所を求めて行ったり、来たり。哀れなやつだ。署名がもらえないと困るだろうに。

漁師頭の古株、ウー・ンゴエヤ、ウー・サンプー、ウー・ポウトゥン、ウー・バターたちはさっさと署名を得てしまったので、押し合いへし合いしている者たちの中には入らず、ビルマネムノキの木陰に腰を下ろしてたばこをふかし、キンマ[*5]をかんでいた。彼らの取り巻き連中に囲まれて。

マウンミャが署名を得るなり漁師頭のウー・ンゴエヤのところにやって来た。マウンミャの得た署名はパンフライン池の漁業権オークションに対するものである。それまでパンフライン池の漁業権所有者だったウー・ンゴエヤは、証書を目にするとたんに表情を変えた。この池が自分の手から離れていったら大変だ。ウー・ンゴエヤの妻、ドー・ユもものすごい顔つきになった。

マウンミャはウー・ンゴエヤにわざと聞こえるような声で、パンフライン池には二千チャットまで出すつもりだと言っている。ウー・ンゴエヤの顔に血が上ってきた。自分は千チャット以上は出せない。千チャット出してやっと二百チャットくらいもうかる。マウンミャは財産のある人物でもないのは確かだ。しかし、漁業権オークションの参加証取得者だ。この先一体どうなることか。二千チャット出されたら自分たちは失業者になってしまう。困ったことになった。マウンミャは参加証をヒラヒラさせながらしゃべり続けていた。ウー・ンゴエヤ夫婦は冷や汗タラタラでいた。

とうとうウー・ンゴエヤはマウンミャに自分たちの池を持っていかないよう頼み込んだ。頼んでもマウンミャは聞かない。足代に二十五チャットを取り出して渡した。少なすぎると言って受け取らない。三十チャットでも少ない。四十チャットでも少ない。五十チャット渡してようやく満足してくれた。五十チャットを手にするとマウンミャは早速マウン・トゥーのトランプとばく場へ消えていった。ウー・ンゴエヤはオークションも始まらないうちから五十チャットも失ってしまった。こんな手口でポウニーとターハンも古株の漁師頭ウー・ポウネーとウー・バターたちからそれぞれ三十チャットずつ巻き上げた。そして中国人アピャンの酒場へと向かったのだった。

ヤンゴンから今朝到着した魚の仲買人マウン・カンも、ガウン・バウンの端をピンと立てて闊歩していた。彼の後からは元漁師頭や今後の漁師頭候補たちがおとなしくついて歩いていた。マウン・カンのかばんには二千チャット入っているという話だった。マウン・カンから手付け金を頂こうと、皆、腰を低くしてお願いしていた。もううちの池の漁業権は質に入れるしかないのですと訴える者あり、池から取れた物はお安く卸しますと申し出る者も少なからず、ありとあらゆる甘言をろうしてマウン・カンの金を搾り取っているのであった。ここではマウン・カンは帝釈天《たいしゃく》よりも威光のある存在だった。扇であおいであげる者あり、水を持ってきてくれる者はあまたありと、大変に豪勢な様子である。

かくのごとく郡長事務所の敷地内は、あちらで群れ、こちらで群れ、あちらへうろうろ、こちらへうろうろ、こう言い、ああ言いとざわめいていたのであった。事務所の前の茶店のおかみ、ドー・

ティンキンは商売繁盛でホクホク顔、猫の手も借りたい忙しさ。[*6] 一年じゅうで郡長事務所がこんなににぎわう時期はほかになかった。オークション参加証を手に入れた者の顔は明るく輝き、手に入れられなかった者は意気消沈。マウン・カラーとその仲間は金目の物と言えば一銭も持っていない連中である。にもかかわらず、七マイルも向こうからやって来て、他人が池の漁業権を競り落とすのを垂涎のまなざしで見物しているのには驚いた。

こうして十時になった。やがて十時半になった。郡長マウン・ルーエイが現れた。みんな取り囲んで見ている。「悪徳郡長」「無慈悲な郡長」などと悪口を言っているのが聞こえる。（マウン・ルーエイは昔は確かにその名のとおり、穏和な人間であった。今は荒ぶる連中と渡り合わねばならないので荒ぶる人間になってしまった。）

県知事はまだ自分の船の中にいた。県知事が出てきて初めてオークションが始まる。県知事のお出ましをみんな待ちかまえていた。オークションに参加する者の胸中は早くもどきどきはらはらしていた。

オークションの会場は郡長事務所前の屋外だった。県知事のために一段高いいすも据えられていた。ほかの役人たちは地面にいすを置いて座っていた。

十一時になるのと同時に県知事が到着した。郡長マウン・ルーエイもお出迎えに立ち、高いいすのある場所へ案内した。着くと二人並んでひな壇の上のいすに腰掛けた。町長、税務署長、漁業権税責任者もそれぞれ自分たちの場所に着席した。オークションに臨む者と共にその取り巻き連中も会場に入ってきた。彼らが入場すると同時に税務署長が漁業権関係ファイルを一冊手にして、「パンフライン淡水池」と叫んだ。そばに座っている者たちもあちこちをきょろきょろと見回していた。程なく、一角からウー・ンゴエヤの御大が立ち上がった。会場の者たちの視線が一斉に彼に集中した。ほかにはだれが立つだろうか。だれ一人として立つ者はいなかった。ウー・ンゴエヤはほっと胸をなで下ろした。マウンミャには五十チャットの金をやったではないか。

　ウー・ンゴエヤは県知事の前に進み出ると、漁業権オークション参加証を税務署長に差し出した。税務所長はさらにファイルと参加証を県知事に渡した。

県知事「この池にいくら出すのか」

ウー・ンゴエヤ「五百チャット出します。お役人様」

県知事「売れぬぞ。昨年は千チャットで売ったのだ」

ウー・ンゴエヤ「昨年は赤字を出したのです」

県知事「昨年は赤字でも今年はもうかるだろう」

ウー・ンゴエヤ「とてももうかりません。塩[*7]の価格だって上がっているのです、お役人様」

税務署長「おまえさんが千チャットでもうけも出していることはとっくに知ってるぞ。またでためを言いに来たな」

ウー・ンゴエヤ「赤字だったのです、本当に誓って言います」

税務署長「これ以上出せないのか」

ウー・ンゴエヤ「七百五十チャット出します、お役人様。これ以上は出せません。これが限界です」
県知事「その値では売れぬ。安い」
ウー・ンゴエヤ「安くありません。まだ高すぎるぐらいです」
（会場から笑い声が起こる。）
県知事「高いと思うなら、この競売は預かりとする。これ以上出すのか。出さないのか」
ウー・ンゴエヤ「八百出します、お役人様。これ以上だともう出せません」
県知事「よし。八百で一年間売ろう。前回の漁師頭だからまけてやったのだ、わかっているだろうな。それでは手付け金の八十チャットを申し受ける」
ウー・ンゴエヤは「はい、お払いします」と言って、税務署長に金を渡した。
税務署長はそれを金庫へ持っていって入金、保管させた。
ウー・ンゴエヤもにこにこ顔で退場したのであった。去年より二百チャットも安くなった。彼の妻に子どもに親類たち、取り巻きたちの一群もにこにこ顔で後に従っていった。上記のように対抗者も出ず、値下げして売らざるを得なかった池が十件ぐらいあった。
税務署長がダベイカラー池と叫ぶのと同時にポウアウンとカラージーが一角から立ち上がった。会場が大きくどよめいた。カラージーは元漁師頭だった者である。県知事のファイルに二人の名が書き込まれる。書き終わったら直ちにオークションが始まることになっていた。カラージーが「申し上げることがございます」と声を上げた。

県知事「何用か」
カラージー「ただいまオークションに臨もうとしているマウン・ポウアウンは、税を滞納している
　元漁師頭のコウ・タールーが代理に立てた者です、お役人様」
(以上のようにマウン・カラージーが切り出すと、会場も騒然となった。)
県知事「マウン・カラージーの申し立てのとおりか、マウン・ポウアウン」
ポウアウン「違います、お役人様」
カラージー「疑わしいなら、村長にお聞きになってください」
　村長が呼ばれた。村長のウー・ポウシンが席から立ち上がった。
県知事「マウン・カラージーの申し立てのとおりか、村長」
村長「そのとおりでございます」
(困った、困った。このくそ村長。おれたちを見捨てたな。さっき証明書を発行しておいて、よりによって今この大事なときに態度を翻す。見ていろ。いつか思い知らせてやる。)
県知事「マウン・ポウアウンはオークションの参加資格なし」
　マウン・ポウアウンは村長を不満げに見ながら肩を落として退場していった。会場のある者たちは満足げ、ある者たちは同情しいしい。
　ダベイカラー池はマウン・カラージーに千六百チャットで売られた。カラージーの一行も満足げに退場していった。

その後、税務署長がメッキンジー池と叫んだ。

マウン・パンウーとマウン・テインマウンが一角から立ち上がった。それぞれ参加証を提出した。

マウン・パンウーはそつなく礼儀正しく、マウン・テインマウンは酒に酔ってふらふらしながら。

県知事は彼らの名前をファイルに書き込むと、マウン・パンウーの方を振り向きながら、この池にいくら出すかと尋ねた。

パンウー「二千五百チャット出します、お役人様」

県知事「テインマウンは」

テインマウン「二千七百五十チャット出します」

パンウー「三千」

テインマウン「三千五百」

パンウー「四千」

テインマウン「四千五百」

（県知事が「昨年は二千五百チャットで売った。考えて値を言うように。張り合いたいばかりに値をつり上げても意味がないぞ」と言った。）

パンウー「五千」

テインマウン「五千五百」

パンウーの友人たちが彼を取り押さえた。もがきながら立とうとするパンウー。立ち上がれない。

県知事「五千五百。もう一回。五千五百」
パンウー「六千チャット」（取り押さえられながら）
テインマウン「六千五百」
　パンウーは酔っていない。しかし、負けたくないという愚かな心が彼を駆り立てているのだった。パンウーの妻が夫のロンジーの端を引っ張っていた。もしも六千五百チャット以上出すようなことになったら、三千チャット以上は損することになるだろう。損失補塡《ほてん》しようにも三千チャットものお金はない。六千五百チャット以上出したら、これはもう刑務所に入るしかない。刑務所に入るだけでは済まない。自分の妻や子どもも苦労することになるだろう。頭の隅に刑務所の光景がちらついた。反対側ではテインマウンが自分に「肝っ玉のないやつ」と呼びかけ、しまいには会場の人間まで「意気地なし」と言っているのが目に映った。刑務所への恐怖と、何としても負けたくない意地の板挟みにパンウーは途方に暮れた表情を見せていた。
県知事「六千五百チャット。もう一回。六千五百チャット。二回目。六千五百チャット。二回目」
パンウー「七千チャット」
テインマウンは立ち上がれずにいる。彼の口を妻や親類たちが覆っている。
県知事「七千チャット、一回目。七千チャット、二回目。七千チャット、三回目」
　パンウーはメッキンジー池を七千チャットで競り落とした。もうかる物件ではない。間違いなく刑務所行きになることだろう。愚かな負けん気に走ってしまったばかりに、漁師頭が刑務所のお世話になるのもよくある話であった。

会場のある者はパンウーの勇気をたたえていた。ある者はあの向こう見ずのばかがと言っていた。パンウーは池を手に入れても喜べなかった。自分の愚行の産物の池であった。これまで一生かかってためてきた財産が十五分間で失われてしまったのだ。物を失うのは大したことではない。刑務所に入るのは耐えがたかった。何とか体面を保とうとしても顔は心の動揺を隠せない。これが対抗心を燃やしたなれの果てなのだった。

県知事と事務官たちは手順どおり池の漁業権をオークションにかけていった。四時にはすでに九十の池の競売が終わっていた。こうして漁業権大オークションもお開きとなったのであった。

訳注

（1）英領インドおよびビルマでは、政府が毎年オークションを行い、民間に漁業権を与える方式が広く取られていた。なお、ミャンマーでは現在に至るまで一部ではずっとこうした漁業権オークションが行われている。

（2）大きく枝を張り、よい木陰を作ることから庭や公園によく植えられる。

（3）ミャンマーでは仏教の守護神であるとともに、多数の土着の精霊ナッをまとめ上げる存在として信仰されている。

（4）原文は「キノコを得た顔」。キノコ類はミャンマーで好まれる食べ物のひとつ。

（5）コショウ科の植物キンマの葉の中に、砕いた檳榔樹《びんろうじゅ》の実、石灰、その他香辛料を包み込んでかむ。唾液《だえき》が真っ赤になるが、嗜好品として好まれ、南アジアから南太平洋地域にかけてキンマをかむ習慣が見られる。

（6）原文は「手が回らない」。

（7）ミャンマーでは、淡水魚の多くは塩漬けにされ、魚醤《ぎょしょう》やンガピ（ペースト状の塩辛。調味料となる）に加工される。

品格のある村

カジーにヤイッにカタッで「チェッ」、カジーにヤイッにンガタッで「チン」[*1]、にいちが二、ににんが四、にさんが六。

タウェイトウとンガ、イエーチャーにカタッで「ンガウッ」、タウェイトウとンガ、イェーチャーにンガタッで「ンガオン」……。

カジーというのはカジーにイェーチャーで「カー」、カジーというのはロンジーティンで「キ」…。マとヤイッ、ロンティンとチャウンギンとカタッで「ミャイッ」、マとヤイッ、ロンティンとチャウンギンにンガタで「ミャイン」……。

エイウンメイトゥタン、エイカンタマヤン[*2]……。

カジー、カゴエー、ガジー……といった声は、雨音に混じってコウッコウワ村の村長ウー・ポウトンのうちの北側の一角から響きわたっていた。時間はまだ朝の六時ごろである。その騒々しい声はコウッコウワ村にとっては縁起のいい声、麗しき声、気品に満ちた声なのである。村長の家で雨の冷え込みに体を丸めて眠り込んでいたマウン・ルーエイにとってはンゲッソウ鳥[*3]の声にも等しいものであった。

この声の主である子どもたちの集まっている場所、村の学校は県評議会の助成を受けた学校ではない。政府公認[4]の学校でもない。民族教育連盟後援[5]の学校でもない。児童一名につき一年間籾《もみ》三デイン[6]という援助によって建てられた学校なのである。

このように男女学童たちのほかにはだれの援助も受けていない学校なので、視学官補、副視学官、視学官、県評議会のお偉方による視察からいっさい免れている。この学校を運営し、取り仕切っているソー先生自身が視学官補兼副視学官兼視学官兼教育局長兼教育長官[7]なのであった。

夏期にはメイミョウ[8]に役所を移転し、雨期にはヤンゴンに役所を開設なさる教育長官よりもソー先生にははるかに自由があった。教育長官は立法参事会議員[9]の質問に返答せねばならない。コウッコウワ村のソー先生はいかなる者の質問にも返答の必要なし。自分の心のおもむくままに教育できる特権がある。自分の好きな科目を教えることができた。自分の好きなときに休校にできた。いかなる者も彼をじゃましに来ることはできなかった。視学官補らお偉方がやって来る際の出迎えの煩わしさ、彼らのために牛車や小舟を手配せねばならぬ面倒などからも完全に解放されていた。

学校の様子を少々書かせていただきたい。ソー先生の学校はニッパやしの壁、ニッパやしの屋根、丸竹の柱、竹を二つに割って敷きつめた床、窓が二つに入り口が二つあるにすぎなかった。これで学校の様子を描くには十分であろう。

さらにソー先生のことを述べておきたい。ソー先生は上ビルマ出身、元僧侶である。どこの町、どこの地方の出身かはだれも知らない。僧侶時代、どの程度まで修行を積んだかということもだれも知らない。ソー先生自身の言によれば基礎課程修了僧である。僧侶の生活がいやになって還俗したのではない。律蔵[*10]の教えが守れなくて還俗せざるをえなかったのである。

ソー先生の容貌《ようぼう》は肌は色黒、目はギョロ目、唇は分厚く鼻はわし鼻。と言っても恐ろしげな顔立ちではない。一トワー[*11]ほどの短い髪をまとめ上げてタオルで鉢巻きをしていた。上着はなし。ロンジーはあかで黒ずみ、当たったつぎは限りなく、すその方にはかぎ裂きが二カ所。手には籐《とう》のむちを持ち、口には大きなきせるをくわえていた。そのきせるは柄が折れていた。「材木が手に入らぬうちは竹で普請」という言葉どおり、折れてしまった木の柄と柄の間は竹でついであった。

そのきせるをプカリ、プカリとふかしながら十軒頭[*12]のウー・ルーマウンと併合・分離問題[*13]のことを話し合っていた。

二人の議論が佳境に入っていたところ、アウンティンとエーメイが互いにののしりあっていた。ンガトゥンは音読をしない。はえを捕らえるとそれをナウットウの耳の中に放ったのでナウットウとンガトゥンは言い合いの末、ひとり一発ずつ殴り合っていた。セインベイはベイバンと一緒に学校の裏の空き地をふざけあって走り回り、かえるを捕まえていた。裏手の便所ではバトゥン、ターエイ、ングエフライン、サンミャインたちの一団がターテイおじさんの水牛を捕まえて乗ってやろうと話し合っている。トゥンウェイとサンテインは学校の床下[*14]で相撲を取っている。タートゥンとニュンマウンが行司をしていた。ウェイリンは自分のスレート板[*15]に犬、猫、鶏などの絵を描いてティンエイに見せていた。ティンエイはウェイリンを褒めちぎっていた。ミクェーとメーテインは隅っこでカヤー[*16]の実の種でおはじき遊びをしている。ソー先生は話に夢中。

かくして先ほどまで騒がしかった暗誦の大声はというと次第に低く低くなっていった。とうとう暗誦の声なるものは聞こえなくなってしまった。ふざけあい、けんかしあう声、笑い声しか聞こえない。

そのときになってようやくソー先生も右手に持っていた籐《とう》のむちで三、四回バンバンと音を響かせて床をたたいた。

子どもたちは皆、暗誦できる文をかたっぱしから耳が割れんばかりにがなり立てた。便所で相談事をしていた者たちも、床下で相撲を取っていた者たちも、空き地で遊んでいた者たちも自分の席へ戻っていた。彼らも覚えている限りのことを口にしてがなり立てていた。

ソー先生はまた引き続き天下国家の問題を議論していた。

しばらくすると再び暗誦の大声は低くなっていった。ソー先生のむちと学びやの床がまた音を響かせることになった。このように静まったり騒がしくなったりしているのであった。

三度目に暗誦の声が静まっていったとき、エイマウンとルーフラは石筆[*17]を盗った盗らないでけんかを始めた。エイマウンが石筆の先で突き刺すとルーフラの手からポタポタと血が滴り落ちた。ルーフラがお返しにスレート板の縁で殴りつけるとエイマウンの額は檳榔樹《びんろうじゅ》[*18]の実ほどに膨れ上がってしまった。

ある者たちが口々にエイマウンのやりすぎだと言った。ある者たちはルーフラのやりすぎだと言った。エイマウンに同情する者あり、またルーフラに同情する者あり、あちこちでひそひそと言い合う声が聞こえた。エイマウンとルールーフラは声を殺して泣いていた。どちらもやりすぎであった。ソー先生の知るところとなったらむちのごちそうを食べさせられるのは必至なので恐ろしかったのである。

アウンテインは人がおしおきを受けるのを見物するのが大好きな子どもであった。彼のせいでエイマウンたちのけんかの一件はソー先生の耳に達してしまった。

エイマウンとルーフラがソー先生に呼ばれた。前に出る。事の次第を聞かれた。ありていに答える。

エイマウンの背中にソー先生の武器であるむちが五発見舞われた。エイマウンはしばらく立ち上がれなかった。

ルーフラの手のひらにもそのむちが五つ数えるまで振り下ろされた。ルーフラも本さえ持てなかった。

アウンテインはチッチッと舌打ちをして気の毒がっている。[*19] しかし彼は内心愉快でたまらなかった。何といやな子ではないか。

ちょっとあちらを見てほしい。ほらほら、サンアウンたちの一団がサボリ屋ポウアウンを捕まえてきた。ポウアウンは嫌々ながらついてくる。縄で縛り上げてやっと彼を連れてきたのである。サンアウンたちの一団は嬉々《きき》としている。雨の中、全身ずぶぬれになりながらポウアウンを引っ立ててきたのである。

　ポウアウンが学校と家から姿をくらまして四日もたっていた。ウー・ウィマラ和尚の僧院に身を隠していたのである。サンアウンたちはポウアウンを捕まえにいったとき、僧院の小坊主たちと一戦を交えてきた。サンアウンらの勢いに押されて小坊主たちは降参せざるをえなかったのである。

　ソー先生の学校にはサンアウンよりも腕白《わんぱく》な子どもはいなかった。サンアウンはガキ大将として通っていたのである。学校内でソー先生を除き、彼は最も恐れられていた。ソー先生自身がサンアウンを少々持てあましぎみ。彼の好きなようにさせていた。生徒たちは菓子を買い食いするとき、サンアウンに半分渡してやっと自分も食べられるのだった。サンアウンという悪霊にお供えをささげずに食べる勇気はだれも持ち合わせていなかった。

　サンアウンの仲間たちの手の中でもがきもがき連れてこられたポウアウンがソー先生の前に出された。ソー先生の怒りが爆発する瞬間、ソー先生のむちが血に汚れる瞬間、ポウアウンが引っ立てられてきた瞬間が一時に重なってしまった。子どもたちはみんな震え上がった。胸がどきどきした。アウンテインは同情するふりをしていた。しかし、心の中ではうれしくてたまらないのであった。他人がやられるとアウンテインは喜ばずにいられなかった。

　ポウアウンが学校の中に入ると同時に何も聞かずにソー先生はしごきのむちを一発見舞った。何発になったのか数え切れない。ポウアウンもソー先生の胸元にぐいぐいと押し入っていったので少しは楽になった。

しまいにはポウアウンも疲れ、ソー先生も疲れてしまった。こうしてやっとおしおき大会もお開きになったのであった。子どもたちはポウアウンの防ぎ方を気に入った。アウンテインひとりだけが不満げであった。

ソー先生がくたびれて座り込むのと、漁師頭夫人ドー・ターイが息子のシュエフラとシュエサの手を引いてやって来るのとはほとんど同時であった。

ドー・ターイは二人のいとしい息子を米二ビー[*20]と現金二マッ[*21]で入学させるためにきたのである。ソー先生もにこやかに話をするとシュエフラとシュエサを預かったのであった。ドー・ターイは二人の息子を学校に残して帰っていった。

シュエフラとシュエサは声を張りあげて泣いた。この先、果たして泣かずにいられるだろうか。シュエフラは六つ、シュエサはまだ四つにしかなっていない。うちで悪さが過ぎるのでひとり米一ビー、現金一マッでソー先生に子守をしてもらうために連れてこられたのである。シュエフラとシュエサがひたすら泣いているころ、ドー・ターイは家に帰り着いていた。

シュエフラたちはまだ泣きやまない。ソー先生のしごきのむちが学校の床に振り下ろされてバンバンと音を響かせると、ようやく泣きやんだのであった。

それからソー先生はドー・ターイから献上された米二ビーと現金二マッを渡すために奥方を呼びつけた。返事はあった。まだ来ない。どうして来られようか。学童に売るためのいり豆をいっている最中だったのである。

ソー先生の生徒たちは、先生の奥方の売るいり豆のほかはいかなる菓子の買い食いも禁止されていた。これは子どものためを考えて特別に調合してあるいり豆であった（以上、先生の奥方の言）。先生の奥方が豆をいっているとき、ミャセインはかまを火にかけた。タンミャは魚を切り身にした。メーティンがキンムン[*22]の葉を枝からむしり取った。彼女たち三人はまだイロハの読み方さえ終わりまで習っていない。しかし先生の奥方のお気に入りなのであった。先生の奥方のお気に入りと言えば、ソー先生のお気に入りでもあるはずだ。ソー先生と奥方は一心同体なのだから。

先生の奥方の考えでは、女の子に学は要らない、知恵がつくと皆、ことごとく恋人ばかり作りたがる。イロハの読み方と仏様を拝むことができれば十分。自分も先生の奥方であるけれど読み書きはできない。

女の子というものは煮炊きができねばならぬ。煮炊きができないのは恥ずべきことである。それゆえ自分のお気に入り、メーティン、タンミャ、ミャセインたちにあらゆる料理の作り方を教え込んでいるのである。

奥方の努力のかいありミャセインたち三人はご飯も炊けるようになった。チンマウン・ヒン[*23]、キンムンユエッ・ヒン[*24]、ガゾンユエッ・ヒン[*25]の作り方もすでに習得している。

鶏肉、あひるの肉、豚肉料理の作り方はまだ習っていない。奥方が作れないからではない。鶏肉、あひるの肉、豚肉が買えないので教えてやれないのである。

さあさあ、奥方のお出ましだ。髪は油っけなしのざんばら髪。エンジー[*26]はどす黒く、タメイン[*27]には当たったつぎが限りなく、まことに小汚い奥方である。

漁師頭夫人ドー・ターイ献上の米二ビーと現金二マッをしまうと奥へ入っていった。

ソー先生も授業を終えた。子どもたちもそろってうれしそうに下校していったのであった。子どもたちを見ながら、

「この学校の先生の教え方で子どもたちは勉強できるようになるのかな、村長さん」

とマウン・ルーエイが村長のウー・ポウトンに尋ねた。

「そこそこにはできますよ」

とウー・ポウトンが答えた。

「できるとは思えませんな」

とマウン・ルーエイが言った。

このように言い切ったマウン・ルーエイには、彼自身も幼いころこんなたぐいの学校で学んだ後、進歩を重ねて今の状態に至っていることを思い起こす様子はなかった。後四十、五十年たてば、この村の学校からだってミャンマーの大統領が出てくるかもしれないということも考えつく様子はなかった。

訳注

（1）ミャンマー語のつづり方を暗誦する声。
（2）パーリ語。「かくのごとくごとく我聞けり、或る日、或るとき……」
（3）メンフクロウ。ふくろうの一種の黒い鳥で鳴き声が悪く、不吉視される。鳴かれた家には　死人が出ると言われる。
（4）ここでいう政府とはイギリス植民地政府。
（5）植民地時代、官立の学校に対抗して市民有志により設立された学校の団体。民族学校は一九二〇年に初めて組織され、ミャンマー人、特にビルマ族の民族意識を鼓舞し、ミャンマー語とミャンマーの歴史教育に力を入れた。
（6）約一五〇キログラム。ディンは米など穀類を計量するときに使う単位で、ディンという大型のかごを使う。一ディンは約五〇キログラム。
（7）当時の長官はいわゆる大臣に相当。
（8）シャン高原西側にある都市。避暑地として有名。現在はピンウールインと改名。
（9）いわゆる国会議員に相当。
（10）経蔵、論蔵と共に仏典の三蔵のひとつ。ミャンマーの出家は日常、律蔵にある二二七条の戒律を守らねばならない。
（11）約十八センチメートル。
（12）一九六二年の「革命評議会」登場まで存続していた英領時代の隣組制度の組長。
（13）ビルマ州の英領インドからの分離独立問題。当時、ビルマはインドの一州として統治されていた。安全保障や経済的利益をめぐり分離の是非を問う議論が絶えなかったが、ビルマ州住民の国民投票の後、一九三七年、インドから分離して直轄英領ビルマとなった。
(14) 伝統的ミャンマーの家屋は高床式。
(15) 習字用。またはノート代わり。
(16) ひいらぎの一種。ミサキノハナまたはミズヒイラギ。小さな芳しい花が咲き、糸でつづって女性の髪飾りにする。
(17) スレート板用。
(18) 直径三、四センチメートル。檳榔樹《びんろうじゅ》はヤシ科の常緑高木で、熱帯アジアや南太平洋地域に広く見られる。
(19) ミャンマー人は男女ともかわいそうな者に同情するときに舌打ちをする癖がある。
(20) 一ビーは四〇〇グラム入りのコンデンスミルクの缶八杯分。日本米よりもやや比重の軽いインディカ米(タイ米)の場合、この缶一杯分が二五〇グラム。よって二ビーは約四キログラム。
(21) 一マッは英領ビルマの通貨チャットの四分の一に相当。
(22) サボンアカシア。棘《とげ》のある蔓《つる》性の植物で葉は食用、実はシャンプーとして使用。
(23) アオイ科の植物ローゼルで作ったおかず。酸味がある。ヒンとはミャンマー語で「おかず」の意。
(24) サボンアカシアの葉のおかず。
(25) 空芯菜のおかず。
(26) 上半身に着用する衣服を指す。上着、シャツ、ブラウス。
(27) 女性用のロンジー。

選挙

このデモクラシー時代は選挙だらけである。立法参事会議員選挙、市議会議員選挙、県議会議員選挙、村長選挙、村落役員選挙……と、雑多な選挙でもう数えようにもきりがない。

これから書こうとしている選挙は村長選挙である。どこの村の村長選挙か。リンロンビン村の村長選挙である。

リンロンビンの村長ウー・ポウサウンがふていのやから強盗どもに恐れをなしてその地位を辞任して二か月ほどたっていた。今は彼の息子のマウン・ターパンが暫定的に村を治めている。選挙ばやりの世の中においては村長選挙を執り行わねばならぬ。これが昔だったら村長の息子は間違いなく何の苦労もなく村長になれたことであろう。[*1]

リンロンビン村はいささか騒々しくなっていた。マウン・シュエチェーが当選するだろうと皆が話していた。そう言われる理由もあった。マウン・シュエチェーは漁師頭であった。財産も安定している。酒も飲まないし、世慣れてもいる。ただ、村人たちとうまくいっていないという声が聞こえる。選挙万能の時代に村人たちと折り合いが悪ければ、どんなに能力があっても村長になるのは難しい。

他方、マウン・ターパンは村長の息子である。そのためとうに顔がきいている。前村長ウー・ポウサウンの村の治め方はまずかった。税金の取り立て方も下手。[*2] もめ事の裁定も何一つできない。しかし、村人の目から見ればウー・ポウサウンは村長の資質が多く備わった者の一人であった。村長は無能であればあるほど村人たちの人気を博し、大切にされるのである。

マウン・シュエチェー派の人々とマウン・ターパン派の人々は大忙しであった。競うように票はこちらへ、票はこちらへとふれ回っていた。立法参事会議員選挙のときよりも真剣であった。村全体がガヤガヤ、ザワザワとしていた。

十軒頭のウー・バマウンはマウン・ターパン側を推していた。村落委員のウー・トゥンアウンはマウン・シュエチェー側を応援していた。彼ら二人は野良仕事の最中、言い合いからとうとう殴り合いになった。二人とも顔がすっかりはれ上がってしまった。ウー・バマウンは床に伏すこと四日にも及んだ。ウー・トゥンアウンは六日ばかり熱を出していた。

ある日、リンロンビン村へサンパンのメッセンジャー・ボーイのマウン・スがやって来た。マウン・スがその手にしていたのは、ワーゾウ月、[*3] 上弦の月、八日目に村長選挙を実施する旨の郡長からの通達であった。マウン・ターパンとマウン・シュエチェーは各自一通ずつそれを受け取った。マウン・スもマウン・ターパンのうちであれこれ話し込み、たらふくごちそうになっていった。たばこまでもわしづかみにして持っていってしまった。何とえげつないメッセンジャー・ボーイではないか。

その日は村じゅう、大騒ぎであった。耕作地でも選挙、闘鶏とばくの場でも選挙、釣り場でも選挙、村の共同井戸でも選挙、ウー・ヤーゼインダ和尚の寺でも選挙、僧院の断食道場[*4]でも選挙、と選挙の話で村じゅう持ちきりだった。

この選挙はリンロンビン村民にとっては重大なものであった。新ビルマ州知事が赴任してくることなど、彼らにとっては問題ではない。インド総督が交代しても、イギリスの首相が交代しても、彼らにとっては問題ではなかった。彼らの村で重要なのは新村長への交代のみなのであった。

今日はワーゾウ月上弦八日である。村じゅうの者たちはだれも仕事に出ていない。牛たちはおいとまをちょうだいし、魚たちはことごとく命拾いした。

マウン・ターパンとマウン・シュエチェーは二人とも一晩じゅう、安眠できなかった。どちらも朝の四時には起き出すと、いろいろ手はずを整えた。遠くから来てくれる有権者たちにごちそうをふるまうための手はずである。と言っても、不法に票を買いあさっていると対抗側がお上に申し立ててもしたら面倒なことになるだろう。いや、何の面倒もない。お坊様方への斎飯[*5]であると言って、つじつまを合わせてしまえばわけはない。斎飯を差し上げ、説法を拝聴するのは不当な贈答品を贈るのとは違う。だれも止めることはできない。功徳を積むのと票を買うのは何の関係もない。県知事とてとがめられるはずがない。このようにお坊様方に斎飯をおささげするのはしきたりである。こうしておふるまいするのを票を買っているとだれが言えようか。

当日は、マウン・シュエチェーのうちで斎飯会、マウン・ターパンのうちでも斎飯会が行われた。

全くの知恵者ぞろいである。二軒とも人でにぎわっていた。

十時になった。ウー・ヤーゼインダ大僧正の僧院の外側の宿坊では投票会場がすっかりしつらえられた。投票箱が置いてある投票所も準備された。

若者頭マウン・カーリーとその仲間たちはマウン・シュエチェーのうちへごちそうになりに出向いた。食事に留まらず、紅茶もキンマも満腹するまで味わった。それだけではない。一票につき一チャットくれるなら、票は必要なだけ取れるようにしてやれる、とまで言った。マウン・カーリーは口がうまいので、マウン・シュエチェーの金庫から二十チャットが出ていった。

十一時になるとマウン・ルーエイと事務員のマウン・ピャンセインが到着した。二人は投票所になっている宿坊へ足を向けた。マウン・シュエチェーとマウン・ターパンも出迎えに立つと、後に従ってついていった。村の老若男女もこぞって投票所になっている宿坊へ出向いていったのであった。

皆が宿坊へ来ると、宿坊の周辺が騒がしくなっていた。「島帰り」[*6]のウー・ターエイが酒に酔ってくだを巻いているのだった。「島帰り」という肩書きの持ち主なので、村の中では、幟《のぼり》の先端にきらめくガラス飾りのように尊大な態度をしていた。マウン・シュエチェーの箱へ一票を投じないやつは覚えておくぞ、と言い放った。と言っても、投票するところがだれにも見えないように、投票箱を置いた仮小屋はすっかり覆いがしてあるので、そのように覚えておくのは至難の技であった。

ウー・ターエイの妨害に耐えきれなくなったマウン・ターパンが郡長（マウン・ルーエイ）に訴

えた。「島帰り」ウー・ターエイが郡長の前に現れた。酔っている。おとなしくしないと、村長代行マウン・ターパンの家に二十四時間拘束しておくぞと言うと、とたんにおとなしくなってしまった。島帰りだが、二十四時間の拘束は怖かったのである。ウー・ターエイの件は片付いた。後は投票を開始するばかりである。

ちょっと待て待て。スィックイン村の村長が直訴状を片手に郡長のそばに立ち止まっている。何の直訴状であろうか。自分に特別権限を与えてほしいと請願している直訴状であった。マウン・ルーエイは県知事のところに報告書を上げておくと言いおいてから投票を開始しようとした。まだ始められない。今度はザロウッチー村の村長マウン・ターリンが直訴状を手に立ち上がった。ご褒美に六連発拳銃《けんじゅう》を頂きたいという直訴状であった。[*7]報奨に関する報告書を書くときに考えると言って、直訴状は机の上に置いた。

今度こそ投票を始めよう。どうして始められようか。村落委員のマウン・ルージーが一角から立ち上がると進み出た。村のために新しい土地を探してほしいとの直訴状である。選挙の際、こうした連中は一大問題。本当に厄介だ。マウン・ルーエイももう我慢できなくなった。申し出たいことがあれば選挙が済んでからにせよ、と言い渡すとようやく静まったのであった。

直訴状の件は片付いた。後は投票を始めるばかりである。マウン・シュエチェーとマウン・ターパンの資格審査を行うと、マウン・ターパンには赤い投票箱、マウン・シュエチェーには緑の投票箱を与えた。マウン・ルーエイは大群衆に向かうと、マウン・ターパン支持なら赤い箱に、マウン・

シュエチェー支持なら緑の箱に鉛札[*8]を入れるようにと説明した。皆、静まり返って聞いていた。

マウン・ターパンが赤、マウン・シュエチェーが緑。

マウン・シュエチェーが緑、マウン・ターパンが赤。

そのときばかりは、赤、緑、緑、赤という声のほか、いかなる声も聞こえない。

十軒頭のウー・ルーマウンが一角から立ち上がり、

「マウン・ターパンは勇気があるから赤なんや。オウムの羽は緑だからマウン・シュエチェー[*9]は緑なんや。間違えようもないことだ」

と言った。

「あんたらのオウムをおれたちの弓の一発で仕留めてやるよ」

と村落委員のウー・ダーリーが言った。

大群衆もどっと大笑いした。

マウン・ルーエイは赤い箱と緑の箱を投票所の中に設置すると、人頭税台帳を開き、

「マウン・カーリー」

と呼んだ。マウン・カーリーが進み出てきた。マウン・ターパンとマウン・シュエチェーはそろって彼に笑顔を見せた。

マウン・カーリーの格好に注目してほしい。真新しいマンダレー・ロンジー[*10]を身に着け、どす黒くなったガウン・バウンをかぶっている。上着はなし。片手には長めの編み上げ靴、片手には傘を

手にしていた。何ともあきれた姿である。しかし、村人たちはというと、マウン・カーリーは実にしゃれ込んでいると小声で言い合っていた。マウン・カーリーはにこにこしながら入ってきた。マウン・ルーエイのそばに来るとマウン・カーリーは立ち止まった。マウン・ルーエイも聞くべきこと、確認すべきことを質問すると、一枚の投票札を差し出した。受け取ろうにもマウン・カーリーは受け取れない。おかわいそうに両手がふさがっている。群衆がまたどっと笑った。

ようやく彼は編み上げ靴を肩に引っかけて投票札を受け取った。群衆も笑いが止まらなかった。マウン・カーリーが投票小屋から出てきた。マウン・シュエチェーは自分の箱へ投票してくれたのだと思った。マウン・ターパンも自分の箱へ入れてくれたと思っている。マウン・カーリーはマウン・シュエチェーの所から二十チャット、マウン・ターパンの所からも二十チャットもらっている。マウン・カーリーはなんと口が達者であることか。

人頭税台帳に記載されている人々を一人ずつ呼び出し、二十人ほどが投票を終えた。その後、マウン・ルーエイが

「ムウェハウッ」

と呼ぶと、また皆が笑った。ムウェハウッすなわちコブラという名の人物はどういう人間か知りたくて、マウン・ルーエイはそちらへ目を向けた。

さあさあ、「コブラ」の登場だ。上着はなし。ガウン・バウンもなし。汚れきったタオルをロンジー代わりに腰に巻き付けて入ってきた。もう赤貧洗うがごとしといった様相である。マウン・ル

ーエイは気の毒になった。しかし「コブラ」は笑いを絶やさない。村人たちも笑っている。生き物の本性とはいつも楽しくしていることなのだ、とまたマウン・ルーエイはふと考えるのだった。

「コブラ」は投票所から出てきたとき、

「おい、ターパン、お前さんの箱に入れてやったぞ」

と言って退場したのであった。残された者たちは笑いに包まれていた。

「コブラ」が投票してからは特に面白いことはなかった。合計九十人以上が投票し終わっていた。もう三、四人しか残っていない。人頭税台帳の最後の名前はカザンである。

「カザン」

とマウン・ルーエイが呼ぶと、村人たちがまたざわついた。あちらを見、こちらを見、している。なぜだろうか。特別なことがあるかららしい。

やや、あちらを見たまえ。二人の人間が現れた。一人を前に、一人は後からついてくる。前の者は後ろの者に付き添ってきたのである。カザンが失明してまだ四か月しかたっていなかった。

カザンがそばに来るとマウン・ルーエイが
「どちらの箱に入れたいか」

と聞いた。

「マウン・ターパンの箱へ入れたいです」

という答えが返ってきた。

マウン・ルーエイは自ら投票所の中に入っていくと、カザンの代わりにマウン・ターパンの箱に一票を投じた。

カザンたちが出ていくと投票という大仕事は終わったのであった。

マウン・ルーエイもマウン・ターパンとマウン・シュエチェーに質問すべきことを質問し、審査すべきことを審査した。両派の幹部たちに対しても審査を行った。

このように審査が終わると、緑の箱と赤い箱を投票所の中から運び出し、長老たちの集まっている前で箱を開けて票を数えた。群衆は静まり返っていた。

票を数え終わるとマウン・ルーエイは次のように発表した。

「マウン・ターパン八十五票。マウン・シュエチェー十五票」

大群衆がどよめいた。マウン・シュエチェーはいつの間にか忽然《こつぜん》と姿を消してしまっていた。[*11] それこそオウムのように空へ飛んでいってしまったのか。村人たちも口々に話しながら村へ帰っていった。

リンロンビンの選挙は大団円に行き着いた。

訳注

（1）ミャンマーの伝統社会では村長は一般的に父から息子への世襲制だったが、植民地時代に選挙制が導入された。

（2）植民地時代はいかなる税であれ、期限までに納められない者がいる場合は村長が肩代わりして政府に支払う義務があった。いわば、村長の存在意義が従来の村落社会の長から行政組織の末端へ変質したととらえられよう。
（3）ミャンマー暦第四番目の月。太陽暦の六月から七月にかけての一か月。
（4）正確には八斎戒実践道場という。
（5）僧侶を自宅へ招待して食事（斎飯）を寄進し、説法を聞くのは、在家仏教徒にとっては功徳を積む行為のひとつ。その際はたいてい友人や親戚なども招待する。ミャンマーの僧侶は昼十二時以降は食事を慎むので、僧侶の招待は早朝食（朝六時ごろ）または朝食（朝十一時ごろ）となる。
（6）凶悪犯の収容される刑務所のあるコウコウ島（アンダマン諸島北部）から刑期を終えて出所してきた者のこと。
（7）英領時代、特に地域の治安に功績のあった者に対する報奨として、ピストルなどの武器が下賜されることがあった。
（8）英領時代の選挙で、有権者が投票用紙に候補者の名前を書く代わりに用いられた。
（9）「チェー」はミャンマー語でオウムを指し、シュエチェーとは金のオウムの意。
（10）第二次世界大戦前、よく着られたマンダレー産の絹ロンジー。ミャンマーの絹織物産業は、人絹が出回ったことなどにより大戦直前ごろから衰退の一途をたどった。
（11）原文は「鶏が逃げ出し、小鳥が飛び去るように姿をくらました」。

夫婦

さあ書くぞ。何はともあれ、さあ書くぞ。書こう書こうと思いながら、ずいぶん日がたってしまった。書かないわけにはいかないぞ。何を書くのか。夫婦について書こう。

この世に大勢の人がいるように夫婦の数もまた多い。多くの鳥がいるように鳥の夫婦もまた多い。多くの魚に多くのけものがいるだけ、魚の夫婦にけものの夫婦もまた多い。独身男に独身女は変わり者なのだから例外としておこう。だいたい彼らの数はたいしたことはない。

西洋のある作家たちが、夫婦とは相互の協力者であると書いていた。なるほど、そうである。確かに助けを得られる。夫は妻を助け、妻もまた夫を助けるべきである。

昔のミャンマーのある偉いお方たちが、夫婦というものは舌と歯である、ということわざを残してきた。そのとおりである。反論の余地なしである。時折、舌をかんでしまうことがある。だれも否定できないことだろう。ちょっとの痛みで済むこともある。かなり痛い思いをすることもある。泣くほどのときもある。

ミャンマーの先達たちの言葉のほうがより正しいのかもしれない。よく実例を目の当たりにするからである。そもそも夫婦歩調をそろえていることはまれである。夫が祭に出掛ければ、妻は説法を聞きにいく。夫はトランプとばく、妻は精進。夫が酒を飲めば、妻は仏様にお祈り。これでどこで意見が一致するというのか。このような夫婦は五万といる。

夫が数珠をつまぐりつつお祈りすれば、妻は映画を見にいく。夫はパゴダ参り、妻はトランプとばく。夫が僧の前で持戒の誓いをすれば、妻は社交クラブに出掛けるというようなカップルも少なくない。こんな例は至る所で見られる。妻のすること夫のなすことまったく別々。これではまるで綱引き試合。

夫は貯蓄に励む。それを妻が散財する。夫は東へ行きたいのに妻は西へまっしぐら。夫は昔かたぎ、妻はイギリス・スタイル好み。それぞれ好き勝手なことをしている夫婦もいる。離婚の話もよくある。心穏やかな生活を求めて仏法に耳を傾ければ、始めはありがたいお話だと思っても、これでは裕福な暮らしは望めない。好みも考えも一致した夫婦はまったくまれなことである。

それだからこそ、修行の道にあるお方たちは結婚するのを怖がっているのである。恐れずにはいられない。毎日のように聞こえるのは、あの夫婦がけんかした、この夫婦がけんかした。裁判ざたになることや、地域の顔役のところに二人の争いが持ち込まれることも少なからず。そして、片方が実家へ帰ってしまうことも珍しくはない。

このような数え切れぬほどの夫婦たちの中にあって、郡長マウン・ルーエイとかわいい妻、キンタンミンの場合もその例に漏れないのであった。二人はそろって読書好きで、映画好きの夫婦であった。また二人とも熱心な仏教徒であった。それから二人は音楽好きで、うちでのんびり過ごすのが好きで、外出したがるたちではなかった。

ずいぶん好みが一致している。こんな夫婦はまことに珍しい。まったくうらやましいほどである。これだけ同じ考えの夫婦がいると、昔の偉い人たちが言ったことは間違っていたのではないかという意見も出そうである。間違ってはいない。昔の偉い人たちの言ったことはそう簡単に違うものではない。

マウン・ルーエイたち夫婦の和合一致ぶりをまだ細かく観察していない。注意して見てみよう。夫婦はそろって読書が趣味であった。いいことである。どんな本を好んでいるのか。単行本に雑誌、新聞を読むのが二人とも好きであった。またまた結構なことである。それではどんな単行本に雑誌、どんな新聞がお好みなのか。「ダビンシュエディー王物語」、「良きことめでたきこと」、「ダマゼーディー王物語」、「猿に寄せて」[*1]といった本、それから「ダゴン」、「トゥーリヤ」、「カウィダゴン」、「ガンダローカ」、「ディードウッ」[*2]といった新聞や雑誌が夫婦共通の読み物であった。満点である。

しかし、事はまだ終わっていない。これではまた昔の偉い人たちの言ったことが間違いであるかのような印象を与えてしまう。さらに注意して見ていこう。

先の雑誌に載っているすべての記事を二人とも楽しんでいるのだろうか。好みは一致しているのか。ここからが違っているのである。不協和音の開始である。マウン・ルーエイは論評に社説、解説記事などを選んで読む。キンタンミンは小説のページに直行する。マウン・ルーエイが小説を読む人間は子どもっぽい性格だと言った。キンタンミンが社説だの評論ものを読むのはお坊さんくずれみたい[*3]と応酬した。

坊さんくずれになるのはいやなので、マウン・ルーエイもたまには小説の一、二編も読んでみるのだった。読み終わって、話の中心の二人が別れてしまう終わり方の小説がいいねと述べた。そうでしょうね、そうでしょうよ。とキンタンミンが皮肉っぽい口調で言った。彼女の好みとしては、二人が最後にやっと結ばれる終わり方が最高なのであった。マウン・ルーエイが小説を読むたびに、ああでもない、こうでもないで、たびたび舌をかんでしまうのだった。そうなったらあとはただひたすら意見のぶつけ合い。

月末になるとキンタンミンは「ダゴン・マガジン」の到着を楽しみにしていた。四、五日過ぎても配達されないと、編集長に腹を立てた。執筆者たちにも腹を立てた。校閲担当者や雑誌の配送係たちをも批判した。郵便配達のインド人たちも不満の対象となった。絶え間なく言い続けているのだった。関係者各位はご注意を。

このようにキンタンミンが「ダゴン・マガジン」を一日千秋の思いで待っているのを見てマウン・ルーエイが笑った。

「こちらは『ダゴン』がいつ着こうと一向にかまわないよ。来てもいいし、来なくても別に困ることはないよ」

とちくりちくりと言った。キンタンミンも負けてはいない。横目でにらみ返した。果たしてつかみ合いのけんかとなった。また舌をかんでしまった。最後にどちらかがその場を離れてやっと戦いは収まるのであった。

月末を過ぎて十日たっても「ガンダローカ」が来ないと、マウン・ルーエイはいてもたってもいられなくなった。インド人の郵便配達夫が来るたびに、小型の緑色の書籍がなかったかどうか尋ねた。ひたすら待ちわびているのだった。編集長や事務員たちは何をのんびりしているんだろうと不満たらたら。一体どうして来ないのか、何で来ないのかと言い続け。これを聞いてキンタンミンが、
『ガンダローカ』が来ませんように」
と祈りの言葉を唱えた。こんな雑誌のどこがいいの、とも言った。マウン・ルーエイも黙ってはいられない。また舌をかんでしまった。「ガンダローカ」が到着した日に戦争の火種は消えるのであった。

土曜日の夜など、二人はよく映画を見にいった。何と言っても二人そろって映画ファンなのだから。[*4]映画館の中で、キンタンミンが主役級の女優ならキンエイとキンチー[*5]が最高だと言った。マウン・ルーエイがお笑いぐさだね、と言ってアハハと笑った。キンタンミンがむくれてしまった。なだめてもすかしてもだめ。映画の筋もそっちのけになってしまった。

それからだいぶたった日にマウン・ルーエイが、キンメイチー[*6]がイギリス風に演じた場面は自然で現実味があるねと言った。キンタンミンが顔をしかめた。あれま、よく言えること。キンメイチーのどの映画を見たことがあるって言うの、と皮肉たっぷりの言い方。マウン・ルーエイもそのま

まではおさまらない。かくしてまた舌をかんでしまった。
マウン・ルーエイもキンタンミンも二人そろって音楽ファンなのは事実だが。もう少し注意してみる必要がある。マウン・ルーエイは古典歌曲[*7]が好きである。「花咲く森で」と「殊のほか希有《けう》なる」がいちばんのお気に入りの曲であった。キンタンミンは新しい流行歌[*8]を断然好んでいた。「人目引く姿にまた引かれ」やマ・チーアウン[*9]の唄う「最後は逆転大もうけ[*10]」といった曲がいちばんのお気に入りであった。マウン・ルーエイがヤダナー・ミン[*11]はいい声をしていると言った。キンタンミンはマ・チーアウンのほうがもっといいわよと言った。

　マウン・ルーエイが水浴びをしながら、ふろ場で「花咲く森で」をハミングしていた。キンタンミンがこれを聞きつけた。好みじゃない。聞くに耐えなかった。聞きたくない。ふろ場の外から棒でバケツをガンガンとたたいた。マウン・ルーエイの歌声は哀れにも止まってしまった。あまりにも有名な古典歌曲「花咲く森で」ではあるが、バケツの立てる音と競う勇気はとてもなかった。マウン・ルーエイは出るに出られず、水に濡れたままふろ場の中から声を張り上げた。覚えておけよ、と。キンタンミンが、バケツの中にねずみが入り込んでいたのでたたいて追い出したの、と言って笑った。マウン・ルーエイは裁判官でもあるのだが、キンタンミンのしたことを見ていた証人もいないのだから、残念だがここは黙っているほかなかった。

　次の日、キンタンミンがタナッカーを塗りながら、マ・チーアウンの「最後は逆転大もうけ」の歌を唄っていた。書き物をしていたマウン・ルーエイの耳にそれが聞こえた。耳障りだった。絶好の機会である。そばに立てかけてあった籐《とう》のむちでバンバンと音を響かせて床をたたいた。キンタンミンが文句を言い出した。ねずみがそばを横切っていったものだから追いかけてたたいていたんだ、とマウン・ルーエイが釈明した。キンタンミンは裁判官でもないので、証拠がなくてもおかまいなし、私のこともまたからかったわね、と真っ向から向かってきたのであった。マウン・ルーエイの負けであった。自分が勉強してきた法律は自分を守るに役に立たないのであった。どんな法律もキンタンミンには通用しないのであった。これにて舌と歯の話はおしまい。

訳注

（1）「ダビンシュエディー王物語」と「良きことめでたきこと」は、名編集人としても知られた作家レーティー・パンディタ・ウー・マウンジーの作品。前者はタウングー王朝（一五三一〜九七年）を開いたダビンシュエディー王の生涯を描いた歴史小説で後者は仏教書。「ダマゼーディー王物語」と「猿に寄せて」は民族主義的文学の先駆者となった作家タキン・コードーフマインの作品。ダマゼーディー王は十五世紀後半のモン族王朝の王で仏教の布教に努めた。

（2）月刊雑誌「ダゴン」は文芸作品が売り物で、「トゥーリヤ」は民族主義的傾向の雑誌として成功した後、同名の新聞も発行していた。月刊雑誌「ガンダローカ」は大学卒の知識人によく読まれ、新しいスタイルのミャンマー語文芸作品を掲載していた。「ディードウッ」は民族主義者ディードウッ・ウー・バチョウが主宰していた雑誌と新聞。同人は後、アウンサン将軍率いる「反ファシスト人民自由連盟」政府の下で情報大臣となるが、一九四七年、将軍とともに暗殺された。
(3) 当時の僧侶の中には、高揚してきた反英・民族独立運動に共鳴し、還俗して政治活動にかかわる例が見られた。
(4) ミャンマーでは一九三二年に初めてトーキー映画が作られ、一九三〇年代は映画ブームともいえるほど多くの映画が製作されていた。ウー・ニープ監督は日本まで遠征して、カフェを営む若い日本人女性とミャンマー人パイロットの恋物語「にっぽんむすめ」を製作した。
(5) キンキンエイとキンキンチーのこと。それぞれ特定の男優と組み、恋人役で有名になった。
(6) 自然に見える映画向け演技を広めた監督兼男優シュエヨウの作品で人気を博した。また、映画で見せるファッショナブルな服装も話題となった。
(7) 厳密には王朝時代(一八八五年に断絶)に作詞作曲された歌曲を指す。ただし、多くのミャンマー人の感覚では、その後の植民地時代に作られた一部の秀作も古典歌曲としてとらえられている。
(8) 第一次世界大戦ごろからミャンマーの音楽に西洋音楽、特にポピュラー音楽の影響が認められるようになる。ピアノ、アコーディオン、バイオリン、マンドリンなどの西洋楽器が使われるようになったのもこのころからである。こうした傾向のミャンマー音楽はカーラボー・タチン(現代の歌)と呼ばれ、一九三〇年代にひとつの頂点を示した。
(9) チーアウン(一八九九〜一九四五年)は植民地時代末期を代表する歌手。第二次世界大戦で閉鎖される前のヤンゴンのコロンビア・レコードに多くの曲を吹き込んだ。
(10) 原文は「『最後袋』を提げて」。トランプとばくの隠語。
(11) マンダラー・ミンという名でも知られた女性歌手。一九三〇年代には人気を得ていたが、晩年は不遇で貧困のうちに亡くなった。

幼いころに

マウン・ルーエイが親兄弟親戚に故郷を離れて暮らす生活を余儀なくされてもう七年もたっていた。一年に一回帰ることもままならなかった。帰ってもせいぜい一日二日しかいられなかった。親兄弟と話もゆっくりできないうちにもう出発せねばならなかった。役所仕事に就いてしまったのだから文句は言えない。泣き言も言えない。役所が命じる場所へ行かねばならぬ。問答無用。役所が許可してくれてやっと帰郷できる。それでも逆らえない。

ダディンジュッ月[*1]には役所も十日間休みになる。学校時代のように休みに入るやいなやうちへ帰りたかった。そうはいかない。その前にお伺いを立てねばならなかった。自分の管轄するこの大した広さもない地域内に軟禁されている身だったからである。許可が得られなければ、この土地から出ることはできない。休みの期間に帰郷するなら関連部署へ前もって許可願いをしておかなければならなかった。許可が出た。マウン・ルーエイの喜びはたとえようもなかった。休みになると同時に故郷へと旅立った。汽車に乗り、蒸気船に乗り換えて二日以内に帰り着いたのであった。親兄弟に親類縁者も大喜び、知り合いたちも、幼友達も大喜び。話の輪からたびたび笑い声が起こった。

幼友達のンガ・メー[*2]、パープ、ティンター、ミャットゥン、バエイ、アウンフラ、ポウチュン、ペイジーたちも次々にやって来た。マウン・ルーエイと気安く肩をたたき合って談笑するのは、彼らにとっては誇らしげなことだった。また頼もしく感じるときでもあった。自分たちの仲間の中から郡長になるほど出世した者はマウン・ルーエイ一人しかいないのだからうれしくてしかたがない。昔の悪さの数々をお互い暴きながら、ワッハッハと大笑いしていた。郡長だといってもそんな権威など一向に気にせず、ましてや態度を変えてへつらうこともなく、ありのままのマウン・ルーエイに、ありのままの心で親しく接してくる者たちなのであった。

　こんな風に幼友達と愉快に大笑いしていると、マウン・ルーエイは幼いころの出来事を思い出してくることだろう。また、どうして思い出さずにいられようか。

　幼いころ、月の明るい晩にンガ・メー、ティンター、ペイジー、サンシンたちと一緒に散歩しながら歌を唄って楽しく過ごしたものだ。真夜中過ぎになるまでみんな眠らずにいた。ウー・ペイレイの家の前に植えてあった木からパパイヤの実をもいできて、一緒にドー・ニェインアウンの家でパパイヤ和《あ》[*3]えを作って食べたことを思い出した。今ではンガ・メーにサンシンにペイジーも妻子持ちになってしまった。自分もよその土地で暮らすようになった。

　幼いころ、かんかん照りの暑い日に、原っぱにあった廃虚のヒンドゥー寺院の陰で、バエイの仲間たちと一緒にカシューナッツをいって食べたことも、その古寺からやや離れたカラープ池で水泳のけいこをしたことも、そしてけいこの最中、ミャットゥンが沈んでしまい、みんなで助け上げたことも、それからうちへ帰ると大叔母ちゃん[*4]の籐《とう》のむちのおしおきが待っていたことも、すべて鮮やかに頭の中によみがえってきた。今ではカラープ池のあったところには線路が走っている。壊れたヒンドゥー寺院もすでに跡形もなくなっているではないか。そのあたりには鉄道員の官舎が建ち並んでいる。

幼いころ、サンシン、バティン、パープ、ティンターなどタチャンベ地区の子どもたちと、ンガ・メー、サンペイ、ミャットウンにマウン・ルーエイを始めとするムポン地区の子どもたちがそれぞれ、ヒンドゥー寺院のそばの小川を挟んで戦争ごっこをしたことも忘れられない。双方シロウリの実を投げ合っていたら、その実のひとつが目に当たってしまい、片目を手で覆ってうちへ帰る羽目になったのも忘れられない。うちに帰って大叔母ちゃんに聞かれたとき、目の中に虫が入ったので目が赤くなったのだとうそを言わざるをえなかったのも忘れられない。

幼いころ、かんかん照りの暑い日に、みんなでオン先生の庭に入り込み、石を投げてマンゴーの実を落として食べているとき、オン先生がパチンコで小石を放ってきて、それがサンシンの足に命中したことが頭に浮かんだ。運の悪いサンシンが満足に走れないでいるのをンガ・メーとバエイが両側から肩を貸して逃げた様もまた頭に浮かんだ。あのオン先生ももう亡くなった。庭園もチェティア（インド人の金貸し）の手に渡ってしまった。庭園のマンゴーの木々も今はもうない。りっぱな邸宅がその場所を占めているのが目に映った。ああ、いつの日か崩れ去り、消え去るこの世のものよ。まさに不変のものなど何一つない。

幼いころ、雨季の始まりの時期に原っぱへ行って、ティンター、ペイジー、マウンパー、マウントゥンたちと共に草の間を探して、きのこ狩りをしたことなども思い出された。ティンターがウー・ポウセインにウー・セインガドン[*5]のせりふをまねると、ペイジーも合わせてそれらの役者よろしく踊って見せ、一同愉快に場所を変えつつきのこを取り、その後はドー・ウェッマの家で空芯菜と一緒にいためてもらい[*6]、残りご飯でまたみんな愉快に飲んだり食べたりしたことも思い出された。

幼いころ、バキン、アウンチョー、シュエウィン、タンティン、それからドー・ニェインドウェ、ドー・サーウ、ドー・ターイ、ミ・クウェ[*7]、メーティンたちと、月夜の晩に通せんぼ遊び[*8]をして、一晩じゅう騒々しく過ごしたことも思い出さずにいられない。相手側の子をつかまえた、つかまえていない、でドー・ニェインドウェとドー・ターイが言い争い、ほとんどけんかになってしまったことも思い出さずにいられない。通せんぼされて転び、盛大にひざを擦りむいてしまったことも思い出さずにいられない。

幼いころ、月の明るいある夜、人通りの絶えた時分になってから、ンガ・メー、サンシン、コウ・トウアウン[*9]、コウ・バテッたちと一緒になって、ウー・トンの家の前のありったけの鉢植え、ウー・チッティーの家の前の目につく限りの鉢植え、ウー・カンニュンの家の前のこれまたすべての植木鉢、おまけにドー・トゥーザーの家の前に並べてあったすべての縁台を失敬して、サンシンの家の前の空き地に運び入れ、見事な公園を作ってしまったこともまだこの目で見ているかのような気がする。次の朝、ウー・トン、ウー・チッティー、ウー・カンニュン、ドー・トゥーザーらが自分たちの植木鉢や縁台を探し回っていたのもまだ目の中に見えるかのよう。探し当てて家へ運びながら、文句の言い続けだったのもまだ耳の中で聞こえるかのよう。

幼いころ、夕暮れどき、幼友達と共にウー・シンジーのお供えのお下がりのちまきを奪い合って食べたのもどうして忘れられようか。この争奪戦ではサンシンが常勝だった。いちばん動きが素早かったし、場の見極め方もいちばん巧みだった。一方、ンガ・メーはいちばん汚い手を使っていた。いちばんの乱暴者でもあった。時間が来ると同時にちまきの皿は祭壇からすでにサンシンの手に移っていた。皿を手にしたと同時に、哀れなサンシン、ちまきはすでにンガ・メーの手に移っているのであった。マウン・ルーエイはいつも後から追いかけるだけだった。ンガ・メーとサンシンが分けてくれてやっとマウン・ルーエイもウー・シンジー[10]のお下がりのちまきにありつけるのであった。今やサンシンが四人、ンガ・メーが三人と、それぞれ子宝に恵まれている。二人の戦いは双方の子どもたちに引き継がれている。

幼いころ、チッセインはなんといってもいちばんませていた。少年たちとはつきあわない。といってすでに一人前になっていたとも思えない。いつも葉巻の作業所の女主人ドー・ミャインにドー・ンゴエティンとだけつきあっていた。たいてい二人の作業所の中ばかりうろついていた。[11]チッセインはシャツもロンジーもいいものを身に着けていないうちは家から出てこなかった。ぱりっとした衣服を身にまとってからお出まししてくるのだった。外へ出ると自分のなわばり、葉巻の作業所などへ足を向けた。シャツのポケットにはいつも二、三通の恋文を忍ばせていた。同年代の少年たちに会うと常に恋人作りのうんちくを傾けた。ポケットの恋文を取り出して読み上げると、恋人が彼によこしてきたかのようにふるまった。これは本当の話かもしれないと皆に思わせるまでのその態度。信じてしまう者もいた。信じない者もいた。真相はマウン・ルーエイがいちばんよく知っていた。なぜか。チッセインのためにそれらの手紙を書いていたのはマウン・ルーエイだったからである。マウン・ルーエイが書いてやった手紙の数も数え切れないほどである。チッセインは一通の手紙も女の子に渡す勇気はなかった。せっかく書いてやった手紙はすべてチッセインのポケット、その手の中で一生を終えてしまったのである。マウン・ルーエイにしても自分一人の力で恋文が書けたわけではない。「慈愛の手紙・集成」という一冊の古本を祖父ウー・ルーガレイの書棚から持ち出していたので、それを見ながら一通また一通、手を変え品を替え、チッセインのために書いてやれたわけである。

今では、ティンター、ンガ・メー、サンシン、ペイジーに始まり、幼友達はみんな妻子持ちになってしまった。その中にあってチッセインはまだ独身だった。一体いつ嫁さんが来ることやら。適齢期もとうに過ぎている。といって独身のまま生涯を終えるとも思えない。まだまだ女性を口説ける年である。

幼いころ、自分の兄のマウン・ルーテイ、弟のマウン・ルートウェと共に、裏庭に面した狭いベランダに座り、朝に夕に小さなホーロー引きの器をそれぞれ手にしてご飯を食べたことも思い出さずにいられない。長兄のマウン・ルーテイは名前のテイのとおり繊細でおっとりとした性格だった。末弟のマウン・ルートウェは見るからに活発で、気の早いたちであった。強情な性格でもあった。

マウン・ルーエイは柔らかくもなければきつくもなく。まさに中庸を地でいっていた。落ち着いた風に、穏やかに過ごしていることが多かった。

三人で食事をするとき、魚の揚げ物や焼き魚が出されると、あっという間にマウン・ルートウェが全部食べてしまうのだった。長兄のマウン・ルーテイはぐずぐずしていてまだ食べ始めもしていない。マウン・ルートウェは食べ物を目にするや、素早く口に入れてしまう。二人のけんかが始まった。ご飯をつかんでは投げつけあった。[*12] ホーロー引きの皿でたたき合った。それがマウン・ルーエイの方にも飛び火した。泣く者あり、大人に告げ口に行く者あり、大叔母ちゃんが三人を一人一回ずつ籐《とう》のむちでたたいてやっと争いは収まったのであった。

それが今ではみんなすっかり大人になって食卓を囲んでいるのであった。食卓の一方に品位ある風情で座っているのが兄のルーテイである。

その隣についているのは妻のマ・セインサー。彼らの正面に座っているのがマウン・ルーエイとキンタンミン夫婦である。片側にひかえるはマウン・ルートウェとその妻のマ・エイで、残りの一方には三人兄弟の姉のキンメイに母のドー・ミッ、そして叔父のウー・タウンがいた。その食卓のそばで、床に座ったままご飯を食べているのはマウン・ルートウェの息子のマウン・アウンジーと娘のキンキンエイであった。

休暇の間、それまで離れて暮らしていた家族一同がにぎやかに集い、母の前で繰り広げる宴会もいよいよ盛り上がっていた。母は息子、娘たちの顔を見ては始終笑みを浮かべ、まるで金塊でも手に入れたかのようであった。

そんな愉快なひととき、マウン・ルーエイが、

「小さかったころ、揚げ魚の取り合いでご飯を投げつけ合ったように、また飯合戦をはじめようか」

と言うと、食卓の一同が爆笑した。

笑いもおさまらないそばから、マウン・ルートウェが、

「今、飯合戦を始めたら、しかってくれる大叔母ちゃんもいないぞ」

と口を挟んだ。

マウン・ルーテイもまた口を挟んだ。

「大叔母ちゃんを思い出すよなあ。大叔母ちゃんも今ここに来てこの場を見たら、どんなに喜ぶことか」

訳注

（1）ダディンジュッ月はミャンマー暦第七番目の月で、ほぼ太陽暦十月十一月ごろに重なる。

（2）「ンガ」はビルマ族の男性の名につける蔑称。ここではいたずらな少年を仲間が親しみを込めて呼んでいる意味合い。

（3）まだ十分に熟し切っていないパパイヤの千切りにとうがらし粉や砂糖などを混ぜて作る。

（4）作者のテイッパン・マウン・ワは二歳ずつ年の離れた三人兄弟の真ん中に生まれ、幼いときに母が亡く

なり父が再婚した後、三人兄弟は大叔母に養育されている。この作品はそうした体験を下敷きにしていることが読みとれる。ミャンマーでは時々、後妻やその子どもたちとの摩擦を避けるため、先妻の子どもたちがこのようにだれか身内の独身の女性によって育てられることがある。

(5) ウー・ポウセインとウー・セインガドンは、共に二十世紀初頭から第二次世界大戦前の時代を代表するミャンマー伝統歌劇役者。ウー・ポウセインは西洋演劇やレビューからもヒントを受けつつ伝統芸能を改革したことでも有名。美声で知られ、特にそのンゴウ・ジン(泣き歌)は聴衆を魅了した。ウー・セインガドンは巡業中マラリアにかかり、髪の毛が抜けてしまったことを逆手に取ってセインガドン(ダイヤモンドの丸坊主)を芸名にした。伝統楽器奏者としても優れていた。

(6) 青とうがらしを入れてピリッとした味に仕上げた空芯菜ときのこ類のいため物はミャンマー人の好むおかず。

(7) 「ミ」はビルマ族の少女の名につける蔑称。ここでは幼女に対する親しみを込めた使い方がなされている。

(8) 少女の遊びで、地面に格子状の線引きをし、二組に分かれて攻め側が守り側の領分につかまらないように入ってまた戻ってきたら勝ちというもの。

(9) 「コウ」はビルマ族の男性の名前に、自分と同等の意、または親しみを込めて呼ぶときにつける敬称。ここではマウン・ルーエイの幼友達よりも年長の男性であることが推測される。

(10) 土着の精霊(ナッと総称する)のひとつで、下ビルマ一帯で供養されている海水の神。このナッには蒸しもち米また揚げ魚、やし砂糖をお供えすることになっている。

(11) 葉巻を巻くのは女性の仕事で、作業所には若い女性たちが集まっていたことが想像される。

(12) ミャンマーでは食事のとき、皿に盛られたご飯におかずを乗せていって、右手で混ぜながら食べる。スープがあるときは、左手にスプーン(中華料理で使うレンゲ)を持ってスープを飲む。

まごころ

郡長マウン・ルーエイは地租査定の部署に配置換えになり、今度は地租査定官マウン・ルーエイとなった。郡長の仕事と地租査定の仕事はどこがどう違うのか見ていこう。

マウン・ルーエイは大叔母さんに養育されて大きくなったからであろうか、老人たちに出会うと親しみを覚えるのだった。郡長時代、地方出張に行ったときなど、おじいさん、おばあさんを見かけるたびにあいさつしていた。けれども、郡長の仕事は多忙であり、ゆっくり話をしている暇はなかった。本当の知り合いにはなれなかった。一カ所の村にはたいてい一晩泊まるにすぎなかった。仕事が終わってもおじいさんたち、おばあさんたちと口をきいている余裕はなかった。またほかの村へ移動し、任務を果たさねばならなかったからである。

地租査定のやり方はこれとは違う。ある村に着くと大テント[*1]を張り、九日、十日とキャンプ生活をするのだった。午前中は現場で査定、午後は書類内容の確認をすると後はもうすることがなくなった。夕暮れどきには村人たちとあれこれ話をして楽しむことができた。かくして村長、十軒頭、住民互選の調停役、世話役会から始まり、村のありとあらゆる人々と親しくなっていったのだった。これが地租査定官マウン・ルーエイの職務であった。

あるとき、マウン・ルーエイたち一行は、ピャンジーという小村のはずれの小高い丘の上で、ニャウンチン（ベンガル菩提樹《ぼだいじゅ》の一種）の木の下にテントを張って野営した。一行の面々について少し書いておきたい。マウン・ルーエイのキャンプの事務員はマウン・ハンセインとマウン・オンプウィンである。郡長だったとき、地方出張に同行した事務員はマウン・ピャンセインだったが、地租査定官になると野営担当事務員はマウン・ハンセインと、うまい具合に韻も踏んでいる。名前が韻を踏んでいるだけではない。二人とも中国人との混血であった。前世からの縁があったのだと思わずにはいられなかった。

ほかの部下の名前も聞いてほしい。野営担当雑用係がマウン・トゥンチン、メッセンジャー・ボーイがマウン・トゥンシェイン、マウン・ルーエイ専属のアシスタントがマウン・トゥンペイと、マウン・ルーエイの野営地はトゥン（輝くの意）が三人勢ぞろいで光り輝いているのであった。彼ら三人とも土曜日生まれであった。[*2] トゥンが三つそろうと燃え尽きるという話、また「ガ・ンゲー三文字、マルメロの実のごとく砕け」[*3] との昔の王様の話のように、トゥンが三つでこの野営地が熱くなりすぎ、ふと不穏なことでも起こらねばよいがとも思うのだった。

ある朝六時に、農地を上級、中級、下級に等級分けするためマウン・ルーエイは村の調停役四人に事務員のマウン・ハンセインを伴って現場へ出掛けていった。この四人の調停役のうち、三人はやや年若く、幾分小ざかしく、若干二枚舌の連中であった。それでも郡長時代に渡り合ってきた漁師頭たちほどにはうそのつき方もとぼけ方もうまくはなかった。残りの一人の調停役は齢《よわい》六十歳を越えていた。腰も曲がり、肩に幅狭のパソウ*4を巻いていた。気の毒に上着は持っていないのだった。この調停役の老人はうそ偽りを言うことがなかった。ありのままを語っていたので、ことさらマウン・ルーエイの目にとまった。彼の名はウー・ターヤといった。

現場検証を終えてキャンプへ戻ってくる道すがら、マウン・ルーエイとウー・ターヤは親しく話をしながら歩いてきた。ウー・ターヤには六人の子どもがいたが、二人は幼いうちに亡くなったので今は四人である。この四人の息子、娘たちもそれぞれとっくに所帯を持っていたが、自分たちの子育てで精いっぱいのため、父のウー・ターヤ、年老いた母のドー・スィーリのことには手が回らないのだった。ウー・ターヤは「水は低きから高きに流れることはなし」という言葉をいつも自分に言い聞かせている人でもあり、子どもたちが自分たちの面倒を見てくれなくとも嘆いたりすることはなかった。また、子どもたちに頼ることもなかった。

村の北側の空き地を切り開いて小さな菜園を作り、それで糧を得て五、六年たっていた。その畑から採れるいも類を売っては老夫婦細々と暮らしていた。食べていくのがやっとだった。衣服も十分になかった。わずかに他人が哀れんで譲ってくれた衣類を、恥ずかしいところを覆う程度に身につけていた。冷え込む時期には震えているのみ。毛布も持っていなかった。雨期には羽虫や蚊の大軍に刺されるがまま。蚊帳も買えないのであった。

自分たちの所有地の菜園にかかる税金三チャットはけなげにも一生懸命欠かさず納めていた。しかしながら、昨年、役場の事務員の手違いか何なのか、ウー・ターヤが手も着けず、開墾もしていない土地まで含めて税金が算出されたため、滞納金が十八チャットになっていた。ウー・ターヤ夫婦は窮地に陥った。納めきれる金額ではなかった。結果としてこの土地を政府に返却せねばならなくなった。そのうちに立ち退き命令が届けられた。ほかに行くあてもなく、そのまま畑の一角に住み続けていた。それからほどなく罰則が適用されて、罰金三チャットを納めることになった。村人たちがお金を集めて助けてくれたので、禁固刑からは何とか免れた。

ウー・ターヤの身の上を聞きながら、マウン・ルーエイは心より同情せずにはいられなかった。毎日のように、空いた時間にはウー・ターヤをテントに呼んで話をした。お茶の時間になると紅茶をごちそうした。食事どきには食事をふるまった。マウン・ルーエイにとってはお茶一杯、食事の一、二回は何ということもないが、ウー・ターヤにとっては大変なことだった。地租査定官がウー・ターヤをお茶に呼んだ、食事をごちそうしたという話は瞬く間に村じゅうに広まった。ウー・ターヤが帰宅すると、詳細を聞こうと興味津々の者たちでひしめいていた。郡長殿のお茶、食事をごちそうになったウー・ターヤ翁は村の有名人となったのだった。ウー・ターヤはマウン・ルーエイに心より感謝した。

ピャンジー村に九日か十日滞在した後、マウン・ルーエイ一行は今度はシュエバウッ村に移動する準備をせねばならなかった。ウー・ターヤはたいそう気落ちした様子であった。しかし、一行がピャンジー村をたつ日、ウー・ターヤは姿を見せなかった。どうしたのだろうか。悲しいからなのか。自分には特に関係のないことと思っているのか。ウー・ターヤにあいさつしようと迎えの者を遣わしたが、家にもいなかった。ひょっとして自分を避けているのだろうかと、マウン・ルーエイはあれこれ気をもみ考えていた。

午後四時になると、マウン・ルーエイたち一行はシュエバウッ村へ向かうため河岸の船着き場へ行った。ボートに荷物を積み終わり、マウン・ルーエイたちもボートに乗り込もうとしたとしたちょうどそのとき、村の北の方からウー・ターヤが走ってくるのが目に入った。じきにマウン・ルーエイのそばに駆け寄ってきた。肩で息をして、手の中にはガラス瓶がひとつ。何の瓶であろうか。はちみつの瓶である。ある友人から一チャット借りて、朝早く六マイルほど離れたチャウッピャー村に行き、その金で買ってきたはちみつであった。郡長に感謝するあまりこのはちみつを贈り物に持ってきたのであった。ああ、ウー・ターヤ、ウー・ターヤ、何と恩義に厚いのか。

マウン・ルーエイとしてどうしてウー・ターヤのはちみつを受け取ることができようか。[*5] せっかく持ってきてくれたのを受け取らなければウー・ターヤ翁はがっかりすることだろう。マウン・ルーエイも途方に暮れてしまった。この場を解決するにはひとつしか方法はない。それは、ウー・ターヤのはちみつを受け取り、彼に三チャット払うことであった。ウー・ターヤも満足し、マウン・ルーエイもうれしくなった。この赤貧洗うがごとしの老人の、月給取りの高級公務員にはちみつの贈り物をさせるほどのまごころは何と特筆に値することかと思いながら、ピャンジー村を後にしたのであった。

日没のころにシュエバウッ村に到着した。ウー・チョードゥンの農園の、マンゴーやジャック・

フルーツ、ビルマ・ブドウの木々の木陰に大テントを張り、また野営地を整えた。交通に不便で辺《へん》鄙《ぴ》な地にあるちっぽけなカレン人の村のこと、お役人様が来たと聞いて村じゅうの人々が見にきた。お年寄りから子どもまで、果ては揺りかごの赤ん坊まで連れてこられていた。さながら祭のにぎわいであった。

次の日の朝、マウン・ルーエイは四人の住民互選の調停役とともに実地調査に出掛けた。彼ら四人は皆、正直者ばかりであったので、土地の等級分けをする際も正確であるのみならず、作業も楽にはかどった。この四人のうち、一人は六十歳過ぎの老人であった。この老人の姿がまたしてもマウン・ルーエイの心をとらえた。この気持ちに忠実に、道行くときはこの老人にあれこれ質問しながら歩いたのだった。

老人の名前はウー・シュエフラアウンといった。ヤカイン族のような名前なので尋ねてみると、[*6]十六歳のときにヤカイン山脈を越えてこのカレン族の村にやって来て住み着いたのだと答えた。ヤカイン山脈を後にしてから一度も自分の故郷には帰っていない。このカレン族の村で働きながら成長したのである。カレン語を何不自由なく話すことができ、もはやカレン族になってしまった感があった。それでもまだ一つ二つヤカイン語の単語を覚えていた。

ウー・シュエフラアウンは若いときから一度も所帯を持ったことがなかった。独身暮らしで満足しているのだった。現在は、面倒をみてくれる子どもたちもいないので、ただ一人、小さな畑を耕しながら暮らしていた。この畑でできる野菜の価格といえば、やっと税金が納められる程度にすぎなかった。とても食べてはいけなかった。それでは一体どうやって食べているのか。カレン族の村長と村人たちが援助してくれるおかげで、食べるものは困らなかった。しかし、村人たちとて豊かな暮らしをしているわけではなく、着るものまでは援助できず、ウー・シュエフラアウンにはロンジー一着と幅狭のパソウ一枚きりしかなかった。これほどまでに苦しい暮らしをしていても、自分の故郷に帰る希望をまだ持ち続けていた。ヤカイン山脈の故郷へ飛行機に乗って帰りたいよ、と冗談混じりに漏らすのだった。自分の故郷に帰りたがらない者がどこにいるだろうか。[*7]

このように貧しい生活をしているところに、泣きっ面に蜂との言葉そのまま、ウー・シュエフラアウンのちっぽけな農園について二枚の支払い請求書が来た。ウー・シュエフラアウンにどうしてこれらの金額を払うことができようか。悩みに悩んだ。けれども、食べるものに事欠いてもこの負債は返さねばならなかった。税金の滞納は処罰の対象にもなるため、村長のウー・チャーが肩代わりして払ってくれたおかげで法に触れずに済んだのだった。[*8]

この話を聞いたとき、マウン・ルーエイも自らの義務と心得て、このような誤りがまた起こらぬように手配し直した。ウー・シュエフラアウンは大いに感謝した。ウー・ターヤ翁のときのように、たびたび大テントにやって来てはマウン・ルーエイとよもやま話をした。こうしてお互いさらに親しくなっていったのだった。

マウン・ルーエイが村にやって来て三日目の夕方、マウン・ルーエイは幾分退屈してきて、テントの外に出て小説本を読んでいた。そこへウー・シュエフラアウンが現れた。マウン・ルーエイのそばに腰を下ろし、自分のロンジーの合わせ目の中から卵を六個取り出すとマウン・ルーエイの前にそっと差し出した。自分のめんどりの卵であった。飼っていためんどりが生んだのを、ひなにかえそうととっておいたものの、マウン・ルーエイに感謝するあまりに進呈しようと持ってきたのだった。

どうしてマウン・ルーエイにこの卵が受け取れようか。ウー・シュエフラアウンが気の毒になった。彼のめんどりもかわいそうになった。しかし一方、こんなに貧しい暮らしをしていながらもウー・シュエフラアウンの気前のよい心、恩義を忘れない心に打たれずにはいられなかった。この世とは貧しいほどに恩義を知るものであると思わずにいられなかった。貧しき人々には思いやりの心があり、富める人々はそうではないと言ってもあながち間違いではあるまい。

苦労のどん底にいるウー・シュエフラアウンが恩義を感じているのなら、郡長のマウン・ルーエイはさらに恩義を感じるべきである。そこで、ポケットの中から二チャットを取り出して、ウー・シュエフラアウンに感謝の意を表すとともに、卵も彼に返したのであった。ウー・シュエフラアウンは理解できず、不満げであった。この郡長は何で自分があげると言っている卵を返してよこすのか。マウン・ルーエイが理由をもう一度説明してようやく納得したのであった。ああ、持たざる貧しき人々は何と他人に何かしてあげたい、何かふるまってあげたいという心に満ち満ちていることか。何と恩を忘れないことか。

訳註

（1）英領インドやビルマで高級官僚の地方出張の際、よく使われていた。家一軒ほどの規模があり、中は執務室、食堂、寝室などに分かれていた。

（2）ミャンマーでは占星術上、生年月日とともに生まれた曜日もその人の一生を左右する大切な要素と考えられており、ミャンマー人の名前の頭文字はたいてい生まれた曜日に基づいている。トウンの頭文字htは土曜日生まれに固有のもの。

（3）シャン族三兄弟に由来するインワの都（ビルマ化した仏教徒シャン族の王朝）が、一五二六年、非仏教徒シャン族の藩主トーハンボワーの攻撃を受け、王朝が滅亡した様を表す決まり文句。マルメロの実でマルメロの実を砕いたらどちらも粉々になってしまったように、混乱のうちに国が滅んだと伝えられる。

（4）男性用のロンジー（腰巻き）

（5）「インド高等文官」は贈収賄に対する厳しい罰則を課しており、また実際腐敗も少なかったことで知られる。

（6）ヤカイン族の男性には伝統的に「シュエ・フラ・アウン」のように三音節で切れる名前が多い。

（7）原文は「へその緒を埋めた土地」。ミャンマーでは生まれた土地に新生児のへその緒を埋める習慣がある。

（8）原文は「転倒した間に泥棒に入られる」。

番茶

茶の漬物ラペッの味わいについて、サレー出身の大僧正、ウー・ポンニャ[*1]が「慈愛の書簡」の中で生き生きと書いている。麻薬の味について、D．クインシーというイギリスの有名な作家が書いている。葉巻、たばこ、酒類の味に至っては古今の作家たちがすでに書いている。番茶[*2]の味に賛辞を寄せた作家にはまだお目にかかったことがない。番茶の味わいについて書き表すのは私の仕事となった。もはや逃げるわけにはいかない。では始めるとするか。

書くといっても適当な場面設定ができてこそ効果的というもの。やみくもに書き散らしてもうまくはいかない。読者の関心を引くとも思えない。場面にはどんな人物を登場させようか。ここはたびたび登場してもらっているおなじみのマウン・ルーエイとキンタンミンにまた出演してもらおう。彼ら二人が地方出張旅行で留守の間は私の筆も進まない。それでは書き始めよう。御静聴のほどを。

マウン・ルーエイの祖父、ウー・ルーガレイはぜんそく持ちだったので、冷たい水が飲めなかった。それで白湯やあつあつの紅茶やコーヒーを飲んでいた。ルーガレイじいちゃんは毎日必ず食後には番茶を飲んでいた。また番茶を飲まずにはいられない性分だった。じいちゃんはどこへ出掛けるにも自分の番茶のきゅうすを持ち歩いていた。じいちゃんは番茶だけ飲むこともしなかった。何かお茶請けがなければならなかった。砕いたやし砂糖や黒砂糖、ピーナツあめやあめ玉、魚の干物をかわるがわるお茶の友にしていた。マウン・ルーエイはルーガレイじいちゃんのお気に入りであった。食後はじいちゃんの茶飲み仲間としていつも一緒に座っていた。弟のマウン・ルーテイとマウン・ルートウェは食事が終わると自分たちの気の向くところへ消えていった。マウン・ルーエイがじいちゃんの茶飲み友達になって座っていたのは別に番茶が飲みたかったからではない。黒砂糖ややし砂糖、あめ玉が欲しかったからにすぎない。ルーガレイじいちゃんとマウン・ルーエイは朝食[*3]の後も夕食の後も二人して座って番茶を飲みながらあれやこれやとおしゃべりをして時を過ごした。

ルーガレイじいちゃんは昔の歴代の王様のこと、仏様のこと、有名な物語を話して聞かせてくれた。マウン・ルーエイもわからないことがあると、あれやこれやと問い尋ねた。時々自分で読んだ英語の小説のことや地理のことについても聞いてみた。このようにルーガレイじいちゃんとマウン・ルーエイはたいそう仲良しの祖父と孫でいるのであった。

ルーガレイじいちゃんが亡くなってもう十五年たつ。じいちゃんが亡くなったとき、マウン・ルーエイには遺品と呼べるものは何ひとつ分け与えられなかった。ただ、本棚をひとつと番茶を飲む習慣を遺産として受けついだのであった。番茶飲みの習癖は麻薬やたばこよりも強烈である。番茶飲みの人間だったらこの心持ちを理解してくれるであろう。番茶を飲む癖のない者にとってはお笑いぐさであろうが。笑いたければ笑うがよし。真実を書いたまでである。

マウン・ルーエイが大学生になったとき、朝寝坊の癖がついていたのと、ミルク・ティーが好きではなかったのとで、早朝は何も口にせずに過ごすことが多かった。寮の鐘が朝食の時間を告げてから起き出すのが常であった。夕食の後はよく友人とインド人経営の喫茶店へ繰り出したが、まるで義務のようにしてミルク・ティーを飲み干していた。それから番茶をいれてもらって、いかにもおいしそうに飲んでいた。そのため、親友たちから「番茶の君」とからかわれていた。

卒業して就職するとき、習った学問のあらかたは学校に置いてきた。けれども番茶を飲む習慣は相変わらずマウン・ルーエイの行くところどこへでも寄り添う影のごとくついてきた。学生時代は番茶だけでなく水も飲んでいた。職に就いてからは水もまったく飲まなくなった。家にいるときも、地方に出張するときも、遊びに出るときも番茶ばかり飲むようになった。ルーガレイじいちゃんが水を飲まなかったのはぜんそくのせいであった。マウン・ルーエイが水を飲まないのは、正真正銘の番茶飲みになってしまったからである。このように番茶飲みになったことはある意味ではマウン・ルーエイにとってはよいことだった。マラリアのある地方へ行っても、水質の悪い地域へ行っても、水が原因で伝染する病気の蔓延《まんえん》地帯へ行っても、マウン・ルーエイは心配とは無縁だった。愛飲している番茶に守られ、助けられていたのである。

今、マウン・ルーエイとキンタンミンはシャウットーの高級公務員向けゲスト・ハウスに泊まっている。暑さの厳しい上ビルマのダバウン月のことであった。時間は夜の七時半ぐらいであろうか。

二人は食事を終えたばかりである。ウェイターのマウン・セインが食器を下げていってまだ間がない。竹を組み合わせて建造したゲスト・ハウスの表側に食堂があり、食卓にマウン・ルーエイとキンタンミンが向かい合って腰掛けていた。食卓の中央にはろうそくが一本灯してあった。そのろうそくめがけて小さな虫たちが飛んできて、無益な末路を迎えていた。ある者は命を落とし、ある者は羽を火に焦がし、ある者は半身を焼かれていた。食卓の下には最近チン族[*4]の村から連れてきたチン犬[*5]、「ルエゾー」と「アーメイッ」が、たらふくえさを平らげた後でもあり、二匹してじゃれあっていた。

マウン・ルーエイとキンタンミンは向かい合って座っていたが、何かしゃべるでもなし、無言のままでいるのだった。舌と歯の関係のごとく切っても切れない縁の愛する二人が、つい歯で舌をかんでしまったように夫婦げんかでもして、それでお互いむくれているのか。夫婦げんかをしたわけでない。二人の前に置かれたものをちょっと見てほしい。マウン・ルーエイの前には「パンチ」というイギリスの雑誌が三、四冊重ねてある。キンタンミンの前にもイギリスの女性雑誌が三、四冊あった。泊まり客用にゲスト・ハウスに備えてあった古雑誌である。彼らのそばには番茶をいれたきゅうすがひとつずつあった。これを見るにどうも彼ら二人はきゅうすひとつでは足りないに違いない。

手元の雑誌のページをめくる。番茶を一口。目の前にあるさつまいもの薄切りの揚げ菓子を一かじり。菓子を口の中にほおばったまま、目でページを追う。口の中の菓子がなくなると、番茶の湯飲みに口をつける。湯飲みが空になればまた番茶を点す。番茶を湯飲みに注ぐ音、ページをめくる音、菓子を咀嚼《そしゃく》する音、そして子犬たちがふざけて動き回る物音のほか、マウン・ルーエイたちの耳には何も聞こえない。番茶がまだ相当に熱いのと、季節も猛暑の時期のため、マウン・ルーエイは全身汗まみれになっていた。キンタンミンは番茶を冷ましてから飲むので特に汗はかいていない。マウン・ルーエイは汗が出るほどに喉が渇き、喉が渇くほどに番茶を口にし、番茶を口にするほどにまた汗ばみ、を繰り返しているのであった。

キンタンミンには昔は番茶を飲む習慣はなかった。お気の毒に番茶の味も知らなかった。マウン・ルーエイと一緒になってから番茶を飲むようになったのである。それからは番茶のあの特別な味わいを覚えてしまったというわけである。番茶の味を知ってしまった者はもはやどんな清涼飲料水も飲む気になれないことであろう。甘くしたミルク・ティーは番茶の味わいをぶちこわすものである。茶の本当の味を知りたければ番茶を飲むに限る。ミルク・ティーを飲むことは食事と同じく栄養を取り、多少の虫押さえにするためである。味を楽しむために飲むものではない。滋養のためにミルク・ティーは飲まれているのである。番茶はその味わいのために飲まれる。

番茶を飲むとき、ただがぶ飲みしてもその味は感じられないだろう。熱すぎては舌をやけどする。冷えてしまっては水に変わるところなく、その味はわからない。熱すぎてもいない、冷めすぎてもいない番茶を飲んで、はじめて番茶本来の味に出合えるであろう。こうして飲むと、全身に汗が吹き出してくるだろう。汗だくになればなるほど、また味を如実に感じることであろう。番茶だけではもの足りない。お茶菓子もそろってはじめて場が完結する。熱すぎず、冷めすぎず、お茶請けをお供にした番茶を飲めば、天国のいかなる飲み物がこれに勝るというのか。信じられないなら、まずは飲んでみることだ。

訳注

（1）ウー・ポンニャは僧侶出身の有名な文人。ビルマ王朝末期の賢帝ミンドン王に遣え、モーグン（王朝の記録詩）やジャータカを脚色した劇作品、また慈愛の書簡という意味のミッダザー（親愛の情、誠意から書かれた書簡、意見書、忠告書）を数多く残した。

（2）中国茶に似たミャンマー茶。シャン高原で栽培される。ミャンマーではこの茶を出がらしぎみにして何杯も飲むのが好まれている。

（3）ミャンマーでは早朝、めん類や菓子パン、コーヒー、紅茶などを食すが、これは朝食ではなく、スナックと考えられている。伝統的な暮らしでは朝九時から十時ごろと夕方五時から六時ごろにご飯とスープと数種のおかずから成る食事を取り、これがそれぞれ朝食と夕食と呼ばれている（夕食のおかずはたっぷり調理しておいた朝食と同じものであることも多い）。いわば炊いたご飯がないと食事とはとらえられていないためであり、途中どんなに間食をしてもミャンマーでは食事は一日二食と考えられている。また現在、都市勤労者の間ではこうした食事の時間は遅くなりがちで、朝食は西洋の昼食の時間帯に取ることになる。

（4）ミャンマー西部、インド国境近くに広がるチン丘陵に居住する少数民族。チン族内でその言語はまた数十の方言に分かれている。

（5）チン丘陵原産と言われる犬。利口な犬として有名であるが希少。上ビルマのパゴダ祭の縁日では、時にこのチン犬が売られている。

フマーダン

上ビルマの暑さに耐えかねたキンタンミンが、暑さのしのぎやすい下ビルマの故郷に帰ってしまってもう一か月以上になる。マウン・ルーエイはただひとり、猛暑と戦いながら上ビルマに残された。マウン・ルーエイの仕事がまたひとつ増えた。ほかでもない。キンタンミンの元に手紙を書くことである。毎日のようにマウン・ルーエイがキンタンミンに手紙を書いているのを、使用人たちみんなが見ていた。トゥンペイが自分の古女房のチョウに、

「うちのご主人はちょっとやりすぎだあ」

と言っていたではないか。郵便局もわずか一か月で大変な増収を得ていた。

キンタンミンに宛ててマウン・ルーエイが書き送ったフマーダン[*1]とはどんなものなのか。ウー・ポンニャらが書いた「シンプー慈愛の書簡」などのように韻を踏み、詩歌で埋め尽くされたたぐいのものなのか。マウン・サンドゥー[*2]による書簡文のように詩のような書体の手紙なのか。テインジー市場[*3]で一ぺー、一ムーで売られているような若い男女の恋愛小説本の中に出てくるたぐいの手紙文か。どんな手紙か知ってもらうため、実例としてマウン・ルーエイがキンタンミンに書いた手紙の一通をここにご紹介しよう。

ミャウンウー・ゲスト・ハウスにて
一二九八年カソン月　上弦の月八日[*4]

妻よ。

こう呼ぶこともなくなってだいぶたつので、少々恋しくなって呼んでみたのだ。我が妻よ。この恋しさをどう言えばいいのか。雨降り続きでおとといの夜から降っている。今もまだ降っている最中だ。明日、いったいどうやってセイドウッタヤー[*5]へ行くのかまだ何とも言えない。今朝早く、カンビャー[*6]をたったのももちろん雨の中だった。道は一面のぬかるみで、泥が靴の片方に五十ダー[*7]ぐらいずつはくっついてきた。まったく、この泥が欲しければ小包みで郵便局から送ってあげるよ。今後何かに利用したければ使えるように。一見したところではすりおろしたタナッカーだよ。

靴がぬかるみで汚れたぐらいがなんだ。全身ずぶぬれ、寒くてガタガタ震えが来るほどだ。ああ、大変なことだね、妻子を養うということは。こんなことも道中思わず考えたよ。と言って、妻子を養うだけでは済まない。自分もこれで食べているんだ。何も文句を言うことはないと考え直したよ。さあ、これで帳消しだ。

チャウンウー[*8]に到着してもこれまた雨のためにゲスト・ハウスはすでに居場所もない。いいかげん疲れてもいたし、雨で冷え込むのもあって、朝食を取ってしまうとすぐ寝床の中で横になり、午後五時になってようやく起きて紅茶を飲んだ。とても幸福な気分だった。

そうだ、ボロ靴のことを言わなければ。ボロ靴アブーカースィン[*9]も今回は雨の中で履いたために壊れてしまうんじゃないかと思うね。この靴もかわいそうなやつだ。勤務期間一年にもなっていないのに引退間近だ。来月の末には引退させなければ。引退する前におだぶつになってしまうおそれもある。若様、王子様をまだ死なせないでくださいと祈らねば。出張の最中にお亡くなりになったらだれに乗り換えたらいいのか。これ一足しかないのだから。頼るところなしになってしまうのは目に見えている。医者のマウン・シェインに診察させたよ。火あぶりにせよだって。また良くなってくると思っていたんだが、これもしかたがない。

出張に出てくる前、水くみのマウン・タウンとドライバーのアブドゥール・マジッの女房がけんかしたことは先の手紙に書かなかったと思う。さあ、聞いてくれ。ある日、土地査定に行っていたときのこと、マウン・タウンとインド女が敷地内の井戸でだれが先にくむかでもめたんだそうだ。そんなこんなでけんかになったとき、インド女は自分の履いていた草履でひっぱたいたというじゃないか。さあ、こんなことが許されるのか。何と不作法な女だ。そのときは彼女のご亭主ももちろんいなかった。

疲れて土地査定から帰ってきて、うちへ上がるなりマウン・タウンが言いつけにやって来る。もちろんインド女もご亭主を伝令に仕立ててよこす。そして、アブドゥール・マジッは自分の女房の弁護士になってしまう。さあ、家に主婦さえいれば、こんなことは下級裁判所で片付くことじゃないかね。主婦がいないから最高裁判所まで持ち込まれたのだ。持ち込まれてしまったからには取り調べるしかないだろう。トゥンペイ夫婦、マウン・シェイン、ウー・ポウンたちを尋問してから、インド女に反論書を出すよう言った。これがまた反論してくるときた。けれども論旨もあやふやなので、インド女にはマウン・タウンに慰謝料五チャット払うよう言い渡した。インド人夫婦が払えないだとさ。二人して強硬な守りの姿勢だ。それで当然アブドゥール・マジッは解雇することにした。そのときになってやっこさんたち半泣き顔だ。だけど、どうしようもないじゃないか。すでに判決も出してしまったのだから。一度出した判決は引っ込めるわけにはいかないんだ、妻よ。処罰について法律ではっきりと定めてあるじゃないか。判決を引っ込めるわけにいかないので、彼らには一か月分の給料を出してやった。やはりかわいそうだからね。さあ、こんなことでいいのか。彼らがけんかしあったことに始まって、僕の財布から三〇チャット出ていってしまったのだよ。犯人に罰を与え、犯人がその罰金を払えなくて、裁判官がポケット・マネーで立て替えてやる習慣によく似ている。こんな風に財布から三〇チャット出ていってしまったのは何ゆえか。うちに主婦がいないからに決まっているじゃないか。うちに主婦さえいてくれたら下級裁判所で済むような事件じゃないか。

トゥンペイの小さな息子、テイ坊も最近はずいぶん悪くなっている。両親の目を盗んではうちの敷地から抜け出し、裏手の市場の方へ行く。ある日それを見つけたので、少々厳しく打ち据えておいた。ずいぶん叫び声を上げていたけれど。でもこれはいい機会だったからね。親御さんたちにはどなられるかもしれんが。

アーメイッとルエゾーもうちの脇のどぶに入って近所の大きな犬たちとじゃれたりふざけたりしている。しょっちゅうどやしたり、追い払ったり、たたいたりで、本当に厄介だ。ルエゾーはまだ幼いのにいつも先頭に立っている。ある日も大きな犬にかみつかれ、二匹とも悲鳴を上げて駆け戻ってきた。貯蔵庫にあった甘いイヌナツメ[*10]の実をアーメイッがこっそり食べていて捕まったのももう三、四回になる。ルエゾーが調理場から牛骨をくわえてきて、仏間に敷いてあるじゅうたんの上で食べたのだってもう三度目だ。ルエゾーをぶたないでと言われているからぶちはしない。だけど、もちろん手のほうは思わずむずむずしたよ。ルエゾーは日に日に悪くなっていく。アーメイッのほうは日に日に賢さを増している。僕の犬だから褒めているのではない。頼むからすねないでくれよ。

三匹の子猫たちはいったいどこに寝て、どこで食べているのか、今や見当がつかない。家の中にいることもない。トゥンペイ夫婦だけが面倒をみているのだろうと思う。尋ねてもいないが。この三匹の子猫たちも小さいときはかわいらしいものだったけれど、今じゃもう育ちすぎて何にたとえたらいいのかわからない。人のそばにも寄りつきたがらず。主婦がいないため猫たちもてんでばらばらだ。

出発前に言われたとおり家の南側の窓は今もって開けずにいる。でも、ガラスを通して市場の買い物客たちが見えるよ。窓といってもガラス窓では閉めていても意味はない。中が見えるのだから。ガラス窓の場所に板張り窓[*11]を取り付けてくださいと、建築・営繕関係の係官に手紙を出したらいいんじゃないかな。でも、だれが目に入ろうと、だれがどうご機嫌取りに来ようとマウン・ルーエイはびくともしないよ、妻よ。とにかく安心しておくれ。さあ、これは励ましの言葉じゃないか。

何か欲しいものがあったら言っておくれ。帰ってくるときに買い物してくるわと言っていたから、ここでお願いしておこう。安くて、ちゃんとした会社のもので、正確に動く腕時計を見つけたら、いくら出してもいいから買ってきておくれ。金時計だの銀時計だのは買ってくるなよ。合金の時計があれば十分だ。この年になって、めかし込んだりしゃれ込んだりする気はもうないね。独身のときには金時計が欲しかった。はめるなら金の腕時計に限ると思っていた。今じゃそんな気持ちはもうない。家庭を持つと心境が変わるもののようだね。時々しみじみと悟りを得る。悟るといったところで、ヤンゴンのテインジー市場で縁起の法と法輪の本の二冊を買ってきておくれ。忘れないでくれよ。根をつめて役所仕事をするおかげで宗教書を読む暇もない。役所仕事をどんなにしても来世の輪回につながるものでもなし。仏教やその教えの本を読んでこそ来世の輪回に入っていけるというものじゃないか。そうしたことをじっくりと考えてみれば大いに悟りも得られる。主婦が早く帰ってこないのなら出家してしまうかもしれないぞ。ミェーヌ村でも近々村長選挙があるな。

この手紙を終える前にわが家の会計報告のことを書かせてもらおう。この官報に書いてあるとおり同意するかしないか至急返事をくれたまえ。

「わが家の官報」

（1）執事マウン・トゥンペイ、まだ体調が思わしくないにつき、月給半月分とさらに一か月の休暇を与える。
（2）臨時執事ウー・ポンに休暇中のマウン・トゥンペイに代わりもう一か月職務を命ず。
（3）水くみマウン・タウンに五月一日付で敷地内の井戸に水が満ちてくるまで月給なしの休暇を与える。*12
（4）ドライバー、アブドゥール・マジッに月給一か月分相当を与えてこれを解雇する。
（5）退職したドライバーのアブドゥール・マジッに代わりマウン・サンシュエ（またの名）マウン・トゥンオンを暫定採用する。
（注記）上記の異動は家内大臣キンタンミンの承認により有効となる。

（署名済）マウン・ルーエイ

以上のとおり書かれたフマーダンは、マウン・ルーエイがキンタンミンの元へ送った数々のフマーダンの中のほんの一通にすぎない。

訳注

（1）フマーダンとは伝統的なミャンマー文学の一形式。従来、韻文体で書かれた恋文を指していたが、後に宮廷内部での指示書、連絡書などもフマーダンと呼ばれた。
（2）十九世紀前半、ビルマ王朝に遣えた文人。王朝の威徳を描いたフマーダン作品で知られる。
（3）ヤンゴン市中心部アノーヤター通りとシュエダゴン・パゴダ通りの交差点そばにある市場。かつてはインディアン・マーケットとも呼ばれた。現在はショッピング・センター・ビルの姿になっている。
（4）一九三六年四月二八日。カソン月はミャンマー暦第二番目の月。
（5）現マグエ管区内、西寄りの丘陵地帯にある町。
（6）セイドウッタヤーに至る道のりにある町。
（7）約七七〇グラム。
（8）カンビャーを分岐点として北西の方角に進むとある町。
（9）アブーカースィンとは恐らくこの靴を作ったインド系の職人の名前であろう。当時、官僚が履くような高級革靴はオーダーして作り、靴職人はたいていインド人だった。
（10）棘《とげ》のある植物。実は食用。
（11）ミャンマーの家屋の窓は引き戸ではなく、開き戸式が一般的。
（12）何か月か続く夏季の後半には井戸が干上がったり、水圧が下がって水道が出なくなったりすることがある。これらは雨期になるまで使えないわけである。

牛車乗り

牛車乗りは詩人に似ている。と言ったら詩人たちは面白く思わないに違いない。じろりとこちらを見るだろう。ふふんとあごをしゃくるだろう。不満の言葉を書き連ねることだろう。けれどもちょっと言わせてほしい。牛車乗りたちのだれもが詩を詠むことはできないが、詩人たちのだれもが牛車を操れるわけではない。だから詩人の先生方は、自分たちを牛車乗りと比べるのかと怒るべきではないのである。

一般的に言って、詩らしきものは書けても良い作品が書ける者はたいそう少ないように、田舎者であればたいていの者は牛車が操れるが、かんぺきに乗りこなせる者は本当に限られる。詩を書く者をだれでも詩人と呼ぶわけにはいかないように、牛車が操れる者をだれでも牛車乗りと呼ぶことはできない。生まれながらの才能に恵まれた者だけが優れた詩人になれるように、天性の素質を持った者だけがその名もとどろく牛車乗りになれるのである。こうしてみると、一流の詩人と呼ばれるのが並大抵のことではないように、牛車乗り名人と呼ばれるのも生やさしいことではないと言えよう。

一流の詩人は想像力の複雑さ、言葉の厄介さを賢く巧みに操れるからこそ、その詠まれた詩を読むと読者たちはある種の至福を味わえるのである。牛車乗り名人も大変な悪路を賢く巧みに走らせることができるので、乗っている者たちを一種幸せな気分にさせるのである。どんなにひどいでこぼこ道であっても、牛車乗り名人が走らせれば平地の滑らかな道を行くがごとき思いになる。牛車の前部が軽ければ、前方に重心を掛け直し、重くなれば後方に重心を移し、上り坂や下り坂になればまた手を変え品を替え、くぼみが近づいてきたらそれに合わせ、ぬかるみに至ればまたそれに合わせ、あの手この手で牛車を操る牛車乗りをだれが褒めずにいられれようか。

牛車乗りは牛車を走らせるときだけ詩人に似ているのではない。言葉を遣うときもこれまた大変に似ている。詩人の関心、癖、かたぎがその作品にくっきりと現れるごとく、名の知られた牛車乗りの気性や癖、関心や態度もまた、彼が牛車を走らせる間、口にする言葉に鮮やかに浮かび上がってくるのである。牛車乗りのある者たちは、牛車を走らせているとき荒っぽい言葉遣いをする癖がある。牛車にだれが同乗していようとまったく気にしない。僧侶が乗っていようと、年ごろの若い女性が乗っていようと、自分より目上の者であろうとおかまいなし。ひとたび牛車に飛び乗れば、ののしりまくって牛車を駆るのである。その牛車乗りはもはや自分が走らせている二頭の牛のことしか頭になくなり、自分がののしり叫んでいることにも気づかないのである。詩人もこれとよく似ている。自分が今書きつづっている詩のことだけに神経が集中し、まわりにいる人々のことを気にしなくなる。また、自分の詩でだれかが傷つけられるかもしれないということにも考えが及ばなくなる。

ある牛車乗りたちは、それほど牛たちをののしってばかりはいないものの、大声をあげてはありったけの力で牛にむちを当てながら走らせる癖がある。こういう牛車乗りたちは怒りっぽい性格の持ち主である。牛車に乗っている者たちは、こうした牛車乗りの気性をすぐさま見抜くことができる。ある牛車乗りたちは、穏やかな温かい言葉遣いで牛たちをなだめたりすかしたりして走らせる。こうした牛車乗りは優しい性格の持ち主である。ある牛車乗りは優しくもなく厳しくもなく、竪琴《たてごと》の弦を張るがごとく、きつくすべきところはきつく、緩めるべきところは緩めて優しい言葉をかけ、牛車を走らせる。詩人も同様に激しい言葉遣いをする者もあれば優しく語る者もいる。過激でもなく甘過ぎもせず、その中間の言葉でつづる者もいる。

優れた詩人は自分の訪れた土地の風景を、読者の頭の中に鮮やかに浮かび上がらせることができるまでに文章で表現する。優れた牛車乗りもまた、牛車の進行方向に背を向けて座っている同乗者たちの頭の中に、その道のりのありさまが生き生きと浮かび上がってくるほどに牛車を駆りつつ語るのである。がけっぷちに至ればそうと知る。上り坂に至ればそうと知る。乗客たちは牛車の前部には背を向けていても、牛車乗りの言葉から道の行く手で起こっていることや道の形状がはっきりと見える思いになるのである。優れた牛車乗りと優れた詩人は風景を言葉で表現するあたり、またよく似ているのである。詩人による風景描写は印刷して本にされるのでその後も長年にわたり残る。牛車乗りの描く風景はだれも記録することがないのであわれ口にするそばから雲散霧消してしまう。そのため一流の牛車乗りは一流の詩人のように世に知られることがないのである。人々から一目置かれることもないし、賞賛を受けることもない。そうはさせまじ。記録するに値する牛車乗りの言葉は記録しておくべきである。それでは書き取っていこう。

モン河の岸辺のモンフニンという小さな村に牛車乗り名人のマウン・バという者がいる。あるとき、マウン・ルーエイは地方出張でそのモンフニン村にやって来た。その村に一泊してから翌朝早く六マイルほど離れたメーザリー村に行く予定であったので、村長がマウン・ルーエイのためにマウン・バの牛車を手配してくれた。モンフニンとメーザリーを結ぶ道は大変な悪路であった。ところどころモン河を渡らなくてはならなかった。モン河の岸辺も石の多いでこぼこ道を行くのであった。どろんこのぬかるみ道も通らねばならなかった。がけっぷちの道も進まねばならなかった。平地も行かねばならなかった。ほこりのもうもうとたつ場所や砂地も行かねばならなかった。こんな最悪の道のりを行くため早朝六時、マウン・バは自分の黄色い牛二頭に引かせた牛車でやって来た。御者席の方に背を向け、両足をぶらぶらさせて腰掛けたマウン・ルーエイを乗せて牛車は出発した。しばらく行くと、マウン・ルーエイはマウン・バの言葉を聞くとはなしに聞き始めていた。以下マウン・バが牛を御す様を書きつづっていこう。

「そーれ行け、おいおまえたち、何をのろのろしてるんだ。ありゃー、早起きして行くのがおっくうなのか。一むちくれてやらなきゃいかんな。そうだ。そうこなくちゃな。おや、こっちの坊やはなんで引かないんだ。まったくうまく力を抜いてるもんだ。こら、田舎牛。横っ面張ってやろうか。そーら、覚えとけ（と、むちを一振り）、おい、道どおり行けよ。おまえはどこに目をつけてるんだ。なんでまたこっち側を避けながら走ってるんだ。よし、わかったようだな。やっとうまく走れるようになったぞ。この調子で行くんだぞ。道がいいときにうんと走っておくといいぞ。そのうち山道にさしかかったら走れんからな。おい、行く手にあるのはでっかいくぼみのようだな。ゆっくり、ゆっくり。あれまあ、がむしゃらに走って今度は止まりたくないのか。ゆっくり、と言っているのが聞こえんのか。まったく強情な牛たちだ。ゆっくりだ、ゆっくり。チッチッ……チッチッ……（マウン・ルーエイ、牛車の手すりをしっかりとつかんでいる。牛車、次第に減速していき、徐々にくぼ地に降りていく。）

よーし、さあ走れ走れ。道が良くなってきたぞ。えーい、今度は走りたくないときた。この厄介な牛たちめ。むちでしごいてやらなきゃならんな。そーら、覚えとくんだぞ。（むちを一発。牛たち走り出す。）

さあ、止まれ止まれ。石だらけのところに来たぞ。あれまあ、こうしたところだとまた止まりたくないのか。止まれと言われたら止まるんだ。（牛たち、止まる。）うん、ゆっくり行けよ。足を滑らすからな。おまえらが滑って転んでもかまうこたあない。牛車がひっくり返りでもしたらこれはことだからな。この牛の大将、何をやってんだ。道筋どおり行きたくないときた。あっちへ傾き、こっちへ傾き。そーら、覚えておけよ。こうして一むちくれてやっとよくなった。覚えるということがないんだからな。この先にあるのは急勾配の下り坂だ。ゆっくり行けよ。駆け降りてやれなんて夢にも思うなよ。ゆっくり、ゆっくり。（マウン・ルーエイ、また牛車の手すりをしっかりつかむ。）川を渡るのかと思うとおまえたちはほんとにしっぽの振り放題なんだから。さあ、どこだ、しっぽよ出てこい。おれがつかんでてやるからな。おいおい、こっちの方が浅いぞ。どこの深みへ引っ張っていくんだ。流れにはまったらみんな死んじまうからな。こっちの坊やは引っ張りたくないのか。困ったもんだ。よーし、水が飲みたいのなら飲め。まだ道は遠いからな。よーし、もう十分だ。腹がふくれていては走れないからな。飲みたければこの先の小川に着いたときに飲めよ。こら、何をやってるんだ。

さあ、この先はがけっぷちだ。思い切って上れよ。力及ばずずり落ちでもしたら厄介だ。そうだ、そうそう、気張れ。そっちのやつは、気張っていないぞ。そら、覚えておけよ（と棒で一たたき）。そうだ。そうだ。ありゃ、車の先っぽが軽くなってるぞ。かまうことあない。この子は気張れないのかのう。（マウン・ルーエイ、牛車の前部に移動して座り直す。）えー、そうだ。気張れよ、気張れ。こんな程度のところが怖いんだからな。それ、着いたぞ。疲れたか。なんとまた根性なしなんだ。これしきのことでくたびれているとはな。さあ、平地になったぞ。ちょっと早足で行けよ。間もなく日差しがきつくなるぞ。この車は屋根なしだからな。

やあ、この道はなんとまあ草ぼうぼうだ。こっち側のイヌナツメのやぶもどうも村長がちゃんと草刈りさせないようだな。牛車にも引っかかるほどだ。（マウン・ルーエイ、右側の方に寄って座り直す。）それ、うん、この調子で走らなくちゃな。おい、ちょっと待て。少しゅっくり行け。行く手は谷間になってるな。さあ、そろりそろりと降りろよ。やあ、何と道は石でごつごつだ。それ、上れ。気張って引け。それじゃだめだ。いやはや大石だらけだ。おや、こんな程度の石で難儀してんのか。それ引け、やれ引け、あー、だめだな。だめだ。大石が特大ときてる。（マウン・ルーエイ、降りて牛車の後押しをする。）よーし、上りきったぞ。疲れたか。川を渡るときに水、飲めよ。もう道は遠くないぞ。メーザリー山に近づいてきたぞ。この先の川を渡れば到着だ」

こんな風に牛車乗りの言葉を聞きながらメーザリーに着いたのであった。マウン・バのような牛車乗りの操る牛車に乗るのはまことにぜいたくな味わいがある。詩人が風景の美しさを詩に詠むように、マウン・バもまたメーザリーに至る道のりの様を牛車を走らせながら語りきったのであった。

上ビルマのパゴダ祭

上ビルマのパゴダ祭はパゴダ祭でもある。大バザールでもある。上ビルマではパゴダ祭に行くことは、パゴダ参りもしながらうまいことにありついたり[*1]、ついでに女の子をひっかけることである[*2]。パゴダ参りもできて、娯楽もあり、商売にもなり、一石三鳥[*3]のパゴダ祭なのである。

上ビルマでは、パゴダ祭に行く者たちは自分の売りたい品物を持っていっては店を広げて売りさばく。ある者が持ってきた品物をまたある者が買い、物々交換をしたりするのがパゴダ祭の習わしである。午前中に売り買いを済ませ、夕方日が暮れると演芸会を見る者あり、パゴダ参りをする者あり、そぞろ歩きをする者あり、といった具合にすごすのであった。

上ビルマのパゴダ祭はパゴダ祭とバザールを一緒にしたものであるので、四週間から九週間くらいにぎやかに続くのだった。シュエセットー・パゴダ祭は一か月以上、二か月近く開かれる。チャウントーヤー・パゴダ、ミャタルン・パゴダ、コウッテインナーヨン・パゴダの祭も少なくとも十日以上はにぎわう。

サリン市[*4]のコウッテインナーヨンのパゴダ祭はカソン月[*5]、上弦の月、八、九日目から始まって下弦の九日、十日までにぎやかに行われていた。

パゴダ祭が始まった日からサリン市の市営市場はそっくりそのままパゴダ祭の場へ移動してしまう。市場の中にはもはや一軒の店も残っていなかった。市場の入り口の扉も閉ざされていた。つまるところ、市場の中には野良犬やカラスさえいなかった。彼らもパゴダ祭へ行ってしまったのだろう。買い物客は毎朝パゴダ祭の場へ出掛けて買い物をすることになった。市営市場の店がなくなってしまっただけではない。市場のそばにあるインド人の服地屋、中国人のよろず屋もパゴダ祭へと移動しているのだった。これらの店だけではおさまらない。コーヒー屋、紅茶屋、食堂、そば屋、サラダ屋[*6]に始まり、市内のありったけの店がパゴダ祭の場に引っ越してしまったので、町全体が静まりかえっていた。パゴダ祭の場だけが騒がしいのだった。

近辺の村からやって来た人々の数も相当なものだった。三十、四十マイルも先からやって来る。モン河流域、チン丘陵一帯からも来ていた。雨季[*7]の間に食べるため、用いるために十分な品々をこのパゴダ祭に来て買うのである。自分たちの売りたい物もこのパゴダ祭に持ってきて売るのだった。このパゴダ祭にはないものはない。ありとあらゆる物が手に入る。布地、ンガピ[*8]や魚の干物、たまねぎ、とうがらし、きざみたばこ、葉巻用の葉、糸車、すき、かご、砥石《といし》、チャウッピン[*9]など、何と品数豊富なことか。数え上げたらきりがない。コウッテインナーヨン・パゴダのそばにある空き地はひときわにぎわいを見せていた。

その大広場に多くの牛車を円陣状に止め、それぞれ自分の仲間どうしで自炊をするのは実に楽しいものである。鍋かま持参でやって来た人々である。下ビルマではバスや乗用車が行き交う場所柄ゆえ、パゴダ祭での牛車の大円陣はもう見られない。牛車の代わりに乗用車、バスの大円陣しか見られない。今出たと思えば、すぐ着き、もう帰る。上ビルマのパゴダ祭ほど楽しいとは思えない。恋人と、または気の合った者どうしで行くならいざ知らずだが。

農民たちはこのコウッテインナーヨンのパゴダ祭のときに借金をし、借金を返し、小作契約をし、土地を抵当に入れるのが習わしとなっている。町に何か用があればパゴダ祭のときまで待つのだった。祭の時期になってからパゴダへやって来て、一度ですべきことを済ませた。祭の時期はパゴダ祭の場だけが人でごった返しているのではない。役所なども大にぎわい。登記係の事務員はもう休む暇もない。ふだんは一日に三、四件以上の登記を扱う必要はなかった。パゴダ祭のときは十五通は下らない契約書の作成を行わなければならない。みんなパゴダ祭にやって来たついでに契約書を作っていくのだった。

ある夜、マウン・ルーエイは夕食を終えるやいなや汚れた衣服を身につけると、ひとりでパゴダ祭に出掛けていった。夜はパゴダ祭に集まるのは農民たちばかりなので、だれもマウン・ルーエイに気がつかなかった。自分たちと同じような田舎者ぐらいにしか思っていないのだった。田舎者とマウン・ルーエイ、マウン・ルーエイと田舎者が一体となっていた。マウン・ルーエイはうれしくなった。自由を得たのだ。田舎者と押し合いへし合いできたのである。田舎者たちの本音や行状などが目の当たりにできることだろう。

始めにオウムのサーカス小屋に立ち寄った。小屋の前には田舎者たちが群れていて中へ割り込めない。お金の余裕がある者は一ぺーずつ払って入っていった。払えない者はというと、小屋の前に描かれている看板絵を見ては批評を下しているのだった。

オウムがムー硬貨とマッ硬貨を区別してみせるというのは一体本当かね。と上着もまとわず上半身裸の、五分刈り頭が聞いた。そりゃ仕込んでおきゃできるさ。言葉だってしゃべれるんだぞ。オウムってやつはすごく頭がいいじゃないか、え。とタオルで鉢巻き*10をした者が答えた。

おれ、入ってみてえよ。金がないから……。とはじめの男が言う。

大したこたあないよ。と相手が言う。

このように二人の田舎者がしゃべっていたとき、そばからワーッと子どもの泣き声が上がった。母親が、あした見な、坊や、いい子だからあした見な、と子どもをあやしていた。

田舎者たちともみ合いながらオウムのサーカス小屋の前を離れた後は、牛車の大円陣が止めてある方へやって来た。

そこには五百、六百は下らない数の牛車が止められていた。大変な活気を呈している。月明かりだけが頼りのその場を、牛車の大円陣の間をあちこち抜けつつ田舎者たちのおしゃべりを聞いた。

ある者たちは食事をしながらその日の商売のことについて話し込んでいた。そのそばでは前夜の演芸会での道化者たちの笑い話を受け売りしていて、みんなワハハと笑っていた。あの暗がりの木の下で牛車乗りが弾いているバイオリンは、何といい音色ではないか。弾き手自身も感傷に浸っているようであった。腕前に引き替え、彼の容貌《ようぼう》はまったくひどいものであったが。

てらいんく　発行目録

てらいんくH.P
http://www.terrainc.co.jp

2001.3

定価は税込みです。改定の場合がありますのでご了承ください。

横浜生まれ　横浜育ち

TERRA INCOGNITA

てらいんく
〒200-0003　横浜市西区楠町1-3
TEL 045-410-1278 FAX 045-410-1279
郵便振替　00250-0-85472

Fine Asian Literature

¥1,995

ISBN4-925108-20-4

厚生省中央児童福祉審議会
平成11年度推薦文化財

¥2,000

ISBN4-925108-21-2

カバランの少年

李潼《リートン》　中由美子 訳
木内達朗 画

毎夜、夢の中に現れて「カバラン、カレオワン」といざなう女の正体は……

少年シンクーはあるとき、自分が少数民族カバランの末裔であることを知る。彼がひそかに思いを寄せる女優の卵の級友メイランとのデートの途中、突然の雷雨にあったことから、時を超えて出自を探る愛と冒険の旅が始まる。

自分は何者なのか。民族のあるべき形とは？

現代台湾の少年文学の第一人者が放つ傑作タイム・ファンタジー！

わら屋根のある村

権正生《クォンジョンセン》　仲村修 訳
吉村はんな 画

あくまでものどかで美しいわら屋根の村々。その小さな村々を突然襲った朝鮮戦争。戦禍を避けて、村人たちは一家あげての逃避行をくりひろげる。過酷な状況に投げこまれてもなお明るさを失わず、心身の成長を遂げる子どもたち。未来を見つめて精いっぱい生きようとする、個性豊かでけなげな姿が、戦争をもの静かに告発する。深い家族愛、広い民族愛をうたう、近くて遠い国からの愛のメッセージ。

Fine Asian Literature

¥1,800

ISBN4-925108-22-0

日本図書館協会選定図書

¥1,800

ISBN4-925108-23-9

アンコール・ワットの青い空の下で

ペン・セタリン

カンボジア人の母と日本人の父の間に生まれた陽子は、NGO医療チームの一員として戦禍で疲弊した母の故郷に向かう。現地で手にした民族織物、クメール織の美しさにひかれた陽子は、織物職人のユワディと知り合う。その彼は、かつて戦争で仲を引き裂かれた陽子の母の婚約者であった。二つの国を舞台にした、愛と慈悲、寛大と平等をうたう物語。

モンシル姉さん

権正生《クォンジョンセン》　卞記子《ピョンキジャ》訳

十歳の少女は両親と別れ、さらに心優しかった継母にも死なれ、生まれたばかりの妹を立派に育て上げていく。朝鮮戦争、その後の混乱期をモンシルは、ありったけの力をふりしぼって生きる。心ない暴力を受け片足が不自由になったというのに、モンシルはいつしかそれも自分らしさとして吸収してしまう。それは命を育む雨土のような愛であるのか。

Fine Asian Literature

¥1,800

ISBN4-925108-25-5

変わりゆくのは この世のことわり

マウン・ルーエイ物語

テイッパン・マウン・ワ
高橋ゆり訳

アウン・サン・スーチー女史が卒業論文に取り上げたミャンマーの国民的作家の一人、マウン・ワの手になる連作短編集。郡の役人を勤める主人公とその家族、友人、住人たちがくりひろげる悲喜劇。たゆたう輪廻の世界から、人生の奥深いおかしみがじんじんと伝わってくる。

NEXT ISSUE
01.5

¥2,200

ISBN4-925108-26-3

サンサン

映画「草の家」原作

曹文軒　中由美子訳

文化大革命直前の中国の田舎の村。少年サンサンを取り囲む世界はすべてが新鮮であった。サンサンはほかの子とは違う。それはサンサンが校長の息子だからではなく、ただただサンサンがサンサンだからだ。小学校の級友たちとのあつい交わり、かいまみえる淡いおとなの世界……毎朝、黄金色の大陽が確実に昇るように、少年にはその日1日の未知のドラマが待ち受けている。

Fine Asian Literature

NEXT ISSUE
02.

NEXT ISSUE
01.5

¥1,800

ISBN4-925108-27-1

花の香りで眠れない

フマユン・アザード
鈴木喜久子訳

蛍が光る。ライムのつんとくる香りが漂う。ライムの葉のかぐわしい香りが重なる。眠れない。花の香りで眠れない。こんな村がある。多大の犠牲を払って独立を果したバングラデシュに。村はいま文明の波に洗われ、瀕死のありさまであり、都市に生きる作者が万感の思いをこめて故郷に呼び掛ける。国民の半数が詩人ともいわれる低湿地帯の国に生まれた詩情豊かな文学。

ツバメ飛ぶ

グエン・チー・ファン
加藤栄訳

少女期にベトナム戦争を体験した思い出が、大人になった今も、鮮やかによみがえる。つらいこと、いやなことが続く毎日でも、かすかに楽しいことを見出せる瞬間もある。

「流れ星の光」ほかで名訳をうたわれる氏の最新翻訳作品。

2001年　新刊予定

少年の音
田島征三

少年期の蒼い感受性を爽やかにえがく短編集

国際交流最前線の子どもたち
IAPE《イアペ》編

国際交流都市横浜からの最新レポート。

韓国民話選
仲村修編訳

本邦初紹介のものばかりを採録。

アジアの詩

フィリピンほか数か国の詩のアンソロジー。

児童文学評論

NEXT ISSUE
01.4

¥1200

ISBN4-925108-51-6

児童文学への質問

藤田のぼる

三つの質問に仮託して、読書への誘いともとれる児童文学ガイド。Q1 今、子どもたちの「読書離れ」が盛んにいわれていますが、その要因はどこにあるのでしょうか。Q2 子どもにとって、文学作品を読むということは、どのような行為なのでしょう。子どもは作品から、何を受けとるのでしょう。Q3 子ども読者にとって、今どんな作品が求められているのでしょう。

NEXT ISSUE
01.3

¥3,400

ISBN4-925108-50-6

世界児童文学ノート

安藤美紀夫

19世紀初頭から20世紀半ば過ぎまでの、世界と日本の児童文学を精緻に通観する名著の完全復刻版。24年前の初版刊行時の原典引用等の誤りを一掃した、研究者・図書館必携の大冊。

児童文学評論

NEXT ISSUE
01.

砂田弘評論集成

砂田弘

一九六〇年代から児童文学の地平をきりひらいた著者の、全評論を一冊に。

NEXT ISSUE
01.

《成長物語》のくびきをのがれて

石井直人

児童文学雑誌「飛ぶ教室」連載＋「ぱろる」掲載＋書き下ろしの、著者第一評論集。

社会科学

¥1,500

ISBN4-925108-30-1

一人っ子たちのつぶやき

陳丹燕《チェンタンイェン》　中由美子訳

中国はなぜ二〇〇三年に一人っ子政策をやめるのか。第二子を生んだら、その子は戸籍を持てない。あるいは、十万元の罰金という現実が、四年後に消滅する。人口爆発に悩む国家の壮大なる実験は、どのような社会問題を生起せしめるのか。70人の子どもたちの聞き書き集。

¥2,730

ISBN4-925108-24-7

ランビアンの事蹟
ベトナム中部少数民族の古伝承

ラムトゥエンティーン　本多守訳

ベトナム中部ラムドン省に居住する山岳民族に伝わる古伝承四十数話が初めて紹介される。周縁各国の昔話に多大な影響を及ぼしたファンタジーの源流は、目にも彩な神話世界である。そこでは神と人が交感し、動物と人が交流する。

¥2,500

ISBN4-925108-31-X

大地は生きている
中国風水の思想と実践

聶莉莉編

第一線の文化人類学者20名が取り組んだ中国風水の理論と実践。風水に囚われる人、それを蔑視する人。どちらの視点からもこの書は興味深く迎えられるであろう。開発による環境破壊を、風水上の観点から反対する住民運動の例でも分かるように、風水は意外な現実性を獲得し、したたかに生き残っている。

¥1,400

ISBN4-925108-11-5

横浜発信！
生きる力を育てる総合学習

横浜の学校教育を創る会編

為すことから愛ぶ―先進の教育現場からのレポート。理論編4本と、実践提案編9本で、横浜の教育の明日を実体験する。

「われら　大岡川レスキュー隊！」

「世界に羽ばたけ　日枝小ボランティア隊」

「日本たんぽぽの基地を作ってたんぽぽのことを教えてあげよう」

ほか

教育

¥2,415

ISBN4-925108-10-7

¥2,000

ISBN4-925108-13-1

『ひらかれた学校・大岡』の挑戦！
ともに学びをきりひらいていく子どもの育成

横浜市立
大岡小学校編

「新しい学校づくり」の理論と実践
総合的な単元、深め学習、はげみ活動、なかよし活動、いきいき活動―5つの枠組みで教育課程を創る。
子ども自らが学校生活を創る。
新しい考えで学校システムを創る。

子どもとつくる人権教育
在日韓国・朝鮮人児童と共に生きるために

横浜市立
中村小学校編

教え教えられ、育てられて8年の実践記録。社会・生活・音楽・道徳・中村の時間など、授業での人権教育の実践を各学年ごとの指導計画で提言。

そのそばでは老女が白っぽい葉の葉巻をふかしながら、ひとり悦に入っていた。だれとも口をきこうとしない。その向こうでは、小母さんが十歳くらいの女の子に、お人形買ってあげるからね、とだましだまし背中を踏ませ、あんまをさせていた。おや、そのまた向こうのおじいさんと孫娘は何をしているのだろうか。

孫がご飯をよそってあげている。おじいさんは七十過ぎ、孫は十一歳ぐらい。彼ら二人のほかにはだれもそばにいない。おじいさんと孫の二人でおしゃべりを続けているのであった。このおじいさんには自分の面倒を見てくれる大きな息子や娘たちがいないようである。この小さな孫とこれまで暮らしてきたらしい。おじいさんは相当の年である。孫娘はまだ年端もいっていない。両親と一緒に暮らせる娘たちなら無邪気な遊び盛りである。この娘はけなげにも年老いた祖父の世話に明け暮れているのだった。この祖父と孫娘はこの先どんな野営地へ流れていくのだろうか。

牛車の大円陣を抜け出ると、今度は芝居小屋の方へやって来た。まだ早い時間なので芝居小屋の前にはそれほど人はいなかった。[*11] 小屋の中からはサイン・ワイン楽団がけたたましく演奏しながら見物人を誘い込んでいた。小屋の前の電灯が一帯を照らし、その前にあった三、四軒の屋台をだいぶ明るく浮かび上がらせていた。マウン・ルーエイは小屋のそばを何げない風に歩いた。あれあれ、小屋の脇にかがみ込んだ男が一人、何をしているのだろうか。悪事でもたくらんでいる者なのか。すりをはたらこうと待ち伏せしている者なのか。小便をしようとしている者なのか。[*12] そこは暗がりになっている場所であった。マウン・ルーエイはその男のそばをさりげなく通り抜けながら様子をうかがった。マウン・ルーエイの耳に聞こえてきたのは、手元にゃあの一マッしかねえ。あの一マッがなくなっちまった。参ったぜ……という言葉であった。

これを聞くとマウン・ルーエイにはさまざまな考えが浮かんできた。本当に一マッの金をなくして探している者なのだろうか。マウン・ルーエイがそばに来たので、わざと取りつくろってでたらめを聞かせ、マウン・ルーエイをやり過ごしたのか。こんなことを考えながらその場を去ったのであった。

その後はコウッテインナーヨン・パゴダの境内に入っていった。歌を唄って物請いをする一人の盲人のそばを人々が取り囲んでいるのが見えた。その盲人は汗だくになっていた。一人で唄い、おはやしを入れ、拍子を取り、手をたたき、と大熱演していた。お疲れさまである。「黄金の国」[*13]の歌を切々と唄い上げる。ある者は舌打ちをした。ティーボー王の運命を思いやったからなのか、彼の歌がうまかったからなのかはわからない。歌に耳を傾けてくれる者のお陰で、その盲人は十分間に一チャットほど稼いだのであった。なかなか割りのいい仕事ではないか。

その場を後にすると、今度は仏伝を描いてある回廊へ行った。最もにぎわいを見せている場所である。割り込もうにも割り込めない。この仏伝はマンダレーの有名な画家、ウー・チッミェーの作品である。ヤショーダラ妃[*14]の侍女たちは現代の女の子たちのように頭の上に大きなまげを作り、前髪を垂らしている。着ている物は長そでではあるが非常にモダンである。顔つきも今様の美人顔そのものである。それら数々の絵は電灯の明かりの中でひときわ映えていた。新しい物好みのマウン・ルーエイはウー・チッミェーの腕前に惜しみない喝采《かっさい》を送った。

マウン・ルーエイと共に押し合いへし合いしながら見物している人々も、マウン・ルーエイと同じような感想なのかどうかは、彼らが交わしている会話からうかがい知れる。

マウン・ルーエイといちばん近くにいるのは六人連れくらいの一行である。

老女三人、四十過ぎの女性が二人、若い娘が一人。老女たちは字が読めない。娘が読んでやっている。

娘「菩薩《ぼさつ》シッダルダ王子、出家せんとするとき、蚊帳をめくり子息ヤーフラ様のお顔をごらんになっている図だって」

老女「ふーん。いざ出家しようというときだって子どもの顔が見たいんだ。人情だねえ」

別の老女「息子を捨て、奥方を捨て、お城を捨て、出家できるなんて大したもんだ」

また別の老女「それが何なの。弥勒《みろく》菩薩様は自分の目の前で、我が子が鬼にガリガリ食べられちまったのだってよしとなさったってよ[*15]」

その後も引き続き、彼ら一行はほかの絵を見ては口々に感想を述べているのであった。

彼らの後から七十歳ぐらいのおじいさんと十四歳ぐらいの孫がそばへやって来た。シッダルダ王子がガンディカの馬[*16]に乗って出家するところを見ながらおじいさんは……

「この絵描きさんは馬を描くのがなんてうまいんじゃ。この馬は洗練されとるよ。馬のことが分かる人じゃと見るが……」

次は二十歳過ぎぐらいの青年二人の会話を聞いてほしい。

一人目「おい、そのシッダルダ王のはいているパソウの柄、いいじゃないか」

もう一人「おれは好きじゃないなあ。あっちの絵でズィーワカ[*17]のはいているパソウの柄のほうがもっといいよ」

ほかの人々も思い思いに好きなことを話していった。それぞれがおおよそどんなことに関心を持っているかがうかがえる。

随分たってからマウン・ルーエイはその回廊から出てきたのだった。

訳注

（1）原文は「かめの卵を掘る」。

（2）原文は「大きなめすがめを捕まえる」。

（3）原文は「一撃で三カ所切れる」。本来の「一撃で二カ所切れる」という慣用表現をもじったもの。

（4）エーヤーワディー河中流域の西側にある都市。

（5）太陰暦を基礎としたミャンマー暦第二番目の月。だいたい太陽暦の五月から六月ごろにまたがる一か月。

（6）アトウッと総称するミャンマーの和《あ》えもの風サラダ。おかずとしてだけでなく、スナックとしても食す。トマト・サラダ、青マンゴー・サラダ、青パパイヤ・サラダ、しょうがサラダ、海草サラダのほかに、春雨、冷やしめん、ミャンマー特産の緑茶の漬物ラペッを使った物など各種あり。

（7）ミャンマーの季節は夏、雨季、冬（または涼期）の三季。夏の後、雨季が来るが、ミャンマーでは厳密にはミャンマー暦第四番目のワーゾー月（太陽暦の六月から七月にまたがる一か月）の満月から四か月間を雨季としている。
(8) 川魚、川えびなどで作った一種の塩辛。調味料としてミャンマー料理では欠かせない。
(9) 美肌、日焼け止めなど薬用効果のある木、タナッカーをすりおろして天然美容液を得るために用いる円形の石のすずり。ミャンマー女性にとっては必須の家庭用品。
(10) 日本のように細くねじりあげて巻くのではなく、幅広にゆるく折って頭に巻き付ける。ミャンマー人には、頭を冷やすのは健康上良くないという考えからタオルを巻いたり、少し冷える時期には毛糸の帽子をかぶる者が多い。
(11) ミャンマーの伝統芸能一座の興行は夜九時、十時から始まり明け方まで続く。
(12) ミャンマーでは戸外での男性の立ち小便の習慣がなく、しゃがんで用を足す。立ち小便は粗野で下品だと考えられている。
(13) ビルマ王国が英領化され、最後の王、ティーボー王と王妃が退位してイギリス側にその身を預ける様を悲しく描いた歌。民族愛をかき立てる歌としても知られる。一九一〇年ごろ、伝統芸能男優ヤーピャッが作詞作曲、伝統操り人形師でもあったプーニョウの歌で人気を博した。一九一六年ごろ、有名な男優ポウセインが歌い、再びヒットした。さらに、一九三〇年代、反英・独立運動の高揚の中、著名な作詞・作曲家ナンドーシェ・サヤー・ティンが編曲し直し、人気女性歌手セイン・パティーが歌ってまた大ヒットした。時期は不明であるが、植民地政府は反英気運をあおるとしてこの曲に対しクレームをつけたという。
(14) 釈尊ゴータマ・シッダルダが出家前にめとった王妃。
(15) 弥勒菩薩《みろくぼさつ》とは、現在、悟りを得た釈尊の次の時代に悟りを得て、最後の仏になると言われている、まだこの世に現れていない未来仏。したがって、この老女の言うような逸話もいかなる書物にも記されていない。恐らく他人からの受け売りであろう。

(16) 釈尊ゴータマ・シッダルダの誕生した日に同時に生まれたという、釈尊の分身的存在の馬。釈尊が出家するときにもこの馬に乗って宮殿を後にした。出家の旅の途中で釈尊と別れることになり、心痛のあまり死ぬ。

(17) ジャータカに登場する古代の高名な医者。薬草の研究に優れ、あらゆる植物が薬草となり得ることを教示するため、弟子たちに試しに薬草として使えない植物を探させたが、ひとつもなかったという逸話がある。

愛の炎

アーメイッとルエゾーをチン丘陵から連れてきて九か月が過ぎ、そろそろ十か月に入ってきた。この期間、二匹とも何の心配もなく暮らしていた。えさの時間になったら食べ、遊ぶ時間になったら遊び、眠る時間になったら眠り、と思いきり楽しく過ごしているのだった。だれがどうなろうと二匹にとっては知ったことではなかった。この二匹のように自由でいつも楽しい心、心配などとはまったく無縁の心が欲しいものだよ、とマウン・ルーエイは時々キンタンミンに漏らしていた。

しかし今ではアーメイッとルエゾーたちも以前のように憂いと無縁の生活を送るわけにはいかなくなってきた。二匹の心に愛の火種が入り込み、燃えさかってきたのであった。楽しみとも別れてしまった。憂いに苦しみがやって来た。前は快活に走り回って遊んでいたルエゾー嬢も、今では体を丸めて物思いに沈んでいた。アーメイッ君はルエゾー嬢ほどではない。愛に身を焦がすことについては、雄は雌よりも耐久力があるのは明らかだった。

ルエゾーの愛の心をとらえ、奪っているのはアーメイッではなかった。マウン・ルーエイの家の裏にある使用人小屋に、えさをねだって居着いている大きな黒犬なのであった。このクロにどうしてアーメイッほどの美しさがあろうか。しかし、アーメイッより体格がよく、力もあった。また、さといところもあって魅力的でもあった。それでルエゾーはこのクロに対して恋心をつのらせているもののようだった。

　このように野良犬クロとルエゾーが親しくなって間もなく、それがキンタンミンの耳に達した。キンタンミンはたいそう不服であった。自分が手塩にかけて育ててきたルエゾーがどこの馬の骨[*1]ともわからない、風来坊の野良犬のクロをどうして好きになってしまったのか。ルエゾーに対しても腹が立った。クロに対しても怒り続けていた。クロが家に寄りつかないように市場から爆竹を買ってきて火をつけた。クロも気の毒に爆竹の炸裂音が聞こえると非常に怖がって命からがら逃げ出していった。しかし、それほど遠くへはいかなかった。愛というガス燃料に力づけられているおかげで、怖いながらもキンタンミンの目を盗んでは家の下にやって来て、涙ぐましくすきをうかがっているのだった。哀れなルエゾーもキンタンミンによって家の一室に閉じこめられていたため、いてもたってもいられなくなった。あちらへこちらへ走り回り、ほえ声を上げて「若様」クロに自分の存在を知らせていた。ルエゾーの声を聞くとクロももう床下[*2]にはいられない。前庭を走り回ったり、階段の下へ来て見上げたりしているのだった。しかし、キンタンミンの姿を見るやいなや全速力で逃げ出していった。爆竹が怖くてたまらなかったのである。

　このように一室に閉じこめられていたため自分の命にも等しいクロと会えなくなって、ルエゾーは体を丸めてうずくまり、しょんぼりと沈んでいた。えさを与えても食べなくなった。紅茶やコーヒーを与えても飲まなくなった。前のようにアーメイッと遊ぶこともなくなった。思い焦がれの病に冒され、床の上に伏せっているばかりだった。アーメイッもまた前のような快活さをなくしてしまった。前のようにルエゾーにじゃれついていくこともなくなった。アーメイッもどこかゆううつそうにするようになった。アーメイッのしょげ方はルエゾーのせいばかりではなかった。彼自身の理由もあったのである。彼は彼で裏手の兵舎にいる一匹のやせ犬と恋仲になっていた。キンタンミンがそれを許さない。ルエゾーとアーメイッは同じ境遇にいるのだった。

こうして恋の病に冒されて三、四日たつと、ルエゾーはだいぶやせてきてしまった。ルエゾーの姿を見たキンタンミンも心が痛みだした。しかし、クロとの仲はどうしても許せない。そこへ妙案が浮かんだ。それに従ってルエゾーとアーメイッを一本の鎖でつなぎあって庭に放した。まるでルエゾーは犯人、アーメイッは犯人を逮捕した警官のようであった。外へ放すと同時に、ルエゾーは家の裏側の使用人小屋へ、クロのいる場所へと駆け出した。アーメイッがそれに水を差し、腹ばいになって寝てしまった。ルエゾーは使用人小屋へ行き着くことができない。クロもマウン・ルーエイの家のそばに寄りつく勇気がない。時々、アーメイッ付きでもそこはなれあい、クロはルエゾーと共に使用人小屋へ走り去ろうとした。キンタンミンが家から顔を出してどなりつけたので、アーメイッの大将もくるりと向きを変えて戻ってきた。ルエゾーはもがきながら連れられてきた。まったく犯人を逮捕した警官によく似ている。ルエゾーの恋人クロは遠くからそれを見ながら今にもアーメイッにかみつかんばかりであった。

ある夜、マウン・ルーエイたちが眠っていた真夜中過ぎのこと、ルエゾーは階段のところにある低いドアを乗り越えると階下へ降りていった。いつもだったらルエゾーには越えられない高さである。今回は愛の威力で越えられたものらしい。階下へ着くとドアに頭突きをし、前足でひっかいたので、マウン・ルーエイとキンタンミンは物音に驚いて目を覚ました。枕の下から懐中電灯を取り出すと二人して階下へ降りていった。アーメイッも後からついてきた。キンタンミンがルエゾーを二階へ連れ戻そうとした。ルエゾーは抵抗してもがいていた。マウン・ルーエイが、ルエゾーはおしっこがしたいので外へ出たがっているのだろうと言った。キンタンミンは大いにそれを怪しんでアーメイッを警官役にして鎖でつないで外へ放すと、後は二人で玄関のドアから様子を見ていた。寒いし、眠くて時々船をこぎ、この犬たちのために苦労することになった。

　ルエゾーが外に降りると、どこからともなくクロが現れてルエゾーのそばに寄ってきた。キンタンミンも爆竹を持ってきていないときだったので、どうすることもできなかった。クロはルエゾーに誘いをかけるとそのまま二匹は走り出した。ルエゾーはクロの後からついてトコトコ走っていった。警官役のアーメイッもすっかり同類になってしまい、義理の兄さんの後から走っていった。キンタンミンもどうすることもできず、アーメイッ、アーメイッ、ルエゾー、ルエゾーとその名を呼びながら後に残された。

　しかし、こんなどこの馬の骨ともわからない野良犬がうちの養女をさらって逃げるなんて、と怒り狂いながらキンタンミンも懐中電灯を手にトコトコ彼らの後を追っていった。マウン・ルーエイもそのままではいられない。キンタンミンと一緒に犬たちの後を追いかけた。敷地の外へ三十、四十フィート行ったところで彼らを発見した。キンタンミンがアーメイッをしかりつけると、もともとキンタンミンを恐れているアーメイッのこと、それ以上の勇気はない。尾を両足の間に挟み、恐れ入ったていでキンタンミンの方へ駆け寄ってきた。ルエゾーも中途はんぱな姿勢のまま引っ張られてきた。クロはルエゾーに駆け寄って引き戻したらよいものやら、そのまま留まっていたらよいものやら、大変に困っていた。キンタンミンが猫なで声でルエゾーを呼んでいると、哀れなクロはかんしゃくを起こしていつまでもほえ続けていた。うーん、愛の炎とは何と激しく燃え上がるものか、とマウン・ルーエイは実感した。

　家の中へ引き上げてくると、心優しいマウン・ルーエイはキンタンミンに、もう犬たちの好きなようにさせたらいいよ、と言った。キンタンミンは受け入れない。彼らが好きあっているのはかまわない。このまま行って野良犬とのあいのこの子犬たちが生まれてくるのは耐えられないし、見たくもない。といって生まれたら捨てるわけにも行かない、とキンタンミンが言ったとき、それももっともなことだ、とマウン・ルーエイも思った。

　チン丘陵からアーメイッとルエゾーを連れてきたとき、二匹が大きくなったら一緒にさせようとキンタンミンは考えていたのである。今やルエゾーは野良犬と恋仲になり、アーメイッも野良犬と恋仲になり、二匹どうしはお互い兄妹のようなまま、五二八の愛[*3]というたぐいの愛情で普通に親しくしているばかりだった。どうしてキンタンミンの気持ちがおさまろうか。キンタンミンの気持ちとしては、彼らが三国一の花嫁、花婿になった姿[*4]が見たいのである。しかし、二匹とも思ったとおりになってくれないのであった。
アーメイッとルエゾーは新しい世代なのである。大人たちの同意など求めもしない。自分たちの愛する者とのみ一緒にいたいのである。この広い世界、旧世代と新世代はとかく意見が合わないものである。新世代がいいと思うことを旧世代は同意できない。旧世代が好むことに対して新世代は顔をしかめてみせる。新世代が年齢を経て、旧世代になってくると、さらに新しい考えの者たちが、彼らの考えを好まなくなってくる。終始このようにこの世界は喧々囂々《けんけんごうごう》としてきたのである。今もそうだし、未来もそうなることだろう。

訳注

（1）原文は「れんがの合間から生え出た雑草」。
（2）植民地時代、マウン・ルーエイのような高級公務員が住んだ家屋は、英領インドでイギリス人向けに広まった高床式の建築様式が多かった。
（3）恋愛感情のない、ただ親しいだけの愛情をこう呼ぶ。恋人どうし、夫婦間の男女の愛情は「千五百の愛」と表現される。
（4）原文は「象に乗り、馬に取り囲まれている姿」。昔の王族の姿を連想しているわけである。

五派連合

ルエゾー、アーメイッ、そしてクロの身に愛の炎、また憂いの炎が燃えさかっていって三か月ばかりたった。三か月ほど前の出来事は、ルエゾーたち三匹の心の中ではもはや夢のようにかなたに感じられてきた。今や実際に起こったこととも思っていない。キンタンミンもルエゾー、アーメイッがクロと始終つきあい、行動を共にしていてももう妨げなかった。ルエゾーは今や臨月を迎えていた。

それ相当の年になった者が早く孫の顔が見たいと思うがごとく、マウン・ルーエイとキンタンミンもルエゾーの子どもたちが生まれてくるのを今か今かと待っているのだった。ある夜、落ち着きをなくしたルエゾーを見たキンタンミンは、うれしくもあり、ルエゾーが哀れにもなり、また何とも言えぬ不安な心持ちになった。ルエゾーは二階へ駆け上がり、階下へ駆け下り、木炭置き場に入ったり、ふろ場に入ったりしていた。このままただ傍観しているわけにはいかないと悟ったキンタンミンは麻袋をひとつ探してきて、自分の寝室の手前にある化粧用の小部屋の中に敷いた。そしてルエゾーをその小部屋に閉じこめてしまった。

ルエゾーがじっとしていないので、マウン・ルーエイたちはなかなか寝られなかった。十一時になってようやく床に着いた。寝床の中でうつらうつらしかけたと同時に子犬の鳴き声が耳に入った。マウン・ルーエイとキンタンミンはすぐさま飛び起き、ルエゾーのいる小部屋へ入っていった。

子犬はアーメイッ似だろうか、ルエゾー似だろうか。キンタンミンはルエゾー似だと言い、マウン・ルーエイはアーメイッ似であるようにと祈っていた。雄だろうか、雌だろうか。一匹しか生まれないのか、もっと多いだろうかと考えながらドアを開けると、おやおや、黒い子犬が一匹、麻袋の上でもぞもぞしているのが見えた。なんたることか。キンタンミンたちの夢ははかなく消えてしまった。なぜ黒犬が生まれてきたのか。キンタンミンは怒り心頭に発した。キンタンミンの口から「いらないわ。よそへやっちゃうから」という言葉が発せられ、彼女はドアを閉めるとベッドの中へ戻っていった。マウン・ルーエイは「もっと見たまえよ。一匹で終わるはずもないよ。後から生まれてくる子犬たちも見ようじゃないか」と言いながらキンタンミンの後を追った。

子犬の鳴き声と、続いて生まれてくる子犬たちを見たいのとでマウン・ルーエイたちはもう眠れなかった。三十分ほどたったとき、また起き出して様子を見た。おや、二匹になっているではないか。後から出てきた子犬もこれまた黒犬である。キンタンミンは無言のままだった。一言も口に上らない。自分の思いどおりにならなかった。心をかけてきたことがすべて水の泡[*1]になってしまったではないか。だが、マウン・ルーエイはまだあきらめてはいなかった。二人はいったんまた寝床へ戻った。

しばらくしてから再び様子を見に起き出した。子犬たちは五匹に増えていた。はじめの二匹は黒犬だったが、後の三匹はみんな茶色だったのでキンタンミンの機嫌もだいぶ直ってきた。その三匹の子犬は父アーメイッによく似ていた。ルエゾー似の子は一匹もいなかった。キンタンミンは茶色が三匹いたのでうれしそうにしていたが、黒犬が二匹混じっているのにはやはり不満げであった。さりとてどうすることもできない。クロの影響はいかに強大なことか。キンタンミンは「黒犬は捨てますからね」とぶちまけつつ寝床へ戻っていった。

一夜明けて、五匹の内、雄雌何匹いるか調べてみると、黒い子二匹は雄雌一匹ずつ、茶色の子は三匹中、雄が一匹、雌が二匹であった。

総選挙[*2]がまだ終わっていなければ、五派連合[*3]の議員たちが五匹の子犬の誕生にあやかって、写真を取りに来て新聞に載せるという、子どもじみたまねさえしながら宣伝してくれたかもしれない。もう選挙も終わった今となってはだれも目をくれないことだろう。運の悪い子犬たちよとマウン・ルーエイは思うのだった。

生まれたばかりの子犬たちは乳を吸うことと、眠ることのほかは何も知らない。何も分からない。ひもじくなれば乳を吸った。おなかがくちくなれば眠るのだった。乳を吸い終わったら眠り、眠りから覚めたら乳を吸い、の二つの行動のほか彼らは何もしない。食っちゃ寝、食っちゃ寝という言葉どおりである。

この子犬たちはまだ目が開いていなかったので、乳を吸うのにも四苦八苦していた。しかし、目の代わりに鼻が助けとなっていた。目は見えなくとも、彼らの母親がどこにいるかすぐにかぎ当てるのだった。

このように食っちゃ寝、食っちゃ寝の生活をしながら十五日ほどたつと、自分の足で歩けるようになってきた。体もだいぶ大きくなってきた。みんなまるまると愛らしくなってきた。今やキンタンミンも黒茶の区別なくかわいがっているのだった。ルエゾーはそれまでのように一日じゅう子どもたちのそばにいて乳を与えることをしなくなった。朝一回、昼一回、夜一回と決まった時間に乳を吸わせていた。子犬がおなかをすかせて鳴いていても乳を与えなかった。何と犬でありながら、規則正しく授乳すべきことを知っているのだった。

ルエゾーが特定の時間に子どもたちに乳を与えているのに、キンタンミンが子犬を甘やかした。子犬が鳴くたびに授乳させたいがためにルエゾーを一日じゅう部屋の中に閉じこめておいた。しかし、時間にならないとルエゾーは乳を吸わせないので、キンタンミンは不満だった。ある日、トゥンペイに人間の子ども用の哺乳瓶《ほにゅうびん》を買ってこさせた。その哺乳瓶に牛乳を入れ、赤ん坊にするように子犬に飲ませた。子犬たちもおなかが張るほどたらふく飲んだのだった（これは祖母が孫に対してする行為である）。

かくして一か月ほどたった。子犬たちはふざけたり、走り回ったりできるようになってきた。日に日にかわいらしさを増してきた。しかし彼らの排せつ物のにおいには閉口した。インド人の下男が一日に二回始末しても臭気は消えなかった。

さらに彼らは部屋の中にいるのをいやがった。外へ出たがるあまりに一晩じゅうほえたり、騒いだり、物をかじったりした。マウン・ルーエイたちは安眠できなかった。あの子らもようやく手に負えなくなり始めてきた。

このように悪さが度重なってくると、さすがにたまらなくなり、子犬を階下へやってしまおうという相談になった。キンタンミンがマウン・ルーエイの書斎に移そうと言い出した。マウン・ルーエイは反対したかったが、さりとていい場所も見あたらず、これに同意せざるを得なかった。こうして五匹の子犬は二階のキンタンミンの化粧部屋から階下のマウン・ルーエイの書斎へとやって来たのだった。

階下へ移ってきたとき、五匹の子犬たちは生後二か月のいたずら盛りだった。普通のえさも食べられるようになっていた。ルエゾーも時間になってももはや乳を飲ませなかった。時間になってえさがないと子犬たちは部屋じゅうに響く声で騒ぐのだった。遊び盛りの年ごろなので、部屋の中のあらゆる物がそのままでは済まなかった。彼らのかむがままにされてしまった。マウン・ルーエイの机から下に垂れているテーブル・クロスの端は彼らの仕業でぼろぼろになってしまった。部屋の中にあった靴一足も彼らのえじきとなった。本類は高いところにあったので無事だった。

夕方、運動のために庭に放してやるとみんな大喜びした。跳ね回り、走り回り、思いのままに遊ぶのだった。一列になったり、また飛び跳ねて戯れ、お互いかみ合ったりした。彼らの仲間には父親アーメイッも加わった。子どもたちと一緒に遊ぶのが常だった。ルエゾーはアーメイッほど子どもに執着しないようだった。子どもにそばに寄られるのさえ好まず、かみついて追い払うのだった。

子犬たちが戯れている様を見るのは楽しい。しかし、植え込みの花を荒らしてしまったのには内心お手上げであった。咲き乱れるエゾギクの花もさんざん走り回られて全滅してしまった。そのためいつもだれかが彼らを見張っていなければならなかった。彼らは時々大通りへも出ていった。馬車や自動車が道路を走り抜けていくと、彼らにとっては摩訶《まか》不思議な物に思えるため、やや離れたところから目を凝らして後を見送っているのだった。

この年ごろは手に負えない、始末に負えないが、かわいい年ごろである。ビルマ族の土地に生まれたが、両親はチン犬であるのでチン犬らしく毛が厚く、しっぽはふさふさとしていた。顔つきもアーメイッ、ルエゾーと変わらなかった。上の二匹は色こそクロと同じだが、顔立ち、しっぽの形、毛の厚さなどはまさしくチン犬のそれだった。

五匹の子犬たちもかなり大きくなってきたので、そろそろ名前をつけてやるべき時期になった。名前をつけるということは易しそうに見えて、実は頭の痛い問題である。ある日、家の者を全員集め、子どもの名前をどうするか話し合った。

映画好きのキンキンティーが映画俳優、女優の名前をつけようと言った。雌三匹をキンサン、キンウ、キンマガレーという名にして、雄二匹はバミン、バティンと名づけようと言った。

この提案を現代的なキンタンミンが退けたため、これは日の目を見ずに廃案となった。流行に敏感なキンタンミンは雄の子犬二匹をルインルインテイン、テインテインアウンと名づけ、雌の三匹はチーチーエイ、ニュンニュンキン、タンタンメイにしようと提案した。これらの名前はみんなモダンであると言う。*4

これにイギリスかぶれのきみのあるキンキンイーが反対したため、この案も引っ込められてしまった。彼女の提案は雄の子犬二匹はジミー、ボビーとし、雌の三匹はネリー、マギー、ミニーと名づけようというものだった。

この案も時代に一言を呈しようとするマウン・ルーエイが反対したので流れてしまった。マウン・ルーエイの意向としては、名前はなるべく短く、しかも意味が明らかでなくてはならなかった。この子犬たちはチン丘陵生まれではないが、チン犬を両親として生まれてきたのでチンの名前を消してしまう法はない。それで雄の二匹の内、茶色のほうを「アウン」、黒いほうを「ダイン」と名づけ、残り三匹の雌の内、いちばん体の大きい黒いのを「チー」、中くらいのを「ブー」、いちばん小柄な茶色を「ドウェー」と命名した。このアウン、ダイン、チー、ブー、ドウェーという名はモン河流域にあるチン族の村の名前であった。

この案にキンタンミンたちが反対したが、マウン・ルーエイが拒否権を行使したため、ここに落ち着いた。

訳註

（1）原文は「砂に注いだ水」。

（2）それまで英領インドの一州として統治されていた英領ビルマは、一九三五年、イギリス議会が可決した「ビルマ統治法」により、三六年十二月の新統治法制定を経て、三七年四月インドから分離されてイギリス直轄領となる。この総選挙は三七年に行われた第一回総選挙を指す。

（3）第一回総選挙に参加した政党連合の名。人民党、ビルマ自由連盟、イェーウー僧正派GCBA（ビルマ人団体総評議会）、ボイコット派GCBA、二十一人党の五政党により成立。選挙では最大議席を獲得したものの、五政党間の意見の対立により組閣困難となり、バモー博士率いる貧民党が五派連合の議員の一部を入れて連立内閣を形成し、バモー博士は英領ビルマの初代大統領となった。

（4）ビルマ族の名前は男女共に姓がなく、伝統的にはバ、プー、ミャイン、アウンなど一音節音の名前が多かった。その後次第にバ・ミャイン、アウン・アウンなど二音節の名前が一般化し、近年は三音節、さらに四音節の名前が増えている。ここに出てくる名前はすべて三音節であり、一九三〇年代ごろから三音節の名前がはやり始めたことがうかがえる。

マウン・ルーフムウェ

僕の名前はマウン・ルーフムウェ。お父さんはウー・ルーエイ、お母さんはドー・キンタンミンです。

僕がこの世にやって来たのはミャンマー暦一二九九年ナドー月、下弦の月八日（西暦一九三七年十二月二十五日、クリスマスの日）のことです。僕がこの世にやって来たのはこの世という舞台で芝居を演じるためです。でも、どんな劇を、いつ、どのように演じるべきなのか僕はまだ知りません。運命という名高い脚本家が命じたときに演技を始めるのです。

僕の知る限りでは、喜劇に悲劇、しんみりした話に愉快な話、また恐ろしい話といった芝居を演じなくてはなりません。けれどもどんな喜劇や悲劇になるのかはまだわかりません。筋も場面もまだ決まっていないのです。運命の大先生の命じるまま、その日その時が来たら舞台に出ていくのです。僕としては喜劇や愉快な芝居をなるべくたくさん演じたいです。でも、僕の思いどおりになるとも思えません。運命の大先生の考えどおりに演じなければなりません。僕がこの世の舞台でこれからどんな芝居を繰り広げるか、どうぞご期待ください。

この世へやって来る前の僕の境遇について少しお話しさせてください。

僕がお母さん、ドー・キンタンミンのおなかの中にいるのだとわかったのは四、五か月前のことです。それ以前のことは覚えていません。眠っていたような感じです。僕の記憶では僕はお母さんのおなかの中の、大きな水の袋の中に入っていました。その水袋の中で右へ漂い左へ漂い愉快に過ごしていました。初めのころはまだ相当な広さがありました。僕がその水袋の中で暮らすようになって間もないころは何の不都合もありませんでした。

このように水袋の中で暮らしていてひもじい思いをすることは少しもありませんでした。まるで体内に滋養を蓄えたゾージー（ミャンマー伝統思想の超能力者）のようでした。僕には口があったけれども、この口を何のために使うのかわからないのでずいぶんもどかしい思いをしました。僕には二つの目もありました。この二つの目も水袋の中では何の役にも立ちません。開店休業しているばかりでした。僕の二つの鼻の穴も目玉たちのように失業中でした。僕はこれら二つの目に二つの鼻の穴はおまけにくっついてきたものなのだと思ってしまいました。僕の排せつ用の二つの穴だって鼻や目と同じように引退生活をしていました。二つの耳もありました。彼らもそれほど仕事はありませんでした。けれども、外の世界で僕のことを話しているのが時々水袋の中からも何となく聞こえました。

二か月ぐらい前、僕の住む家にインセインの県知事ウー・フラシェインという人とその奥さんが遊びに来ました。郡長のウー・ソーハンという人も一緒に来ました。僕のお父さんウー・ルーエイが彼らに僕のことを話しました。全員うれしいということを言っているとき、僕もうれしくなりました。

彼らがやって来た日は、夕食の後、お父さんとウー・フラシェイン、ウー・ソーハンは階下の客間でおしゃべりに夢中になっていました。お母さんとウー・フラシェインの奥さんはベッドの上に寝そべっておしゃべりをしていました。そんな風におしゃべりをしている最中、ウー・フラシェインの奥さんがお母さんに、

「女の子が生まれたらいいわね。女の子は母親の手伝いをしてくれるしね。何かと頼りになるからね。女の子が生まれるようにお祈りしてるのよ。男の人たちは男の子が欲しいでしょうけどね」

と言いました。僕のお母さんも同じ考えでした。二人の話を聞いたとき、僕は心の中で「一体僕は男なのか、女なのか。どんなものを男というのだろうか。どんなものを女というのか」と、考えてもわからない問いに頭を悩ましていました。

次の日の朝、ウー・フラシェインたちは帰っていきました。彼らが帰ってから二、三日たったとき、またたれかがやって来ました。お父さんが、

「さあさあ、どうぞこちらへ、パーディー先生」

と声をかけているのが聞こえました。先生とはどんな人なのかと考えているとき、その先生の足音が僕の方に次第に近づいてきました。それから程なく、先生の大きな荒々しい手が僕を取り押さえようとしました。僕はつかまったら大変と水袋の中で体をかわして逃げようとしました。けれども僕のおへそと胎盤をつないでいるへその緒がじゃまになったため、僕はつかまってしまいました。

僕の目を先生の大きな手が押さえました。その固い固い手で押さえつけられたものだから僕のまだ柔らかい右目はとっても痛くなりました。頭にきてどなってやろうと考えましたが、どうやったらどなれるものなのかわかりません。口でどなるべきなのか、鼻でするのか目でするのかわからないのでただ黙っているほかありませんでした。先生という人はそれからもずいぶん長い間あちらを探り、こちらを探りしていました。そのように探った後、今度は何か小さい円いもので僕の胸を押しました。お父さんと先生という人の話しているのから察すると、僕の心臓が動いているのか止まっているのか知りたいので、聴診器で聞いてみたとのことでした。

その先生という人が帰ってからまたさらに日がたちましたが、何のじゃまも入りませんでした。水袋の中で愉快に遊んでいました。僕のへその緒はなかなかに厄介でした。このために自由になれないのです。何で僕にはへその緒がついているのだろうと考えずにはいられなくなりました。

ある日、僕の家に看護婦さんという人がやって来ました。お母さんは看護婦さんを寝室へ招き入れると診察をしてもらいました。看護婦さんが診察をしたとき、以前、先生という人が診たときほどはもう怖くありませんでした。僕を診察した後、看護婦さんが「結構ですね」と言いました。お母さんが男の子か、女の子かと聞いたとき、男の子だと思うがはっきりしたことは言えないと答えていました。「男、女」という言葉は僕の頭を悩ませるものとなっていました。「自分は男か、女か」という問題は僕の頭の隅から片時も離れないものとなりました。

一か月ぐらい前、僕の家にウー・テッスとドー・キンタンという夫婦が遊びに来ました。ウー・

テッスがお父さんに話しているとき、

「君の子どもが男の子であるように」

と言っている声が聞こえました。ドー・キンタンがお母さんに
「女の子がいいわよ、ミン。女の子だったら母親を手伝ってくれるわよ。女の子でありますように」

と言っているのが聞こえました。まったくだれでも僕のことを話すとなると「女の子、男の子」という言葉を口にせずには始まらないのです。この女の子、男の子という問題は僕にとっては日に日に僕を悩ませるものとなりました。「自分は男か、女か」と毎日のように考えていました。

僕がこの世にやって来るまでもう後十五日ばかりというとき、お父さんとお母さんが寝室でまた僕のことについて話し合っているのが聞こえました。

「看護婦さんは男の子と言っていたね。男の子が生まれますように」

とお父さんが言いました。

「男の子であれ、女の子であれかわいがってあげなくちゃ。どちらでも変わらないでしょ」とお母さんが答えました。

「でも、男の子だったらもっといいじゃないか。どんなときでも頼りになるよ」

「女の子だって頼りになるわよ。女の子だったら、いろんな面で母親を助けてくれるしね」

「それはそうだけど。でも、女の子と男の子だったらどちらが金がかかるかということは重要だよ」

「男の子のほうがもっとかかるに決まってるわよ。男の子一人にかかる教育費は安いものだと思っ

てるの？」

「学費のことじゃないよ。子どもの年金のために政府に納めなくちゃならない金のことを言っているんだ。女の子だったらもっと治めなくちゃならん」

「うーん、そうだったわね。女の子はいくら？　男の子は？」

「ちょっと待ってくれよ。年金法手帳を見てみよう」

そう言うとベッドの下から鉄製のトランクを引っぱり出している音が聞こえました。その音に続いてお父さんが、

「男の子一人につき九チャット、女の子一人につき十八チャット、毎月政府に納めるべしだって。[*1]するとと男の子だったら半額で済むじゃないか。だから男の子が欲しいわけさ」

「そうねえ。男の子だったらさらに好都合ね」

そんな会話をしてからはほかのことに話題が移っていきました。僕に関係のないことだったことと、「男女」問題のことを考えていたため、もうそれ以上は耳をそばだてませんでした。「僕は男でありますように」とひたすら祈り続けていました。

それから間もなく、僕の住みかの水袋はそれまでのように広々としたものではなくなりました。水袋の中でゆったりと暮らしていられなくなりました。大変に狭くなってきました。僕の体も大きくなってきました。水袋生活ももう以前ほど楽しいものではなくなりました。どうしたら自由にのびのび暮らせるかということばかり考えていました。時々頭の中に水袋の外に出てみたいという考

えが浮かんできました。でも、どうしたらこの水袋から出られるのか考えもおよびませんでした。

一二九九年ナドー月、下弦の月七日（一九三七年十二月二十四日）の夜、水袋の中にいるのがこの上もなく嫌になりました。もう水袋の中にいるのがたまらなくなりました。どうしようもなく狭くなっていました。何とかしてこの狭苦しい水袋を破って脱出しようと決心すると、僕は水袋に頭突きをしました。お母さんが痛さのために目を覚まして大声をあげました。お母さんがかわいそうになり、止めました。でも、水袋の中にはもういたくありません。もう一度頭突きをしました。またお母さんが大声を上げました。僕もまた止めました。このように突いたり止めたり、お母さんはお母さんで叫んだり休んだりしていたので、家じゅうが目を覚ましてしまいました。

やかんにお湯を沸かす者、看護婦さんを呼びに行く者と、大騒ぎになりました。間もなく看護婦さんがやって来ました。お母さんを診察すると、

「まだ生まれません。これから相当かかりますね」

と診断を下しました。僕ががっかりしたのは言うまでもありません。水袋の外へ出るにはまだまだがんばらなければならないことや、お母さんの痛みを思うとゆううつな気持ちになりました。でも、水袋の中で身動きもままならずにいるのももはや恐ろしくなってきました。

僕は一歩も後へ引くものかとがんばって、外へ出るためひたすら頭突きをしていました。僕が突けば突くほどお母さんが叫びました。お母さんの叫び声が聞こえると気の毒になるのと、突きすぎてくたびれるのとでたびたび休まなくてはなりませんでした。

その後、だいぶたってから先生という人が到着しました。看護婦さんとも僕の両親とも話をしていました。また僕の様子を調べました。こうして診察すると、

「もうすぐですね」

と言いました。僕もまた力がわいてきました。僕が頭突きを続けて一昼夜たっていました。僕がどれほどくたびれていたか想像がつくでしょう。これ以上言う必要もないでしょう。

先生という人は先のような診断を下した後、部屋から出ていくと外でお父さんと何か話していました。先生が部屋から出ていった後、僕も力を込めてまた頭突きをしました。お母さんは以前にもまして叫び声を上げました。泣いてさえいました。

僕はもう手を休めませんでした。ひたすら突き進んでいきました。お母さんの叫び声と泣き声が激しくなっていました。僕はお母さんがとてもかわいそうになったけれどもう休むことはできませんでした。僕が早く外へ出ればお母さんも楽になるでしょう。僕も自由になるでしょう。このように考えながら、一生懸命突き進みました。僕がそこそこの距離を進んできたことを知った看護婦さんが先生を呼んでいる声が聞こえました。先生も急ぎ足で部屋に入ってきました。

先生という人がお母さんのそばに来るのと同時に水袋が破れました。水袋が破れるのと同時に僕も飛び込みの姿勢で踏み切りました。僕はお母さんの寝床へうつぶせの体勢で落ちていきました。

ベッドの上に着くのと同時に、

「厄介な世界から抜け出たぞ。抜け出たぞ。自由になったぞ。やったぞ」

と叫びました。僕が声を上げるのと同時にパーディー先生という人が僕を寝床から抱き上げると、

「男の子ですよ」

と叫びました。先生と同時に看護婦さんもほかの人たちも口々に「男の子」と叫びました。彼らの声を聞いて初めて「ああ、僕は男なのか」と考えながらうれしくなって、

「僕は男、男、男」

と三回叫んでみました。

僕の声を聞いたとき、僕の兄さんアーメイッが部屋の外から大きな声でほえました。僕がこの世に来たのを祝福してほえたのか、それとも嫉妬《しっと》してほえたのかはわかりません。アーメイッと僕が競うように大声を上げているとき、パーディー先生が、

「何時ですか」

と声を上げて僕のお父さんに聞きました。お父さんは部屋の外から八時五十分であることを大声で知らせました。

時間を聞くとパーディー先生は僕のへその緒をはさみで切りました。これで本当にしがらみから解放されたのでこの上なくうれしかったです。へその緒を切ってしまうと僕は看護婦さんの手に渡されました。看護婦さんは僕をおむつでくるむと片手で僕を抱き上げました。「なんて力持ちの看護婦さんなんだろう」と心の中で思いました。

僕のそばに立っている人たちを見回すと、僕よりもずっと大きいことがわかりました。お母さん

のおなかの中にいたときは、外界にいるパーディー先生、看護婦さん、ウー・フラシェイン、ウー・テッス、みんな僕と同じ大きさだと思っていました。外へ出てみて初めて思っていたのと実際に見るのとはずいぶん違うことがわかりました。

水袋の中にいたときは真っ暗やみでした。外へ出ると明るいのでとてもびっくりしました。僕の目が役に立つことがこれで初めてわかりました。鼻も呼吸を始めていました。「そうか、鼻の穴とは息をするためだったのか」とも思いました。

お母さんのおなかの中にいたときはとても暖かかったです。外へ出るととても寒いので耐えられませんでした。看護婦さんという人がおむつでくるんでくれたけれど、まだ寒いのです。おなかの中にいるときはあまりに狭いのでいやでした。外へ出てくると今度はあまりに寒いのでいやになりました。

パーディー先生はまだ僕のお母さんのそばに立っていました。僕はお母さんのおなかからもう出てしまったけれど、僕と一緒に水袋の中で暮らして大きくなった僕の命の恩人、胎盤君がまだ残っていたのです。彼の登場をパーディー先生は待っているようでした。

僕が外へ出て、十分ほどしてから僕の親友が出てきました。胎盤君が出てくると、パーディー先生は僕のお母さんに薬を飲ませました。腕に注射もしました。看護婦さんも僕のお母さんに腹巻きをして上げました。僕は叔母さんのドー・キンティーの手に渡りました。僕は寒くて寒くて何回も声を上げました。僕はさらにおむつやらなにやらで包まれました。僕の口はなかなかに役に立つじゃないかと思いました。

お母さんの世話をした後、看護婦さんが僕をたらいの中に入れて洗ってくれました。お湯で洗ってくれたので助かりました。水だったら死ぬ思いをするところでした。

僕に産湯を使わせてくれた後、おへその傷に薬をつけてくれました。それから、おむつで幾重にもくるむとベッドの上に寝かせてくれました。これでやっと十分に暖かくなったので満足しました。

ベッドの上で仰向けになってこの世の不思議な様のことを考えているとき、お父さんが部屋に入ってきてお母さんと一言、二言言葉を交わしました。お母さんとの話が済むと、お父さんは僕をじっと見つめました。それから、

「おまえの名前はマウン・ルーフムウェ。覚えておくんだよ」

と言いました。

「ああ、僕は男、僕の名前はマウン・ルーフムウェか」と心の中で唱えながら眠りに落ちていきました。

以上がマウン・ルーフムウェによる初めての報告である。

訳注

（1）植民地時代、一部の企業や公務員の間で採用されていた年金制度のようである。雇用者と被雇用者が半々でこれらの金額を負担したが、当時の物価から考えると相当な高額である。

ただ今三か月

僕、マウン・ルーフムウェはただ今生後三か月になったので、だいぶ自己主張をするようになってきました。生まれたばかりのころは、自己主張するという言葉をまだ知らなくて、後で覚えました。

生まれたばかりのころ、僕ははちみつをなめさせられました。それからお母さんのお乳を飲ませてもらいました。甘いお乳を飲むようになってからはもうはちみつは欲しくなくなりました。はちみつを飲まされたときは吐き出しました。そんなとき、家の人たちがみんなして僕のことを「自己主張」と言っていました。彼らの言葉を聞いたときなど、そうか、僕はなかなか自己主張するようになってきたんだなあ、はちみつを飲まずにお乳を吸うことが自己主張なんだと思ってしまいました。

お母さんは三時間に一回僕に甘いお乳を飲ませてくれました。でも、時々時間になる前におなかが空っぽになったような、ひもじいような気持ちになりました。そんなとき、僕は口を動かして見せました。でも、お母さんはお乳を飲ませてくれません。僕は思いきり泣いて見せました。お母さんは僕をあやしました。僕はそのまま泣き続けました。お母さんがお乳を飲ませてくれるしぐさに移りました。僕のお父さんが、時間を変えるなよ、このまま行くと悪い癖がつくぞ、と言いました。お母さんは僕にお乳を飲ませずにいます。僕が泣いても叫んでもだめでした。僕も泣き疲れたので黙ってしまいました。お父さんを恨みました。不満だったけれどもここはいったん眠りました。目が覚めてからお乳を飲ませてもらいました。

生まれて間もないころは、僕は昼と夜の区別がよくできませんでした。昼間はずっと寝ていて、ほとんど夜通し起きていました。僕のうちにいる人たちは、夜は眠って、昼間は眠らずにいました。どうしてほかの人たちは夜に眠るのだろうと考えてみました。考えてもわかりません。でも、ほかの人たちにならって僕も夜になるべく長く眠るようにしました。昼間は少しだけ眠りました。今や僕はだいぶ自己主張するようになってきました。

僕のお父さんは朝ご飯を食べ終わるとうちから出ていって、夕方になってから戻ってきます。どこへ行っているのかわかりません。うちのほかの人たちは、お父さんのように外へ行くこともなくいつもうちにいました。お父さんが毎日毎日どこへ行ってどんな仕事をしているのかとても知りたくなりました。時々、お父さんと一緒に外へ行ってみたくなるほどでした。でも、お父さんが僕を連れていってくれることはありませんでした。お父さんがうちへ帰ってきたとき、アブアブ、アバアバと言って聞いてみました。でも、お父さんは僕の言葉がわからないようでした。

うちへ帰ってくると、お父さんはたびたび僕に、おまえは失業中と言いましたが、僕にはこの意味はわかりませんでした。たびたび、父さんたちは仕事で疲れたよ、おまえは失業中でおねんねしてはおっぱい飲んで、おっぱい飲んではおねんねするだけ、何の仕事もないんだからな、と僕の悪口を言いました。許せません。

お父さんは外から帰ってきて、時々僕のことを、おまえはタキン・マウン・ルーフムウェ[*1]、と言いました。お母さんが、子どもをタキンと呼ぶのはやめてください、と言いました。お父さんが、タキン・マウン・ルーフムウェでいけないのなら、何と呼べばいいんだい、と聞きました。お母さんが、アシン・マウン・ルーフムウェ[*2]がいいわ、と言いました。その日から、二人とも僕のことをアシン・マウン・ルーフムウェと呼ぶようになりました。タキンとはどんなものなのか、アシンとは何なのか、僕にはわかりません。お父さんもお母さんも僕にこの意味は特に教えてくれません。僕は心の中で、アシンというのは何かいいことを指しているらしいと思いながら、黙っているほかありませんでした。

僕が生後一か月になったときのことでした。僕の子守をしてくれる女の人が一人、僕のうちにやって来ました。うちへ来て三、四日たったとき、この人は僕を抱き上げて階下へ降りていきました。階段を一段一段降りていくたびに、僕は背筋がぞくりぞくりとしました。それはもうとても怖かったです。最後の一段を降りてようやく人心地がつきました。

家の外へ出ると、僕は抱かれたまま庭の中へ進んでいきました。緑の芝生に青々とした木々、きれいな草花、そして薄青色の大空を見たとき、僕はただただびっくりしてしまいました。それ以前は、世界といえば僕が生まれた部屋の大きさだと思っていたのですから。今こうして世界は広くて大きくて、そして不思議なものだと知って、驚かずにはいられませんでした。それまで僕が考えていた世界はなんと小さいものだったのでしょう。今、目にする世界のこの大きさ。この広い、世界の驚くべきことごとを考えながら、やがて僕は眠ってしまいました。後のことは覚えていません。

僕が生後二か月になったある夜、お父さんがお母さんに聞いていました。なあ、マウン・ルーフムウェが大きくなったらどんな仕事をさせようか。

お母さんが、県知事[*3]にさせたいわ、と答えました。するとお父さんが、県知事なぞはもう古いよ、うちの坊やにさせるには合わないよ、バモー博士のような首相にさせたらいいんじゃないかな、と聞きました。お母さんはお母さんで答えました。首相にはさせたくないわ。ずいぶん人から罵《ば》詈《り》雑《ぞう》言《ごん》、言われるじゃない。そうでしょ。新聞だってしょっちゅう悪く書いているでしょ。この言葉を聞くと、お父さんはしばらく考えていましたが、それから、そうだな、首相になるのもいい選択じゃないな。マウン・ルーフムウェの時代にはミャンマーの大統領だって生まれているかもしれないな。するとマウン・ルーフムウェはミャンマー国の初代大統領になるのがいちばんだ、と答えました。お母さんが、ウー・チッフライン、ウー・ソウテイン、ウー・スたちのような大統領のことを言ってるの?とまた聞き返しました。その質問を聞くと、お父さんは困ってしまってワッハッハと笑い、まあ、どんな大統領であれ、大統領であったら十分だ、と言って話を終わりにしました。

二人の会話を聞きながら、県知事とは何だろう、首相とは何のことだろう、どうして新聞は首相のことを悪く書くのだろう、それから大統領とは何のことだろう、ウー・チッフライン、ウー・ソウテイン、ウー・スとはどんな人たちなのだろうといったことを考えてみましたが、考えてもわからないので僕はいいかげんいらいらしてきました。僕のお父さんとお母さんが知っているように、僕も知りたいのです。僕も早くお父さん、お母さんたちの年になりますようにと考えて、早く大きくなるためひたすらお乳を飲んでいました。

僕のうちにはたびたび女のお客さんたちが来ました。こうしたお客さんたちが来るたびにお母さんは僕をみんなに見せました。ある人たちはお母さん似ねと言いました。お父さん似だと言う人たちもいました。お母さん似と聞くと、僕のお母さんはうれしそうににっこりしました。お父さん似だと言われると、お父さんが気をよくしてにこにこしていました。でも、僕自身はどちらに似ているのかわからないので不満でした。どちら似なのか確かめようにも、どうしたらいいのかわからないので、もどかしい思いをしているばかりでした。

以上がマウン・ルーフムウェによる報告第二号である。

訳注

(1) 当時、急速に力を伸ばし、公然と反英・独立を主張した政治団体「タキン党」(正式名称「我らのビルマ協会」)の党員は、お互い名前の前に「タキン」(主人の意)の敬称をつけて呼び合っていた。ミャンマーの主人はイギリスではなく、ミャンマーの人々であるべきという思いに基づく。

(2) 「アシン」とは僧侶の名につける尊称。

（3）県知事は植民地時代の高級公務員が配される地位のひとつで、イギリス人官僚に実質上の優遇措置があった当時、ミャンマー人官僚が就ける最高のポストだった。ちなみに作者のテイッパン・マウン・ワも本作品を発表当時、シュエボウ県知事の地位にあり、マウン・ルーフムウェの父、マウン・ルーエイもまた若い県知事として設定されている。

（4）一九三八年一月から上ビルマの油田地帯イェーナンジャウンとチャウッでは待遇改善を求める労働者の大ストライキが続いており、こうした国内混乱の責任を問われた上に、反対勢力による工作のため、バモー首相には批判が絶えなかった。同年後半、加えて反インド人暴動で国内が揺れ、一九三九年、バモー首相に対する内閣不信任案が可決されて内閣は倒れた。

（5）この三人は、一九二〇年代のナショナリズム運動を牽引した政治団体「ビルマ人団体総評議会」（略称GCBA）の主要な人物。GCBAの執行委員長もまた「大統領」と呼ばれる習わしがあった。一方、GCBAは分裂を繰り返し、一九二八年には三派に分かれ、ウー・チッフライン、ウー・ソウテイン、ウー・スが各派の「大統領」を名乗っていた。GCBAは植民地議会の政治エリートを輩出してきたものの、団体自体は一九三六年以降は消滅した。

アーメイッという気鋭の犬のため、間男クロがこの世を去ってだいぶたった。[*1] クロも今ごろはすっかり骨になっていることだろう。

ルエゾーも二度目の出産によりまた六匹の子をもうけていた。雌が二匹、雄が四匹だった。その内、体の黒いのがまた二匹混じっていた。間男クロの威力は大したものである。

この子犬たちが走り回れるころになると、新しもの好きのマウン・ルーエイは六匹をティッ、フニ、トン、レー、ンガー、チャウッ[*2]と名づけた。そんな名前はちっともぱっとした名前ではないと言って、マウン・ルーエイの親友、コンスが反対した。マウン・ルーエイはコンスの意見には耳を貸さず、この名前で押し通した。

この子犬たちが走り回れるようになって間もなく、今度はルエゾーの娘であるブーとチーがそろって出産した。ブーは五匹、チーは六匹の子をもうけた。この子らも含めると、マウン・ルーエイの家の犬は全部で二十二匹になっていた。もし今マウン・ルーエイが役人を辞めても、その気になれば猟師に転職できるほどだが、そこまでは踏み切らなかった。

ある日、シュエボウ[*3]へ転勤するようにとの辞令を持って、お上の使いがマウン・ルーエイのところへやって来た。この町からあの町へと居を移すのはたやすいことではない。片付けたり、荷造りしたり、そのために下準備し、計画し、実行し、とまったくへきえきすることばかり。何よりも困った問題は、我が家の犬部隊をどうやって連れていくかということだった。

みんな連れていきたかった。無理だ。ルエゾーの二度目の出産で生まれたティッ、フニ、トン、レー、ンガー、チャウッは連れていこうと思えば何とかできる。ブー、チー二匹の生まれたてでまだ目も開いていない子らはどうして連れていけようか。置き去りにしていきたくもないし、よそへもやりたくなかった。マウン・ルーエイがイギリス人であったなら、この十一匹の赤ん坊はゾージー河[*4]の中へ始末されてしまったことだろう。

最後に、赤ん坊全部と母親ブーとチーは友人に譲っていくことに決めた。検察長官ウー・パイッも犬を欲しがっていたし、地租査定官ウー・チョータウンも欲しがっていたのでうまい具合にいった。

マウン・ルーエイ一家がシュエボウへの出発を三日ばかり後に控えた日の午後、ウー・パイッの家から一台のバスがやって来て、マウン・ルーエイの家の敷地へ乗り入れてきた。このバスでブー母子たち、チー母子たちは連れていかれてしまった。

マウン・ルーエイたちは子犬を置いていくのはひどく惜しいとは思わなかったが、ブーとチーを残していくのはつらかった。もしも子犬たちがすでに乳離れしていたら、子犬はよそへ譲り、ブーとチーは絶対シュエボウへ連れていくつもりだった。今回はまだ子犬たちが乳離れはおろか、目も開いていないのでブーとチーを連れていけないのである。母子離ればなれになったら、子犬たちは死んでしまい、ブーとチーも気も狂わんばかりになるだろう。それゆえブーとチーを乳飲み子たちと共にウー・パイッとウー・チョータウンのところへやらねばならないのだ。ウー・パイッはブーを、ウー・チョータウンはチーを引き受けた。*5

翌日の午前中、マウン・ルーエイたちが食事をしているとき、ブーが鎖を引きずって現れた。マウン・ルーエイたちが呼んでも怖がってそばへ来ない。尾を足の間に挟み、おびえきった様子だった。マウン・ルーエイが近づくと避けて逃げた。えさをやっても食べず、ただしょんぼりとしているのだった。

アーメイッとルエゾー一家はいなくなった娘が帰ってきたと、大喜びでブーを取り囲み、舌で顔をなめてやっていた。彼ら家族のきずなは何と強いことか。

このようにビルマネムノキの大木の下で、しばし楽しげに過ごしているうち、ブーはいてもたってもいられなくなってきた。ウー・チョータウンの家に残してきた我が子たちを思い、ウー・チョータウンの家の方角へ走り去っていった。ブーの一部始終を見ていたマウン・ルーエイは哀れに思わずにいられなかった。

しばらくして、マウン・ルーエイたちの目に映ったものは、我が子をくわえて戻ってきたブーの姿であった。その子を裏の炊事場に置くと、またウー・チョータウンの家へ走っていった。ほどなくまた子どもを一匹くわえて戻ってきた。こうして五匹の子どもを家に連れ戻してきたのだった。

マウン・ルーエイはアーメイッ一家の様子を見ながら気の毒でたまらなかった。

日が傾きかけたころ、ウー・チョータウンの家の縮れっ毛でずんぐりした下男がやって来て、子犬たちとブーを連れて帰ろうとした。ブーはウー・チョータウンの家へ連れ戻されるのを恐れるあまり物陰に隠れて小さくなっていた。アーメイッたち一家はほえ、うなり、今にもかみつかんばかりであった。マハラン、マウン・ニー、マウン・セインたち[*6]が犬たちを制し、追い払わねばならなかった。

こうした騒ぎを目の当たりにしたマウン・ルーエイは十大ジャータカ[*7]のウェーダンタヤー王[*8]の話にふと思いをはせた。ウェーダンタヤー大王はバラモンのズーザカーに我が子たちをささげたところ、ズーザカーの手を逃れて逃げ帰ってきた幼い息子、娘たちがまた自分の目の前でズーザカーに連れ戻されていく様を見て断腸の思いをなされた。今、マウン・ルーエイは息子、娘でなく、家で飼っていた犬たちのありさまを見るだけで耐え難いほどの思いを味わっているのであった。ウー・チョータウンの下男を追い返して、この手に自分たちの犬を取り戻したい気持ちに駆られた。マウン・ルーエイでさえこれほどになるなら、ウェーダンタヤー王の場合はもう言うまでもない。こんなことを考えているうちにブー母子たちはウー・チョータウンの下男により連れ去られていった。

ブーはこの家を自分の家、この土地を自分の土地と、生まれたときから心に刻みつけてきたのである。敷地に入ってくる人間や犬は敵と心得て追い払ってきた。領土を侵されないようにと非常に気を遣ってきたのである。ウー・チョータウンの家へ行ってもこの家、この土地を忘れることはないだろう。この家、この土地は自分の領土として覚えていることだろう。そう思えばこそ、きっとたびたびこの家、この土地にやって来ることだろう。そのように足を運んできたとき、ウー・アウンソウ[*9]の猛犬が自分の領土を侵すつもりかとほえ、かみついてくるだろう。ブーはどう思うであろうか。生まれたときから自分の領土であったこの家、この土地が他人の所有になってしまったため、もううっかりそばへも近寄れない。彼女は不思議に思うだろう。そして悲しみ、心を痛めることだろう。

　後に残してゆく愛犬たちが今後遭う出来事、また不変の物など何もないというこの世のことわりのことを考えながら、マウン・ルーエイは前庭の芝生の上を歩いていた。ようやく家に入っていったころ、あたりはやみに包まれ始めていた。

　それから三日ほど後、マウン・ルーエイたちはアーメイッとルエゾー、ダイン、チャウッだけを伴い、シュエボウへ向けて旅立った。

訳注

(1) 野良犬クロは最後にアーメイッと闘い、その傷がもとで死ぬ。
(2) それぞれミャンマー語で一、二、三、四、五、六の意。
(3) ミャンマー内陸部、現在、ザガイン管区内に位置する地方都市。

（4）当時のマウン・ルーエイの赴任地チャウセー（現在、マンダレー管区内に位置）付近を流れる河川。
（5）物語の後半ではウー・チョータウンはブーを引き受けたことになっている。
（6）この三人はマウン・ルーエイの家の下男と思われる。
（7）ジャータカは本生譚とも呼ぶ。釈迦が前世に菩薩《ぼさつ》であったときの善行の物語を集成したもので、約五百五十編から成る。十大ジャータカは釈迦として生まれる直前の十の菩薩の姿の物語として特に有名。
（8）十大ジャータカ中の物語のひとつ。寄進に務めるウェーダンタヤー王は祭司（バラモン）として権力をふるうズーザカーに乞われるまま我が子、はては王妃まで寄進する。
（9）現在の家を引き継ぐ予定のマウン・ルーエイの後任と思われる。

遠国連絡官ウー・アウンジー

ビルマ王朝時代に宮廷に仕えたことのある者たちも今やほとんどいなくなってしまった。少し前だったらウェッマソッ大臣補佐官、パガン大臣補佐官たちもまだいたので宮廷での出来事や体験談を聞くこともできた。今ではもうこの識者たちも亡くなってしまった。

ミンドン王とティーボー王[*1]の時代、宮廷に仕えたお方の中で残っているのは今や遠国連絡官ウー・アウンジー一人と言っても過言ではないだろう。年齢は八十歳を越える。運の良いお方である。「陽も差さず、寒き思いに」という一節の真意を解説した『メーザー・タウンチー注釈』[*2]を読んで以来、マウン・ルーエイは連絡官を尊敬していた。『メーザー・タウンチー注釈』の書き方は明解で簡潔、しかも正確であった。先達の業績も踏まえつつしかも現代的な名著の一冊である。

連絡官の暮らすここシュエボウに赴任してきたものの、なかなかその機会に恵まれず、マウン・ルーエイが連絡官に会うことなく何か月か過ぎていった。

マウン・ルーエイがシュエボウに来て四か月ほどたったとき、民族教育相のウー・ポウチャー[*3]から手紙が届いた。そこにはウー・アウンジーにぜひとも会うようにと書かれていた。その書簡を受け取ってからほどないある日曜日、連絡官を招待した。

連絡官がマウン・ルーエイの家に到着した。ガウン・バウン・ポーロンを頭に巻き、パソー・タウンシーとインボン・エンジーに身を包んだいでたちであった。[*4] 中肉中背の均整のとれた体つきであったが、年齢のためやや腰が曲がり、常にステッキを手にしていた。

色黒で、顔はほおや額にはしわが寄り、所々しみが浮いていた。前歯は残っているものの一部の奥歯は抜け、目もいささか衰え、眼鏡をかけていた。話をするときは実に楽しげにするのだった。りっぱなお姿の方である。

連絡官にあいさつをしてからマウン・ルーエイは自分の知りたいことについて以下のように尋ねた。

マウン・ルーエイ「かつてのビルマ王朝の時代、宮廷に仕えられたお方を探すとなると、もうおじいさんおひとりしかいないと思います」

遠国連絡官「何とも言えんな。じいちゃんの親友はもういなくなってしまった」

「昔のこと、かつての宮廷生活、宮廷でのお仕事について、私たち若い者はとても興味を持っています」

「知りたければ話すとも。じいちゃんもとても話したいんじゃよ。わしらのいなくなった後、こうしたことを話せる者も探して見つかるもんじゃなくなるだろう。知りたいことを聞きなさい。知っている限りのことを話すから」

「ほかのことを聞く前に、おじいさん自身の生い立ちについてまず知っておきたいですね。おじいさんの生まれた年、それからお生まれになった場所をお聞かせ願えませんか」

「じいちゃんは一二一五年ナドー月、下弦の月十日、日曜日の生まれ。[*5] 生まれた場所はアマラプーラ[*6]、北の原じゃ。じいちゃんの家は代々シュエボウ近郊のタナウンワン村の村長だった。ミンドン王がシュエボウへ進軍されてきて、そこを本拠に謀反を起こされたとき[*7]、じいちゃんの父はその一端を担い、お手伝いしたってわけだ。ミンドン王が即位されると、じいちゃんの父もその下にお仕えするようになったのじゃ。故郷へは戻らなかった。それでじいちゃんはアマラプーラ生まれなんじゃ」

「おじいさんのご両親のお名前は何とおっしゃるんですか」

「じいちゃんの父は、サク、サリン、チャミン、レーガイン、四つの町を封土として頂いていた書記官長[*8]ウー・マッと言う。母はドー・ザベーと言う」

「おじいさん、ご兄弟はどなたかいますか」

「ない。じいちゃんは一人っ子だった」

「おじいさんが若いとき受けた教育について、覚えている限りのことを話してくれるとありがたいんですが」

「覚えているとも。じいちゃんは七歳になったとき、アマラプーラのミンテー僧院の国家大僧正ウー・ピンニャーナの下で勉強を始めた。ミンドン王が帰依されていた僧正じゃよ。その僧院で文法書八冊、主な仏典の注釈書、辞書などのことを勉強した。十五歳になったとき、けさを身につけた。

同じ僧院で見習い僧の生活に入り、そのまま丸二年、古典文学について勉強した。十七歳のときに還俗した。そろそろ大人になりかけてきた年齢でもあったな」

「還俗してからは何をしていたんですか」

「俗人に戻ってからは、父が国王諮問会議の書記官長ウー・フモンの元に預けた。書記官になるための受験勉強を見てくれたという感じじゃな。そのころは、じいちゃんたちはみんなそろってマンダレーへ引っ越していた。[*9] じいちゃんたちの住んだ場所はメーガギーリ地区と言った。ウー・フモンの元に預けられたといっても、勉強するときだけじゃな。毎日の寝起きは自分の家でしていた。書記官長ウー・フモンからは『サカーランダ』（つづり方）、『ガビャー・ターラッタ』（作詩法）、『スエゾン・チョーティン正書法』といった本を読ませられた。算術、作文なんかも習った。ウー・フモンの元で勉強して六か月ほどたって、書記官試験を受けたんじゃ。ウー・フモンの弟子の中ではじいちゃん一人だけが受験した。その年、受験した者は三十名ばかりいたじゃろう。受かったのは五人だけじゃった」

「その合格者はだれか覚えていますか。その後、皆さん相当ご出世されたことでしょう」

「合格者の中で、マウン・ソウミンとマウン・ニャンのことは覚えておるが、後の二人はもう覚えておらんな。彼ら二人もかなりの年になってから厩舎官なんかになったな」

「おじいさんが受けた試験ではどんな問題が出たんですか」

「作文、算術、幾何学、正書法、そんなものが出題された。面接試験もあったし、筆記試験もあった」

「作文ではどんなことを書かされたんですか」

「いろいろじゃよ。マンダレーからバモー[*10]まで、それからマンダレーからヤンゴンまで、道中行き合うことについて書かされたな。じいちゃんの時代は、マンダレーからバモーまでの旅について書くとなると、知識はもちろんのこと、想像力がものを言った」

「書記官試験に受かってからはどんなお仕事をしたんですか」

「合格すると同時に三十チャットの月給が出た。合格して間もないころ、キンウン大臣[*11]がじいちゃんをウー・フモンのところからもらい受けた。そのころはまだ大臣になっていなかった。大臣補佐官のときじゃった」

「キンウン大臣のところに行ってからは、おじいさんはどんなお仕事を言いつかったんですか」

「仕事らしい仕事はまだ何もなかった。ピョ、ガビャー、リンガー[*12]などを勉強させられた。サドゥダンマターラ・コウガンピョ（四法の神髄、九章）、ボンガン・ピョ（天界の詩）、ブーリダッ・リンガー（ブーリダッ龍王詩歌物語）、スダウンガン（誓願の詩）をはじめとする文学作品じゃな」

「そんな風に勉強するだけで月に三十チャットもらえたんですか」

「もらえたよ。見習いの身分になっていたんじゃからな。ピョ、ガビャー、リンガーなどがそこそこにわかってくると、今度はレージョー、エージン、ヤドゥ、ヤガン、ルーター[*13]などが吟じられるようにと、キンウン大臣が伝令官でピョ統括官のウー・ボウの元に預けたんじゃ」

「そのとき、おじいさんと一緒に勉強したウー・ボウのほかのお弟子さんたちもいたんですか」

「御輿《みこし》手配官ウー・チョンとピョ統括官ウー・トゥンはじいちゃんと一緒に勉強した人物じゃよ」

「森の端にて共に座らんと…で始まるルンジン（哀歌）を詠んだウー・チョンですか、おじいさん」

「そうとも、そのウー・チョンだとも。ウー・チョンは本当にひらめきのよい人間じゃった。想像力も実に豊かで、彼の書いた作品はみんなに好まれた」

「おじいさんのお師匠さんだったピョ統括官ウー・ボウは歌が上手だったんでしょうね」

「ああ、上手だった。しかし、ヤドゥやヤガンの詠み方を教えるときは相当に口うるさかったな。そう簡単には満足してくれない。手の入れ過ぎじゃな。それで、ある弟子たちが師匠のことをレージョーに詠んだんじゃ」

「どんな風に詠んだんですか」

「ピョ統括官、ヤドゥを教え、手直し創作、やりすぎて、ああやりすぎて。と、詠《うた》ったんじゃ」

「統括官のところでどのくらいの間習ったんですか」

「ウー・ボウ師匠の元では一年あまり勉強した」

「ところで、ピョ統括官というのは何を担当していたんですか、おじいさん」

「ピョというのはタイ人つまりシャン人の大工のことを指すんじゃ。ピョ統括官は宮殿や国王諮問会議議事堂が傷んだら修繕する大工たちの上にいて監督する人物を言ったのじゃ。ピョ統括官を今風に言えば建築家だな」

「統括官のところで一年以上勉強してからは、どんなことをしたんですか」

「統括官の元でじいちゃんが修行中のときじゃ。ミンドン大王がご自身の朗読係一名ご所望の旨、キンウン大臣に命じたんじゃ。それで大臣はじいちゃんをミンドン王の元へ推薦したのじゃ。もちろん月給も上がった。書記官の月給が三十チャット、朗読係の月給が三十チャットであわせて六十チャットになった」

「王様の朗読役のお仕事について、さあ、どうぞお話ししてください」

「午後九時ごろに御前会議が済んで、殿がお休み所にお入りになったとき、殿のご所望される本を朗読する。殿と王妃様は寝台の上に御身を横たえてお聞きになる。朗読役は仏壇のそばの台に立って読むんじゃ。それも仏壇に向かって、殿と王妃様のお顔には向かわずにじゃ。殿と王妃様はなかなかに文学の値打ちのわかる方々じゃった」

「朗読するとき、どんな本を読んだんですか」

「そりゃもうさまざまだった。詩だったらヤドゥ、ヤガン、エージン、ピョ、ルーター、散文だったら『ズィナッタ・パカーダニー・ジャン（御仏顕彰の書）』、『タンウェーガ・ウットゥー（悔恨物語）』、十大ジャータカ、ジャータカ五五〇[*14]編などを読んでさしあげた。ヤドゥ、ヤガン、エージンを読むときにはちゃんと抑揚をつけて読むんじゃ。それで朗読役になる前にヤドゥ、ヤガン、エージンの吟じ方を習わねばならなかったというわけじゃ」

「朗読をするときには朗読役の好きな本を読んだんですか。王様に命じられた本を読んだんですか」

「殿が今晩はこの本とおっしゃる。お命じになった本を読んだ」

「ミンドン王はどんな文学を特にお気に入りでしたか」

「殿はピョなど詩はそれほどお好きではなかった。『ズィナッタ・パカーダニー・ジャン』、『タンウェーガ・ウットゥー』を読ませることが多かった。マハーウィン（仏陀の生涯を記した物語）もお好きのようじゃった。時折、『コウガン・ピョ』をご所望された。『コウガン・ピョ』の中で四人の王子が出家されていく場面*15をことさらよく朗読させられたものじゃ」

「ティーボー王のご治世は？　おじいさんは引き続き朗読役を拝命されていたんですか」

「ティーボー王の時代にはそれほど長くは務めなかった。一年ぐらいじゃな。で、一年ぐらいたつと遠国連絡官に昇格させてくださった」

「ティーボー王はどんな文学をお好みでしたか、おじいさん」

「ティーボー王はな、ピョがことさらにお好きじゃった。しかしな、ティーボー王のご治世は朗読役たちは楽じゃった。なぜなら朗読をご所望されない夜が多かったからの」

「おじいさんの時代には朗読役は何人いたんですか。おじいさんおひとりだけだったんですか」

「まさか、まさか。朗読役は四人いた。交代で朗読したんじゃよ」

「おじいさんと一緒に朗読役を務められた方たちを今でも覚えていますか」

「覚えているとも。マウン・タンタインにマウン・チョーミヤ、マウン・オウンにじいちゃんで朗読役四人じゃ。マウン・オウンというのは伝令官で御輿《みこし》手配官だったウー・チョンの兄さんじゃ。

歌もうまければ文才もあった人物じゃった」

「おじいさんが朗読役から遠国連絡官に昇進されてからのお話をぜひ聞かせてください」

「実は、じいちゃんとティーボー王は、お互い子どものときから知りあっていたんじゃ。それで即位されると、じいちゃんが昇進できるように取り計らってくださったんじゃ。殿は見習い僧のみぎりから正妃になられたスーパヤーラッ王女と交際していらっしゃったんじゃ。あるとき、王女が母君のスィンビューマ・シン様と一緒に、修復の終わったヌ王妃の建てられた大僧院[*16]へ視察にお出かけになり、三、四日間インワの方に逗留された。すると、見習い僧ティーボー王子は自分の恋する人への思いつのるあまりに、じいちゃんに手紙を書いてくれるよう頼むんで書いてさしあげたものじゃ」

「そのとき、おじいさんが書いた手紙の中身、今でも覚えていますか」

「覚えているの何の、そらんじてみせよう。書き取りたければそうしなさい」

「もちろん書いておきたいですよ、おじいさん」と言い、マウン・ルーエイは立ち上がって紙とペンを取りにいった。そして、翁のそばに戻ってきた。

「それでは……書き取るがよい。始めよう」

「いいですよ。お願いします」

「二太陽の天女よ、
パヤーガの流れも穏やかに、

小舟の旅にいざお出ましに。

森はふくいくたる香り満ち、
聖なるポンニャー、バダミャーに、
深ききずなに結ばれた二ところ、夫婦鶏の御所。

朝霧の晴れるころには三十三天[*17]の園インイェーに、
気品あふれるスー王女は至り、
我が恋しさはつのり、心寂しく、
ケインナヤー・ケインナイー雌雄鳥[*18]の習いのごとく、涙ながらに我が妹を思い。

…………………………

つまり、ティーボー王と王妃は若いころからお互い引かれあっていたというわけじゃ」
「そういうことですね。このときはまだティーボー王は見習い僧だったんですね」
「ところで、二太陽の天女よ、の意味はわかるかな」
「いいえ、教えてください、おじいさん」
「二太陽の天女よ、というのはスーパヤー王妃の母君スィンビューマ・シンも正妃様、正妃様のお出かけになった所ゆかりのヌ王妃も正妃様。スーパヤーラッ王妃は正妃お二人の直系であられるから『二太陽の天女』と詠んだのじゃ」

「それから、パヤーガというのは？」

「パヤーガというのは、パーリ語じゃ。ミャンマー語でいう大河じゃな。ほかの言葉は易しいじゃろ。ポンニャーシン・パゴダ、バダミャー・パゴダ、シュエチェッイエッにシュエチェッチャ・パゴダ、インイェーの船着き場[*19]を指すんじゃ」

「遠国連絡官のお仕事についても少し聞かせてください」

「話すとも。マンダレー以外の、地方にある宮廷の奉行所全五十二カ所からの書類のすべてがじいちゃんのところに届くんじゃ。それらの文書全部に目を通して国王にお上げするものはお上げし、国王諮問会議に送るものは送り、そのほかの関連部署に回すものは回す。どこへも見せる必要のないものはじいちゃんの判断で処分した。こんな風に遠くから届けられる書類を読んでは処理したので遠国連絡官といったのじゃよ」

「それじゃ、地方で起こっていることはおじいさんよくご存じだったわけですね」

「そのとおりじゃ……」

「シャンの国[*20]から、西洋の国から送られた書簡もまず初めにおじいさんのところに来たんですか」

「そうじゃ……。遠隔地から来た手紙という手紙は最初にじいちゃんのところへ来た。じいちゃんを経て関係者のところへ送られた」

「遠国連絡官の月給はどうでしたか。どれくらいありましたか」

「一か月五十チャットにしかならなかった」

「事務官としての月給もまだもらっていたんですか」

「連絡官のような管理職になると事務官としての月給はなくなってしまった。朗読役として得ていた三十チャットもなくなった。地位だけは上がった。月給は減収じゃよ。朗読役だったときは六十チャット、遠国連絡官になると五十チャットではな」

「へえ。それじゃとても割に合わないですよね、おじいさんのお仕事からすると」

「月給だけ見ればどこにうまみがあるものか。ただし、影響力は大いにあった。贈り物は、これが何と言ったらよいかな、もうずいぶん頂いたもんだ。国王に馬十頭進呈したいという場合、じいちゃんの分一頭もなければな。ほかの贈り物もこんな相場じゃ。十分の一ぐらいはじいちゃんのものだった。じいちゃんがもらわなかったものは象ぐらいじゃな。ほかの物はすべて頂いた。すると、月給なんかにこだわっている必要がどこにあるかね。じいちゃんにはさらに伝令官に昇進させるという話もあった。だが、お断りした」

「ティーボー王が退位されるまで、おじいさんは遠国連絡官として仕えられていたんですか」

「そうじゃ……」

「ティーボー王が退位されると、おじいさんはシュエボウへ帰ったんですか」

「すぐには帰れなかった。将校のサレーディン[*21]に従って六か月ぐらいいなければならなかった。将校にお供して、シャンの国や地方のいろいろな場所へ行った。従いたくない気持ちはあったが、お名指しがあれば従わざるを得ないからな。抵抗するのも無理な話じゃったからの。六か月ぐらいたったとき、サレーディンから英領政府に引き続き仕える気持ちはあるか、それとも故郷へ帰りたいかと聞かれた。英領政府に仕えますと言えば、市長または将校クラスに任命されるのは間違いなかったじゃろう。このように聞いてくれた将校には感謝した。だけどな、それ以上仕える気はなかったので適当に理由を述べてシュエボウへ帰ってきたんじゃ。遠国連絡官の時代に買っておいた田畑もあったので、それで食べているんじゃ」

「上ビルマをイギリスが占領してしまってから、[22]ティーボー王にお会いになる機会はもうなかったんですか」

「一度お会いした。じいちゃんたちに会いたいとご所望されたので、ヤダナーギーリ[23]まで旅して拝謁した。あのときは本当に昔話に花が咲いた」

「おじいさん、今、お食事は何でも召し上がれるんですか」

「ああ、おいしく頂いておるよ。ご飯だったら一ラメー[24]ぐらいは食べられるな。豚肉は食べない。消化に悪いんじゃないかと思ってな。魚や鶏肉、スープ類は頂いておるよ」

「おじいさんはとても運がいいですよね。耳もいいし、歯も抜けていない。目もいいし、長生きで、頭もしっかりしていらっしゃる……」

「それはお祈りじゃよ。じいちゃんはどんなときにもお祈りのときは、長生きできますように、頭もしっかりしていますようにと祈っておるのじゃ。お祈りすると通じるのじゃ。あんたもお祈りするときにはこうした祈願を入れてするんじゃな。必ずそのとおりになる」

「ずいぶん長い間お話ししてしまいましたね。おじいさんもお疲れのころでしょう。本当に興味は尽きません」

「じいちゃんは暇にしている。知りたいことがあれば呼びなさい。すぐ来るからの。何の遠慮もいらん。じいちゃんも昔の出来事についてはとても話したいんじゃよ。遠慮はいらんからの。また呼んでおくれや」

と、言いながら翁は自動車に乗り込んでいった。

訳注

(1) ミンドン王は一八五二年より七八年まで治世し、賢主として知られた。ティーボー王はその王子でビルマ王朝最後の王。

(2) メーザー・タウンチーとは山麓の地メーザーという意味で、この句で始まる有名な古典歌謡を指している。十八世紀後半、スィンビューシン王の誤解を受け、僻地《へきち》のメーザー村に蟄居させられた家臣レッウェー・トンダラが我が身の悲しみを詠った詩。この詩を読んで感動した王は怒りを解き、レッウェー・トンダラを呼び戻したと伝えられる。

(3) ウー・ポウチャー(一八九〇〜一九四一年)は、第二次世界大戦前、ミャンマー語教育の普及を目指して教育および文学界で活躍した。一九二〇年、ミャンマー人の高等教育の門戸をかえって狭める条件の下にラングーン大学が成立し、それが大学ストライキを引き起こした際、ウー・ポウチャーは作家や大学生たちと共にミャンマー語による教育を行い、民族愛を鼓舞する自主的教育機関「民族学校」を組織した。民族学校は市民有志の援助を受けて全国に波及し、小学校から大学レベルまで開校された。この運動の中心人物であるポウチャーは「民族教育相」と呼ばれた。しかし、脆弱な財政基盤などから後、多くの学校は頓挫した。

(4) この装束は宮廷人の正装。ガウン・バウン・ポーロンは白い鉢巻き、パソー・タウンシーは何メートルもの生地を使ったロンジー。インボン・エンジーは前身頃は短く、後ろは長い白い上着。

(5) この生年月日は一八五三年十二月ごろと推定される。

(6) マンダレーの南側にある都市。一七八三年から一八五七年まで一部の時期を除き王都となった。

(7) 一八五二年、ミンドン王は、国王としては凡庸だった兄のパガン王に対してクーデターを敢行し、政権を奪取して王位についた。

(8) ビルマ王朝では二十名ほどの書記官長が任命されていた。

(9) 一八五七年、王都はアマラプーラよりマンダレーへ遷都された。

(10) ミャンマー北部の都市。歴史的にシャン族の土侯が支配し、王朝時代は中国との交易の要衝として栄えた。

(11) 直訳は関税大臣。ビルマ王国の外交使節として欧州訪問をしたことで有名な人物。歌人として歌も詠んだ。ビルマ王朝では四名の大臣が任命されていた。

(12) それぞれミャンマー古典詩の形式名。ピョは仏教叙情詩。ガビャー、リンガーは韻文一般を指すが、リンガーは特に古詩の意味もある。

(13) それぞれミャンマー古典詩の形式名。レージョーは四行詩、エージンは宮廷子守歌、ヤドゥは三節詩、ヤガンは風刺歌、ルーターは長編詩。

(14) 『ズイナッカ・パカーダニー・ジャン（御仏顕彰の書）』は十九世紀半ば、チーデーレーダッ僧正が著した釈迦の一生について記した物語。チーデーレーダッとはシュエダウンにある僧院の名。『タンウェーガ・ウットゥー（悔恨物語）』は十九世紀半ばにマンダレーのパヤージー僧院の僧侶ウー・ザーガラが書いた物語で、奢侈《しゃし》な生活におぼれ、「貪欲」「無知」「怒り」の愚行を重ねた末、地獄に堕《お》ちる人間の様が描かれている。ジャータカとは本生譚《たん》とも呼び、釈迦が前世に菩薩《ぼさつ》であったときの善行の物語を集成したもので約五百五十編から成る。十大ジャータカとは釈迦として生まれる直前の十の菩薩の物語で特に有名。

(15) 『コウガン・ピョ』とは、「ジャータカ」第十五編ヴィーサティ・ニパータ中の「ハッティーパーラ・ジャータカ（護象本生物語）」をもとに、十五世紀の宮廷詩人マハー・ラッタターラがミャンマー語の長編詩に詠んだ作品。国王の努力にもかかわらず、四人の王子が仏教に帰依し、次々と出家して宮殿を後にする物語。

(16) 一八二一年から三八年までインワを王都にしていたバジードー王の正妃、ヌ王妃が建立した有名な僧院。

(17) 三十三天とは別の名を忉利天とも言い、仏教の世界観で人間界の上に六層を成す欲界の内、下から二番目の世界。長寿を得た天人、天女の遊ぶ楽園としても知られる。

(18) 半鳥半人の想像上の生き物。ケインナヤーは雄でケインナイーは雌。夫婦仲が良く、一晩離れただけで、再会したときには抱き合って七百年間泣き続けたといわれる。

(19) これらはエーヤーワディー河をマンダレーからインワまで下る船旅で見られる。ポンニャーシン・パゴダとバダミャー・パゴダはマンダレーを出てしばらく下った右岸のザガイン丘陵に、シュエヂェッイェッ・パゴダとシュエヂェッチャ・パゴダはそれにほぼ面した町アマラプーラに、その後少し進むと支流への入り口にインワがある。インイェーはインワの船着き場の別称。なお、シュエヂェッイェッ・パゴダとシュエヂェッチャ・パゴダの名称の共通部分「シュエヂェッ」とは金の鶏の意なので詩の中で「夫婦鶏」と表されている。

(20)現在のシャン州地域は、伝統的に各地のシャン族の土侯により治められていた。ティーボー王の時代はその支配下に入っていたが、その統治は全域には及ばなかった。

(21)エドワード・スレイデン大佐のこと。第三次英緬《めん》戦争(一八八五年)の際のイギリス軍政務担当官。一八八五年十一月二十八日、ティーボー王を降伏、退位させたイギリス軍総帥ハリー・プレンダーガスト大将の片腕役を務めた。

(22)下ビルマ一帯は、第一次英緬戦争(一八二四〜一八二六年)と第二次英緬戦争(一八五二年)の敗北により、すでに英領下に入っていた。

(23)ティーボー王は退位後、王妃スーパヤーラッとともにインドのボンベイ近郊ヤダナーギーリで幽閉生活を送り、一九一六年同地で五十九歳の生涯を終えた。王妃は一九一九年に帰還を許され、一九二五年にヤンゴンにて六十六歳で亡くなった。

(24)ラメーとは四〇〇グラム入りのコンデンス・ミルクの空き缶一杯分の量。日本米よりやや比重の少ないインディカ米やタイ米だったら約二五〇グラム。この缶三分の二の米を炊くと都会の勤め人の男性一食分に相当すると言われる。

食べていくため

マウン・ルーエイ一家がカボウにやって来た。カボウはシュエボウを起点にして三十マイルほど離れた、ムー河のほとりにある村である。カボウ村を有名にしたのはほかでもない、政府が総工費何十万チャットもかけて建設したダムがあるからである。このダムはシュエボウ一帯の用水路に水を供給している。このダムはシュエボウの土地の人々、農民たちの命の恩人と言っても間違いではない。

カボウ・ダムに面して建てられた高級公務員宿舎はれんが造りであった。ミャンマーにある高級公務員宿舎の中でもっともりっぱなもののひとつである。建物もりっぱなら景色もまた素晴らしい宿舎である。くつろいで過ごすに絶好の場所である。読書を楽しみ、ちょっとした仕事を片付け、随筆や小説を書くにもふさわしい場であった。

マウン・ルーエイたちが先にカボウを訪れたのはもう何か月も前のことである。その後、インド人・ビルマ人暴動[*1]が勃発し、さらに大学生のストライキ[*2]、農民たちの納税拒否運動[*3]、商人たちによる政府の突き上げのため、マウン・ルーエイはシュエボウから離れることもままならなかったのである。

今ようやく国内の騒擾《そうじょう》もだいぶおさまってきたので、キンタンミンにマウン・ルーフムウェも伴ってこうして出張小旅行に来たのであった。

カボウへ着いた翌日の夕暮れどき、家族一緒に宿舎のベランダへ出て、広大なダムからあふれた水がまるで滝のように流れ落ちていく様を見ていた。何とも雄大な眺めである。

ムー河では、漁師たちが小舟に乗って網を打っていた。ほとんど日没の瞬間の太陽が真っ赤な光を天空に放っていた。その色がムー河に落ちてきて、河面も真っ赤な光をたたえ、きらきらと輝いていた。この夕暮れのひとときをマウン・ルーエイ夫婦は心ゆくまで楽しんでいた。

どこまでゆっくり楽しめるか。役所の仕事も入ってきているのである。それもしなければ。まだ手もつけていない。夕食が済んでから落ち着いてすることにしよう。マウン・ルーエイは役所の書類を収めた木箱の中から新聞と手紙を取り出すと、またベランダへ戻ってきた。

一通の手紙の封を切った。それは弟の大学生マウン・ミャトウィンからの手紙であった。今年、教養課程修了試験に合格したら、医学部へ進学したいとのことだった。*4 キンタンミンにこの話をした。

「わあ、いいことじゃない。こうしてミャンマー人も医学を学んでいくのね。今のところ、医科大学や病院はインド人にイギリス人ばかりですものね。ミャンマー人は数えるほどで」

「医学を勉強するのは何しろ年数がかかるからな。ミャンマー人は何年もかけて勉強するほど根気が続かない。今だって大学に入って四、五年したら学士号、学士号取ったらすぐさま職に就きたがるじゃないか。こちらも同じだけどね。ミャンマー人だから」

「ほかの仕事だったらそうでしょうね。でも、お医者さんの仕事はきちんと技術を身に付けてからじゃないと無理ですものね。もしも薬を間違えて与えたりしたら大変でしょ」

「うん、そうだね。でも、僕だったら医者にはなりたくないな。死人のおなかを切ったりするのはもちろんのこと、死体ともろに向かい合うのだっていやだな」

「まあ、なんて罰当たりなこと言うの」

「罰当たりだと言われようと何だろうと、僕は死体には弱いんだ。それから、医者って人種は夜もろくろく眠れない。昼間もゆっくりしていられない。食事だって落ち着いてできやしない。真夜中にもたたき起こされる。食事中だってだれか呼びに来る。たまったもんじゃないな」

「そんな仕事こそ功徳を積むことにもなるし、生活も成り立つしというものよ。ねえ、ところで、マウン・フムウェが大きくなったらどんな仕事をさせようかしら」

「おやおや、ずいぶんな心配性だな。坊やはまだろくに口もきけないんだよ。のんびり構えておいでよ」

「何言ってるの。今からちゃんと道筋をつけておいてこそうまくいくのよ。今の時代は競争が激しいってこともとっくに知っているでしょうに」

「まあ、どんな時代であれ、今から考えておくなんて無理だね。ミン、君のほうで考えてくれよ。さあ、坊やに何をさせたいんだい」

「ICSにさせたいわ。[*5]ミンの見たところ、ICSって今をときめくお仕事じゃない。考えてもみて。お舅《しゅうと》さん、お姑《しゅうとめ》さん候補たちが大金積むのもいとわずってやっているのもご存じでしょ」

「今じゃICSはもうないよ」

「ICSでなければBCS第一種[*6]よね。同じことでしょ」

「ICSもBCSもひっくるめて好きじゃないね。行政の世界なんてあちらにペコペコ、こちらにペコペコして」

「どうして。そんなことぐらいで」

「ああ……君は見ていなかったのか。つい最近起こったことごとを。夜もゆっくり眠れない。昼もおちおちしていられない。食事も時間どおりできない。さんざん走り回らされる。朝食を夜になってから取るようなことも何度あったことか」

「あら、そんなことは四、五年に一度ぐらいのことでしょ」

「昔だったら四、五年に一度ぐらいのことだけどね。今後はさらに面倒になってくるぞ。この行政方面の仕事はもはやいいものではないよ」

「そうかもしれないわね。ミンもあなたの状況を見てから心穏やかでいられなかったわ。ねえ、こんな苦労をさせないように教育方面に入らせたらいいんじゃないかしら。ウー・タヨウッやウー・チンシャンたちのようにね」

「ああ、それもよくないな。彼ら教育行政の人間たちも彼らなりの苦労があるさ。地区の議会とおつきあいしながら押していかなきゃならないのも大変だ。[*7] 計画したことと議会のお偉方がやりたいことがかみ合わない、なんてときは本当にいやな思いをするんだよ。教育行政の人間たちも不平たらたらだ」

「それは適当にやっていけば何とかなるものよ」

「地区の議会とは適当にやっていけば何とかなると言ってもいい。ストライキ学生たちともみ合うことになったら厄介だよ、君」

「うーん、そう言われればそうねえ。それじゃ、大学教授にさせたらいいんじゃないかしら」

「大学教授の仕事も特に変わるところなしだよ。昔だったら彼らの仕事は平穏だったさ。それが今では彼らもおちおちしていられない。ストライキとくれば必ず大学から始まっているじゃないか」

「それなら、ウェッレッ・ティンやモウネッチーたちのように学校の先生にさせたらいいんじゃない」

「彼らの仕事はもっと大変だよ。いったんストライキを始めたら、生徒たちは教師たちをも恐れないからな。[*8] 親兄弟親戚のことも気にしない。礼節なんてものも一瞬で消え失せてしまう。先のストライキのときなんか、『モウネッ、モウネッ、恥を知れっ、恥を知れっ』と生徒たちが叫んでいたそうじゃないか。そうだろ」

「それどころじゃないわ。『ミョウビェッ（民族の裏切り者）、ミョウビェッ、恥を知れっ、恥を知れっ』と叫んだんですって。ウー・モウネッが言ってたわ」

「知らなかったな。モウネッ、モウネッ、恥を知れっ、恥を知れっ、だけかと思ってたよ。たいていいつも品位を保ち、落ち着いていたウェッレッ・ティンでさえ、先だっては生徒のヤジを浴びたそうじゃないか」

「なんて言われたの」

「ウー・ティー、ウー・ティン、ウェッレッ・ティン。おまえたちに民族愛はあるのか、だとさ」

「まあ、なんでしょう。ずいぶん出過ぎた男の子たちだこと」

「少年たちに何がわかるものか。大人が陰からあおり立てているのだろうよ。生臭ものあればはえが群がると言われるようにね。何かが起こったら、それを助長させようと機をうかがっているやつらは大勢いるからな。この時代は生やさしいものじゃないよ」

「あの仕事もうまくいかない、この仕事もだめ。そうね、それなら、ウー・トゥカたちのようにお金持ちの娘さんと結婚させて、働かずに食べていかれる身にするわ。それがいちばんよね」

「今の時代はお金持ちたちだって、仕事がある者、ICS、BCSたちであってこそ婿候補に考えるものさ。彼らの財産をただ食べているような者に娘をやるはずがないよ」

「それでも娘さんをくれる人を探すのよ」

「探すことだって可能だよ。でも、そのうちに、舅《しゅうと》姑《しゅうとめ》の家で肩身の狭い思いをして、舅姑に言いつけられた用事もしなきゃならん。金持ちのお嬢様か女王様は僕らの坊やに敬意も払わなくなってくるだろう。僕としては耐えられないね」

「この考えでもまだうまくいかないわね。タキン・フムウェといって、タキン党に入れてしまうのはよくない？　いい仕事には就けなくても大変な名誉にはなるわ。タキン・フムウェ、タキン・フムウェって国じゅうにその名がとどろき渡るのが目に見えるようね」

「名誉になるのはそうだけれど。石油缶をたたくのはうるさくてかなわんな。[9]他人をうるさがらせるためにたたいて、自分たちはうるさくないのかね。うるさいはずだけどね。さあ、これでもいいかい」

「彼らの説明では、彼らの主義に反する者を追い払うためって言ってたじゃない。うるさいけれども、彼らの目的は達せるでしょうね」

「彼らの石油缶を恐れている者ももちろんいるだろうよ。また恐れを知らないガロンのこん棒部隊[10]と遭って、頭を割られた者もいるってことは聞いたことがないのか。坊やを頭を割られるような目に遭わせたいのか」

「そんなことあるわけないでしょ。それにしても、彼らの石油缶にも慣れっこになってきたわね。もうそれほど怖がる人もいないしね」

「ミンの言ったことに僕は賛成できないな。僕が賛成できる形は、まずフムウェを僧院で勉強させる。それから、政治運動をさせる。政治の世界で体験を積んでから首相になる。さあ、これなら納得できるだろう」

「それも納得できないわ。政治家になったと同時に非難轟々《ごうごう》よ。大臣になったらなったでもっと非難されるのよ。首相[*11]になったらさらに非難の矢面に立つことになるじゃない。首相でも大臣でも毎日のようにののしられているわ。うちの坊やを他人が毎日のようにののしるなんて我慢できないわ」

「そうやって気を回して怖がっているなんて困ったものだね」

「それじゃ、お兄さんから答えて。坊やに何をさせたらいいか」

「僕の考えを言えば、フムウェを新聞記者にさせたいね」

「どうして」

「新聞記者というものはこの世の中ではいちばん都合がいいものだよ。だれからものののしられない。ののしるほうだからな。ほかの新聞にののしられることがあって、こちらから非難し返すこともできる。見過ごしていられないことがあれば、それを告発することもできる。賞賛すべきことがあれば賞賛することもできる。危険に身をさらすようなときもそれを避けられる。ヤンゴンでマウン・アウンジョー[*12]たちが騒ぎに巻き込まれたとき、何人の新聞記者が一緒に殴られたことか。マンダレーの人たちやお坊さんたちも銃で撃たれたときに[*13]、何人の新聞記者が撃たれたことか。一人もいない。何か言いたいことがあれば、彼らばかりが叫んでいるんだ。実際に何かするのはほかの者たち。危険に身をさらすのもほかの者たち。どうだい。どんなにいい仕事か」

「新聞記者の仕事は自由よね。何でも好きなことが書けるといっても、その上に政府があるじゃない。好きなことが書き放題というわけにもいかないでしょ」

「ああ、ミン。ばかだな。書くといっても法律には触れないように書くんだよ。先の大暴動のときに何人のタキンが投獄されたことか。何人の僧侶が投獄されたことか。何人の学生が検挙されたことか。新聞記者の中では投獄された者が何人いるか。何紙の新聞が発行停止処分を受けたことか。さあ、どうだい。いいものじゃないか。新聞記者は世に知らしめたい人物がいれば、フムウェ僧正、フムウェ僧正といった具合に昼も夜も言い続け、有名にしてくれるのさ。新聞記者はへこませたい人物をたたいて世間から忘れ去られるようにすることもできるんだ。さあ、新聞記者はどんなに力があることか。自分は平穏無事にしていられる。だれをののしろうと恐れることはない。だからこそマウン・ルーフムウェを新聞記者にさせたいんだ」

「わかったわ、わかったわ。そのぐらいにしておいて。そのうち新聞記者たちがかぎつけたら何か書かれちゃうわよ」

「なあに、ここだけの話だよ。どうして新聞記者たちに聞きつけられるものか。といって、彼らの前で話す勇気はないけどね。話し続けて墓穴を掘ることになるからな」

「さあ、先生、お話も盛り上がっているけれど、暗くもなってきましたわ。水浴びして、お食事にしましょう」

「うん、そうだな」

そう言ってマウン・ルーエイが席を立っていったため、会話もひとまずここで途切れた。

訳注

（1）インド系ミャンマー人イスラム教徒ウー・シュエピーがその著作で仏教批判をしたことに端を発し、一九三八年七月から全国に反インド人暴動が広がった。これは宗教論争ではなく、商人として経済力をつけたインド人移住者、また事件の鎮圧にあたる警官隊の大半がインド系であることなどに対してミャンマー人の不満が爆発した事件であった。

（2）いわゆる「第三次大学ストライキ」を指す。一九三〇年代後半、反英・独立を主張する政治団体として力を得てきた「我らのビルマ協会」（通称タキン党）は、一九三八年、イェーナンジャウンとチャウッの油田労働者たちの待遇改善要求ストライキを支援し、反英運動の拡大に務めた。タキン党の下にこのストライキを支援していたラングーン大学学生同盟の委員長マウン・バヘインと書記長のマウン・スウェが逮捕され、それに抗議して同年十二月、大学はストライキに突入した。

（3）タキン党に指導され、油田労働者ストライキに合流した農民たちの主張。同時に小作料の廃止や負債の帳消しも要求された。

（4）一九三〇年、植民地ビルマで唯一の大学、ラングーン大学に医学部が設置された。

（5）Indian Civil Service（インド高等文官）の略語。インド高等文官は植民地時代の高級公務員で、英領ビルマは一九三七年まで英領インドの一州として統治されていたためICSと呼ばれる。ミャンマー人ICSもイギリス人ICSと肩を並べて県知事クラスまで昇進できた。ちなみにこの作品が書かれた当時、作者のテイッパン・マウン・ワ自身シュエボウ県知事の地位にあり、マウン・ルーエイもまたシュエボウ県知事として設定されている。

（6）Burmese Civil Service（ビルマ政府公務員）の略語。一九三七年、ビルマが英領インド下からイギリスの直轄植民地として再編成された後、旧ICSにあたる高級公務員ポストはBCS第一種と名称変更したが、一般的には依然としてICSと呼ばれていた。

（7）教育行政の人間とは、ここではミャンマー語（および一部の少数民族言語）による教育を行う小・中・高等学校の設置・維持にあたる地方学校委員会の関係者を指している。植民地ビルマには英語による教育、英語・ミャンマー語併用による教育を行う学校もあり、これら数の上では少数派の学校は政府からの補助金を受け続けていたのに対し、ミャンマー語学校は一九一七年以降政府の補助が得られなくなり、その財政基盤は地域ごとの地方学校委員会に委ねられた。

（8）＊訳注（2）参照。油田労働者のストライキに連動し、タキン党とラングーン大学学生同盟の指導で各地の高校生たちもストライキを行った。

（9）石油缶などをたたいて行進するのは、元来は土地の悪魔払いの行事。騒音に驚いて魑魅魍魎《ちみもうりょう》が逃げ出すという。通常これは新年の水祭の時期（太陽暦四月中）に行われる。

（10）ガロンのこん棒部隊とは、下ビルマ、デルタ地帯の困窮した農民が、一九三〇年から三二年にかけてガロン（ガルーダ）王を名乗るサヤー・サンに率いられ、こん棒や刀で武装して土地の村長や金貸し、役場などを襲撃したことを指している。独立後、この動きは反英運動として評価されるが、当時は狂信的な暴徒と見なされることが多かった。さらに一九三八年十二月二十日、タキン党と連動したラングーン大学学生同盟の指導により、ラングーンのビルマ政庁の建物を包囲して大規模な反英デモが行われたとき、大学生のマウン・アウンジョーが鎮圧に出てきた警官隊に警棒で頭を割られて死亡するという事件が起きた。この会話での表現は暗に警察権力を批判しているものと取れる。なお、タキン党はこの事件を、独立を求める青年に対する植民地当局の虐殺として非難し、マウン・アウンジョーを「ボウ（英雄）アウンジョー」としてたたえた。ヤンゴン市内のボウ・アウンジョー通りはこれにちなんで独立後、名づけられたもの。

（11）一九三五年公布、一九三七年に施行されたビルマ統治法に基づく植民地体制下での首相。初代首相のバモー博士は国内失政の責任を問われ、一九三九年二月に内閣不信任案が可決されて退陣。ウー・プがその後を継いだ。

（12）＊訳注（10）参照。

（13）一九三九年一月より植民地政府側は治安維持を名目にタキン党幹部の検挙に乗り出したが、党はそれにも屈せずゼネストや反英デモを指導した。その一連で二月にはマンダレーで一万人規模の示威行動が起こり、植民地軍がそれに対して発砲し、僧侶を含む数十人の死傷者を出した。

血筋

マウン・ルーエイ、マウン・ルーテイ、マウン・ルートウェの三人兄弟はお互い二歳ずつ年の離れた、ほぼ同年代の兄弟だった。

三人はまだ小さかった十歳前後のころ、ウー・チッフラ先生のミャンマー語学校[*1]で勉強していた。マウン・ルーエイとマウン・ルートウェはより仲がよく、一緒にそろって通学することが多かった。マウン・ルーテイは長兄らしく構え、下の弟たちと親しげに接することはあまりなかった。

時々マウン・ルートウェは学校に行くのをおっくうがった。家のそばの道ばたにあるタマリンドの木の下に行き、そのまま木にもたれて立っているのだった。

マウン・ルーエイがなだめて呼んだ。効果なし。どなりつけて呼んだ。効果なし。手を引っ張って連れていこうとしてもだめ。どうにもならないときはマウン・ルーエイも学校に遅れるのが気になって、そのまま先に行くのだった。マウン・ルートウェは本にスレート板を抱えたまま、タマリンドの木に寄りかかって身じろぎもせずに立っているのだった。

通行人が木の下に立ったままのマウン・ルートウェを見ては笑っていった。マウン・ルートウェ自身は気にもかけない。行商人たちも大笑いしていった。それでも気にせず。近所の悪童たちが彼をからかっていった。たじろぎもせず。

こんな風にして一時間ばかりたったとき、だれかのせいでマウン・ルートウェが立ちんぼしていることが大叔母ちゃんの耳に達した。大叔母ちゃんが籐《とう》のむちを片手にやって来た。

大叔母ちゃんが近寄ってくると、マウン・ルートウェはタマリンドの木からそばの木の下へ移り、その木にもたれて立った。

そこへ大叔母ちゃんが追いかけてくると、また別の木の下へ移って立った。このように五、六本の木を次から次へと移動した。マウン・ルートウェと大叔母ちゃんの成り行きを見ていた近所の人人は皆、それとはなしにほほえんでしまった。

意気も盛んなマウン・ルートウェに老兵、大叔母ちゃんがどうして追いつけようか。しばらくすると大叔母ちゃんは疲れてきた。額からは汗が玉になってしたたり落ちた。疲れてきたので腹が立ち、孫のマウン・ルートウェに追いつけないので腹が立ち、大叔母ちゃんはあれこれ言い散らしていた。

とうとうかわいそうに大叔母ちゃんはあきらめて、近所の若い衆に援軍を求めねばならなかった。生きのいい若者、コウ・ポウテイン、コウ・アウンディン、コウ・トゥンペイ、コウ・サンペイたちが登校拒否児童マウン・ルートウェをつかまえようと飛び出してきた。

若者たちが出てくるやいなや、マウン・ルートウェはそれまでのように立ちんぼしているやり方を捨て、走りまくるという戦術に転じた。初めに空き地の中へと走っていった。若者たちも彼を追って空き地へ走っていた。マウン・ルートウェはその空き地を抜けて、今度はめちゃくちゃな道筋を取りながら、最後にフォーカー製材所の敷地へ駆け込んだ。

若者たちもフォーカー製材所の敷地に駆け込んできた。何事かとあたりも騒がしくなった。若者たちも本気でマウン・ルートウェをつかまえとしていたのではなさそうである。大叔母ちゃんが満足する程度に遊び半分に追いかけていたようである。

フォーカー製材所の敷地に入り込むと、マウン・ルートウェももうそれ以上逃げ道がなくなってしまった。表側はタンルウィン河に面しているからであった。マウン・ルートウェがつかまるときが来た。投降するときが来た。どのような形でマウン・ルートウェはつかまるつもりなのか。降参するつもりなのか。

どうしてつかまることなどできようか。降参、投降などできようか。マウン・ルートウェは大勢の見ている前でタンルウィン河に飛び込むと、河の中ほどへ向かって泳いでいったのであった。

彼をつかまえようと追いかけてきた若者たちも、泳いでまでつかまえようとは思わない。もしも彼を追いかけて泳いでいったなら、河の真ん中で殴り合いになり水中に沈んでしまう恐れもあった。若者たちももうそれ以上追いかけず、なだめたりすかしたりしてマウン・ルートウェを呼んだ。マウン・ルートウェは上がってこない。そのまま河の中で泳いでいるのだった。

そんな展開になっているところへ大叔母ちゃんが到着した。マウン・ルートウェが河を泳いでいるのを見て仰天してしまった。若者たちも家へ帰るため大叔母ちゃんにいとまごいした。彼らが帰ってしまってしばらくたってからようやくマウン・ルートウェは岸に上がってきたのであった。陸に上がると岸辺の木の下に寄りかかってまた立った。大叔母ちゃんが優しい声で呼んでもだめ。もし追いかけていこうものなら、マウン・ルートウェが水に飛び込むかもしれないのでそばへも寄れない。大叔母ちゃんも困り果ててしまった。腹も立った。手にした籐《とう》のむちでマウン・ルートウェの背中を多少厳しくたたいてやりたくもなった。でも、どうすることもできない。背を向けてうちへ帰るしかなかったのであった。

その日一日、マウン・ルートウェはうちへ帰ってこなかった。もたれかかった木の下で時間をつぶしていたのであった。

朝食も食べずに過ごした。午後四時になり、下校の時間になってようやくうちへ帰ってきた。大叔母ちゃんはむちでたたいてやりたくてしかたがなかった。でも、まだたたかずにいた。マウン・ルートウェがまた逃走するのではないかと思ったからである。夕食の時間になると、マウン・ルーテイ、マウン・ルーエイたちと共にマウン・ルートウェにもご飯を用意してやった。

みんなが食事を済ませると、今朝のマウン・ルートウェのふるまいについて大叔母ちゃんはお説教を始めた。それがなかなか終わらない。説教しながら大叔母ちゃんはまた怒りがこみ上げてきて、マウン・ルートウェをおしおきのむちで一発、二発打ち据えた。マウン・ルートウェは泣かなかった。歯を食いしばってこらえていた。それから、柱にもたれて身じろぎもせず立っているのであった。

夜もだいぶ更けてくると、マウン・ルートウェもこっくりこっくりと始め、やがてそのまま柱のそばにくずおれて眠ってしまったのであった。このときになってようやく家の人たちが彼を寝床へ運んで寝かしつけた。これが根性のあるマウン・ルートウェなのだった。

次の朝、学校へ行く時間になると、マウン・ルーエイと一緒にマウン・ルートウェもおとなしく登校した。また日が立って学校へ行くのがいやになってくると、先のタマリンドの木の下に立っているのだった。

今度は大叔母ちゃんもはなからあきらめて見て見ぬふりをしていた。マウン・ルートウェは一日じゅうタマリンドの木の下で過ごしていた。だれが笑おうと、だれがからかおうとお構いなしだった。

午後、下校してきたマウン・ルーエイと一緒になって帰宅した。大叔母ちゃんもマウン・ルートウェの気性をわかっているものだから口で注意するだけだった。むち打ちもやめた。大叔母ちゃんの負けであった。

マウン・ルートウェがくだんのタマリンドの木の下で立ちんぼすることは一か月に二度ばかりあった。

そのマウン・ルートウェも今ではルートウェおじさんの年になった。息子のマウン・アウンジーももう十歳になった。マウン・ルーエイがマウン・ルートウェの子どもたちと離れて暮らしてずいぶんたつ。マウン・ルートウェの息子たちも父親の子ども時代のように、学校へ行きたくないと木の下で立っているのだった。そうやって立たずにはいられないのであった。彼らも父親のように強情であった。そうせずにはいられない性分なのであった。

しかしながら、マウン・ルーエイの幼い息子マウン・ルーフムウェはまだ二歳にもならないのに、おじさんのマウン・ルートウェの性格を示し始めたのであった。欲しいものが手に入らないとき、だれかが彼の好まないことをしたとき、何か彼の意に添わないことが起こったときなど、柱の下か部屋の隅へ行ってじっと立っているのだった。

だれが呼んでもだめ、だれがなだめようとだめ、抱きあげても大声で泣きわめく。あまり泣くので放してやると、先ほど立っていたところへ駆けていってまたじっと立っている。家の者が構わずにいると、彼もまたそのうち気持ちがほぐれてきて、その場から離れるのであった。

こうした出来事を見て、マウン・ルーエイは子ども時代に弟のマウン・ルートウェがたびたび夕マリンドの木の下で立っていたことを思い出さずにいられなかった。マウン・ルーフムウェが成長して学校に行くようになり、大きくなったマウン・ルーフムウェがおじさんのマウン・ルートウェのように木の下に立っている姿を想像して、思わず苦笑したのであった。

マウン・ルートウェの強情な性格は、彼の子どもたちにも受け継がれているのかどうかはっきりしたことはわからない。しかしマウン・ルーエイの息子マウン・ルーフムウェに出てきているのは確かである。小川の道筋はどこかで消える。人の血筋は絶えることなし。この昔の人が言った言葉はなんと当たっていることか。

訳注

（1）植民地時代の教育機関は、すべてミャンマー語（一部の地域では少数民族言語）で授業を行うこうしたミャンマー語学校、英語とミャンマー語併用学校また英語のみを使用する学校の三種があった。初等教育においてはミャンマー語学校の数がいちばん多く、その大半は伝統的な僧院の寺子屋（読み書きそろばん的な教育）の延長のような形態であることが多かった。当時は英語が公用語であったため、子どもの将来のよりよい就職口を考えて、余裕のある家庭は遅くとも中学校からは子弟を英語を使用する学校に進ませる傾向が強かった。

（2）植民地時代、モールメイン（現モーラミャイン）にあったイギリス資本の会社。

アーメイッ

アーメイッとルエゾーの二匹の内、ルエゾーよりもアーメイッのほうが主人になついていた。主人にまとわりついていることが多かった。主人が外出するときは一緒についていきたがった。主人の言うことをまたよく聞いた。一人の愛は一人の上にという言葉のとおりマウン・ルーエイ夫婦もルエゾーよりアーメイッのほうを好んでいた。

アーメイッがマウン・ルーエイにまとわりつかなくなって一年近くたっていた。えさの時間になると炊事場で料理人が与えてくれる限りのえさを食べ、それが終わると昼間はずっと別棟の使用人小屋の方へ行って寝ているようになった。夜は家の前のベランダの下で眠りながら、けなげに家を守っているのだった。マウン・ルーエイとアーメイッはお互いどことなくよそよそしくなっていた。

ある宵、夕食を終えたマウン・ルーエイがベランダで番茶を飲みながら新聞を読んでいたとき、アーメイッがトコトコと登ってくるとマウン・ルーエイのそばに座った。これを見たマウン・ルーエイが、おやおや、変わったこともあるものだね、アーメイッ、ひょっこり迷い込んできたかのようだね、と言った。

アーメイッは黙ったまま。弱々しくしっぽを振っているのみ。

「お前は以前と違うね。僕らにずいぶんよそよそしくしてるね。今じゃ僕らのそばにも来たがらなくなった」

とマウン・ルーエイが切り出した。

「ご主人様はうそを言っている」

不意に寂しげな顔つきでアーメイッが答えた。マウン・ルーエイも驚き、

「おや、アーメイッ、何を言っているんだ」

と聞き返した。

「ご主人様はうそを言っている」

とアーメイッがまた答えた。

「そんなことはないぞ。お前に言って聞かせなければな。僕がどんなうそを言っているというのかね」

「ご主人様に私が前のように親しくしないというのはうそです。私はご主人様に対して昔のとおりにしています。ご主人様のほうが私に対して以前のように親しくしてくださらないのです」

そう言うと、アーメイッはそっぽを向いてしまった。

「おいおい、違うぞ、アーメイッや。お前が僕に前と変わらず親しみを抱いているというのなら、どうして前のように僕のところにすり寄ってこないのかね」

「ご主人様のそばに行きました。ご主人様にすり寄っていきました。ご主人様がそれに気がつかな

いのです。マウン・ルーフムウェが生まれてからは、ご主人様は日に日に私によそよそしくなっていきました。それなら私のほうも気を利かせて、ご主人様にはもう近寄らないまでです」

「なあ、そんな考え方をするのは間違っているぞ、アーメイッや」

「間違っていません、ご主人様。考えてみてください。マウン・ルーフムウェが生まれる前なんか、田舎へ出張するときも私が一緒でした。役所にお仕事に行くときも私が一緒でした。散歩するときも、遊びに行くときも、私が一緒でした。ご主人様にマウン・ルーフムウェが生まれてからというもの、ご主人様はもう私に関心を示さなくなりました。ご主人様が田舎へ出張に行くため自動車に乗り込んだときなんか、前のとおりと思ったから私も飛び乗りました。そしたら、ご主人様は私を追い払いました。ご主人様がお役所から帰ってきたときなんかも、私は家の前の階段の上がり口で番をしながらごあいさつしましたが、ご主人様は気にもとめずにうちの中へ入っていきました。ご主人様が散歩に行くときも、私はお供できるように待っていましたが、呼んでもらえませんでした。マウン・ルーフムウェが生まれてからはご主人様の私に対する愛情が薄れてきたのを感じたので、私もご主人様とは距離を置くようにしたのを、私のご主人様に対する愛情が薄れたと責めるのなら、ご主人様はありのままを言っていないことになります。そうじゃありませんか」

このようにアーメイッがまさに真実を述べたので、マウン・ルーエイもしばらくアーメイッに対して何も答えられなくなってしまった。やかんの番茶を茶わんに注ぎながら考え、やっと考え出した答えは以下のようなものであった。

「お前とルエゾーがまだ小さいときにチン丘陵から連れてきて、大切に育ててやったのはお前も知ってのとおりだ。お前をいつも気にかけてきたのはお前もわかっているだろう。でも、僕たちにマウン・ルーフムウェが生まれてからは、子宝はどんなに愛しても愛し足りずという言葉どおりに、子どものほうに気を取られてしまった。そうなってしまったため、前のようにお前を気遣っていられず、つい無意識のうちにそれが出てしまうこともあるな。実際、お前を以前のように愛していないがため、無視したり、またわざとそうしているんだと思ってくれるなよ」

「ご主人様の言葉どおりでありますように。マウン・ルーフムウェと私が一緒にいるときに、子宝はどんなに愛しても愛し足らずとの言葉どおりに、マウン・ルーフムウェのほうに気を遣うのならそれはかまいません。今じゃ、マウン・ルーフムウェがいないとき、ご主人様が田舎に出張に行くようなときだって私を以前のように呼んでくださらず、家に残されるのはどういうわけなんですか」

このようにアーメイッに聞かれると、マウン・ルーエイは答えに窮してしまい、しばらく考え込んでしまった。だいぶたってから、また次のように答えた。

「お前の問いに答えるには僕としてもなかなか難しいね。この問いにはうまく答えられないな。僕の気持ちとしては、マウン・ルーフムウェが好きだ。お前も前と変わらず好きだ、と思っている。だが、僕の態度は僕が考えているとおりではなかった。前に比べてお前に対する僕の態度が変わってきたというのは、まったくお前の言うとおりだ。実のところ、愛情というものは、ある一人に対してだけその炎が燃えさかるというものなのかもしれないな。頭の中では二人とも等しく愛せると思いながらも、愛情ってやつは等しくあることはなく、だれか一人に対してより多く行くのかもしれない。だからこそ、新しいものを見れば、古きを忘れる。生魚を見れば、焼き魚を捨て。といったことわざがあるんだと思うね」

「ご主人様たち人間の愛情は少し違うと思いますね。あっという間に心変わりしてしまうんですね。新しく出会っただれかを愛してしまったら、それ以前のだれかはもう忘れられてしまうんですね。私たち犬の愛情はそう簡単には変わらないんです。主人だったら、あちらにつき、こちらにつき、ということはありません。一人だけです。一生に一人だけです。その主人がかわいがってくれず、捨てられたら初めて次の主人を探すんです。私たちの愛情はご主人様たち人間の愛情より強く、気高いと言ったら言い過ぎですか。私たちの気持ちは、ある一人の主人に愛情を抱いたら、ほかのだれかがどんなに呼ぼうと、どんなお金持ちと出会おうと、最初の主人が私たちを捨てない限り、私たちのほうから主人を捨てることはないのです」

こうした言葉を聞くと、マウン・ルーエイもさすがにいたたまれなくなった。それでも以下のように答えた。

「それはなかなか難しい問題だね。お前が僕に対して強固な愛情を抱いているというのは、まだ新しい主人と出会っていないからなのかもしれないよ。愛というものはどんなに驚くべきものか、これは昔の偉い人たちにも今の知識人たちにも否定しがたいことなんだ。この先のどんな知恵者にも無理だろうね。愛について語るのはとても難しいことだね。僕もこれ以上はわからないな」

これを聞くと、アーメイッも遠いところを見るような表情で、しばらく愛の不思議議について考えていた。そして階段を降りていった。マウン・ルーエイもデッキ・チェアに身を預けたまま、愛の不思議な様について思いをめぐらしていた。

その夜から六日ほどたった日、お医者さんが来るとマウン・ルーフムウェに種痘《しゅとう》の注射をしてくれた。四、五日後、マウン・ルーフムウェは熱を出した。発熱しただけでなく、尿まで真っ黄色になった。両目もだんだん黄色くなってきた。マウン・ルーフムウェのかわいいほお、小さな両手に両足の指先、耳たぶも黄色くなってきた。ついには、全身まるで鬱金《うこん》の固まりのようになってしまった。

黄疸《おうだん》が出ただけではない。子どもは日一日と衰弱していった。ついに目も開けなくなった。寝床の中でただぐったりと横たわっているだけだった。むずかり、不機嫌になり、母親を除きだれかがそばに来るのを嫌がった。

マウン・ルーエイとキンタンミン夫婦はこの上なく心配した。以前、子どもが元気だったとき、楽しげに走り回っているのを見ては心を和ませていたのに、今やおろおろと心配しているばかりだった。夜も一睡もできなかった。ひたすら子どもの容態ばかりをうかがっていた。

熱が出始めたときから日に三度お医者さんが診に来てくれた。医師の献身的な介護で病の威力は次第におさまっていき、それと共に子どもも日に日に快復していった。両親の喜びは言うまでもなかった。

マウン・ルーフムウェが体調を崩している間、アーメイイッはいつもマウン・ルーエイのふろ場に来て寝るようになった。マウン・ルーエイがふろ場に入ってきて、アーメイイッと会ったときもアーメイイッはうれしそうなそぶりを見せなかった。ただ、物憂《ものう》げにしているだけだった。マウン・ルーエイも子どもを心配するあまり、アーメイイッに構っている余裕はなかった。さらに数日過ぎたとき、アーメイイッが明らかにやせてきているのに気がついた。それでもまだアーメイイッに構っている暇はなかった。

マウン・ルーフムウェがだいぶ健康を取り戻してきたころ、アーメイイッは満足に歩けなくなっていた。このときになって初めてマウン・ルーエイは驚きに目を見開いたのであった。アーメイイッにいつも飲ませていた薬を飲ませた。懸命に看病した。しかし、病魔はすでにアーメイイッを冒していた。手遅れだった。次の日の朝、マウン・ルーエイがふろ場で見たものは冷たくなったアーメイイッの姿だった。

マウン・ルーエイの心中はどうなったであろう。悲しみ、哀れみ、追憶、そして悔恨がマウン・ルーエイの頭の中で入り混じり、乱れ合っていた。

アーメイイッが病に冒され始めたとき、マウン・ルーフムウェが健康であったなら間違いなく手を尽くしてアーメイイッを介護できたはずである。こともあろうに、アーメイイッが病気になったのと、我が子のマウン・ルーフムウェの病気とが重なってしまったため、マウン・ルーフムウェの看病ばかりに気を取られてしまったのである。アーメイイッが病気になっていることさえ気がつかなかった。

アーメイッはなんと運が悪かったのだろう。

アーメイッのなきがらを見ながら、子犬のときにチン丘陵からモン河に沿って連れてきたこと、チャウッセエ地方[*2]にあるイェーヤマンの森林地帯に出張旅行した際、一歩も離れずに自分と一緒にいたこと、ジャングルの中で野営したとき、虎《とら》が怖くて自分にぴったりと寄り添って寝ていたこと、自分の行くところどこへでもトコトコとついてきたこと、親友でありよき部下であったその姿が次次に思い出された。

本日をもってアーメイッの物語は終わった。幕を下ろそう。

訳注

（1）ミャンマー中央部にある都市チャウッセエを中心とする地域。

真っ暗やみ

一九四一年三月二十二日の夜から四月一日の夜までヤンゴンとその周辺の市町村は灯火管制[*1]となる旨、関係当局が発表したとき、不夜城ヤンゴンの市民たちのぼやきぶりは相当なものだった。しかしながら、よく考えてみると、このような灯火管制のため被害を被る者たちもいるだろうが、またその恩恵に浴する者たちもいることは間違いない。

灯火管制のためにRET電力会社[*2]は損失を出すことになるだろうが、電力を消費する市民たちはその分電力費が安くなるであろう。灯火管制のときは自動車の往来も少なくなるため、ガソリン会社は損失を出すことになるだろうが、車の所有者たちはガソリン代が浮くだろう。自動車の運転手たちも休暇が取れることとだろう。中華街[*3]のそば屋の主人アシューやランパー、マゴウ通り[*4]のサムサー屋[*5]のモハメッドやスーラタンたちは売り上げが落ちるだろうが、彼らの店にしょっちゅう足を向けている者たちは支出も少なくて済むだろう。通行人が少なくなるのでバスの運転手たちにスリたちは減収だろうが、スリの被害に遭う者はもちろん乗客たちはその分金を使わずに済む。夜に活動する空き巣や泥棒は稼ぎどきであろうが、戸締まりの不用心な者にとっては損失を出すことになるだろう。

ヤンゴンに住むようになったマウン・ルーエイの家族たちが、この灯火管制の範囲内から除外されるようなことはあるのか。どうしてそんなことが起ころうか。国防省空軍局からのお達しに沿って手はずを整えなければならなかった。車は自動車会社に預け、照明の光を弱めねばならなかった。市場へ行って、赤や青といった薄暗い光の電球を買った。食堂や客間に取り付ける青いカーテン地などを買った。電灯の光が外へ漏れぬよう、電球に取り付けるブリキの電気の傘を買った。市場から帰宅すると、この大ごとの電灯問題に取りかかるため家じゅう騒々しくなった。ある者はカーテンを縫い、ある者は電球を取り替え、電気の傘を取り付ける者あり、家の穴という穴を白い紙や黒い紙でふさぐ者ありと、大忙しとなった。

客間と食堂の手はずは整った。さて、それでは電灯をつけてみよう。部屋の中は青っぽく沈んだ。外からも見てみようとだれかが言ったので、外部から見てみると光は認められた。これでよし。十分だ。外部へ電灯の直射が漏れなければ規定には合っている。

ちょっと待って、ちょっと待って、青い電球はやめて、赤い電球にしたほうがいいんじゃないかな、とそこへだれかが提案した。この提案に従ってやり直したので、部屋じゅう赤い光に包まれた。ある者はこれに満足したが、また不満な者もいて、青電球のほうを断然好んでいた。ほどなく赤か青かで意見が分かれてしまった。両派とも激しく対立しあった。最後にキンタンミンの父親が青派に一票を投じてくれたので青電球に落ち着いた。それでも赤派の支持者たちは不信任案を上程しようとギャアギャア言っていたのでマウン・ルーエイが、一人一杯ずつそば[*6]をおごってあげるからと言うと、ようやくその提案を引っ込めたのであった。

食堂と寝室はこれでようやく片付いた。二階はどうしたらよいものか。光の弱い青電球を取り付け、それにブリキの傘をかぶせるしかない。ドアと窓ばかりなので困ってしまった。その他、家じゅうよろい戸の窓枠ばかりなので、それらのガラスに窓枠をくまなく紙や覆いでふさいでしまうのも難しい話だろう。内側の明かりは外からも見えることだろう。どのように工夫したらいいものか考えあぐねてしまった。最後にみんなして二階には電灯を灯さないことに決めた。こうして本番の前になされることごとは終わった。マウン・ルーエイの家族はみなこのできに大満足。来るべき灯火管制の日を待っていた。

やがてその日がやって来た。夕方、暗くなり始めると車の数も減っていった。通行人もまばらになっていった。喧騒の大ヤンゴン市が次第に静まっていった。街頭の明かりも灯されなかった。あたりの家々からも薄暗い青電球や赤電球の光が見えるだけだった。あまりにまばゆく輝いていたヤンゴン市、いわば毎晩毎晩ダディンジュッ満月の灯明祭を催していたごときヤンゴン市が空軍の偉い方のおかげで田舎の小村と変わらなくなってしまったのである。ああ、これぞ無常。永遠なるものなどなきこの世。

「さあ、ご飯にしよう」

とマウン・ルーエイが言ったので、使用人たちが食事の用意をした。炊事場ではティンアンたちが火のけが外から見えぬよう大変な苦労をしていた。

食卓の周りに家族が集まってきた。食べながら、わいわいがやがやと皆、口々に灯火管制のことを話題にしていた。そんな話が盛り上がっていたひととき、

「電気を消せ、電気を消せ」

と、通りの方から叫び声が聞こえてきた。

「ほらほら、電気を消せって、表の方で叫んでるわよ」

キンタンミンが言った。

「何で消さなくちゃならないものか。規則どおり光を弱めているじゃないか」

と、マウン・ルーエイが言った。

「電気を消せ、電気を消せ」

と、またあたりに響きわたるような声で叫ぶ声が聞こえた。この引き続く叫びは通りからではない、家の敷地内からである。

「ねえ、消して、消して」

と、キンタンミンがまたせかしてきた。

「何で消さなくちゃならないんだ」

と、マウン・ルーエイ。

「おい、灯を消さないか。消さないのか。言っても聞こえないのか。あっちでサイレンが鳴っているのに聞こえないとは、一体どういう耳をしてるんだ」

と、戸口で言っている声が聞こえた。

マウン・ルーエイも困ってしまった。家の中であまりにぎやかに話をしていて、サイレンの音が聞こえなかった。空軍の将校たちがサイレンの鳴っていることを言ってきて初めて、

「さあ、消せ、消すんだ。早く消せ。電気のスイッチはこっちじゃない。そっちだ。えーい、困ったもんだ。この嬢ちゃん、よりによってこの肝心なときにけつまずいているんだから」

マウン・ルーエイが早口にこんな言葉を口にすると同時に家じゅう、やみに包まれた。

厄介だ。食事もまだ済んでいない。暗やみの中で食事もできず、といってその場を立つこともできず。

とうとうしかたがないので、暗やみの中、手探りで食事をした。だれかの手と手がやみの中でぶつかって、叫び声、大声を上げ、これはこれで楽しいが、まったく情けないことでもあった。

このように暗やみの中で飲み食いしながら、やがて食事も済んだ。といって、暗やみの中で食卓を片付けるわけにもいかなかった。また、ぶつかり合いになるのもいやだった。それで、明日の朝、すっかり明るくなってから片付けることにして、それまで放っておくことになった。

しかし、食卓にずっとそのまま座っているわけにもいかなかった。二階へ上がる必要があった。と言って真っ暗やみの中、どうやって階段を上がるのか。みんな固まって上がるわけにもいかず、ひとりずつ上がっていくのがいいだろう。キンキンティーがその場から立ち上がり、階段のある方へ歩いていった。

「よっ、大将、大将」

とみんなではやし立てた。

このように大声で声援を送り、いくらも立たないうちに、

「キャー」

というキンキンティー叫び声が階段の方から聞こえてきた。

「どうしたの」

みんな驚いて口々に尋ねた。

「階段の柱にぶつかったの」

「だいぶ痛むの？」

「うん……」

「やあねえ。あんたはゆっくり上らないんだもの。樟脳油《しょうのうゆ》*7つけなきゃ。樟脳油の缶はどこ？」とキンタンミンが立ち上がり、暗やみの中を手探りで進んでいった。

それに続いてみんなも立ち上がり、暗やみの中で樟脳油の缶を探す者、キンキンティーにそれを塗ってやる者と大騒ぎしていた。

みんな懐中電灯を探したが、これが見つからない。電気をつける勇気はもちろんない。暗やみの中でドタバタとしているばかりだった。

それからだいぶたってやっと家族全員、二階へ集合した。ベランダに出て、宵の出来事を話して

はみんなで笑い転げていた。

そのとき、上空に赤と緑の明かりをつけた飛行機が一機現れた。しばらく旋回して、やがてどこかへ消えていった。

当初はマウン・ルーフムウェも機嫌がよかった。しかし、時間がたつと、

「ママ、いつ朝になるの」

と母親に聞いていた。どう見ても暗やみの中にいるのを気に入っているとは見えなかった。しばらくすると、

「ママ、もう眠いの」

と言って、母親のひざの上で眠ってしまった。

ふだんだったら、マウン・ルーフムウェは九時か九時半になってから眠る。早く寝るよう優しく語り、脅かして話し、どなりつけて聞かせてもだめ。それが今ではまだ八時にもなっていないのに、マウン・ルーフムウェが眠ってしまった。まったく空軍の将校さんたちのおかげだね、マウン・ルーエイが言った。階段の柱にぶつかって、額がはれてしまったキンキンティーはどうしてこの言葉に承服できようか。

こうしてベランダのやみの中にみんな集まって座り、話も興に乗っていたとき、マウン・ルーフムウェの妹、メー・フムウェに授乳させる時間になった。この子はやっと七か月になったところである。暗やみの中で哺乳瓶《ほにゅうびん》の準備をするのが大変だったので、粉ミルクは溶いていなかった。

メー・フムウェがおなかを空かせてきた。声を張り上げて泣いた。あの手この手であやしても効果なし。かんしゃくを起こして泣いているのだった。

「子どもがおなかを空かしているよ。このままにしておくわけにもいかんだろう。ミルクを溶いて飲ませなきゃ」

とマウン・ルーエイが言った。

「この真っ暗やみの中でどうやってミルクを作るの。電気、つけるの？」

とキンタンミンがつっけんどんに聞き返した。

「あ、それはよせ。警官たちが来て、どなられてしまうからな。さっきだってだいぶ腹を立てていたからな。今度は明かりをつけたとなったら、告訴されてしまうかもしれん……」

「じゃあ、どうすればいいの」

「ふろ場へ行って、小さいろうそくを灯してミルクを作るのがいいだろう。警官たちもこの明かりは見えないだろうからな」

「じゃあ、行きましょうか。お兄さん、先に行って。ミンと赤ちゃんは後からついていくから」

こんなやりとりをすると、夫婦は部屋の方へと暗やみの中を手探りで進んでいった。

「そろりそろりと気をつけて進んでね。ひょいと階段にさしかかったら、真っ逆さまに落ちていっちゃうわ」

とキンタンミンが言った。

「先に何があるかぐらいはわかるよ」

とマウン・ルーエイが答えた。

かくして寝室の中へ到着した。メー・フムウェはおなかを空かせてキンタンミンの腕の中で相変わらず声を張り上げて泣いている真っ最中。

「マッチとろうそくはどこだ」

とマウン・ルーエイ。

「鏡台の引き出しの中よ」

とキンタンミン。

「どっちの引き出しだ」

マウン・ルーエイが鏡台のあたりをゆっくりと探り出した。程なく、鏡台の方からガチャンという瓶の割れる音が聞こえた。

「何が落ちたの」

「わからん。香水の瓶らしい」

「ああ、何てことを」

「何てこともないだろう。暗いんだから」

「ろうそくとマッチ、あった?」

「あったぞ」

「さあ、つけてくださいませ」

「いまはだめだ。ふろ場に行ってからつけよう」

　こう言って、また二人はふろ場へと手探りで進んでいった。ふろ場に着いてからろうそくに灯をともした。普通だったら小さなろうそくの光などほの暗いものである。それがこのように灯火管制の敷かれた夜は、この小さなろうそくの光が、千の光輝を備えた日輪大王の光が輝いているかのようにマウン・ルーエイには感じられた。こう感じられたため、警官たちが怖くなり、タオルを一枚かざして明かりを覆った。しかし、それでも小さなろうそくの勢いのよい光はタオルを通して外へ漏れているように感じられた。それで、子どもを行水させるときに使うブリキのたらいで光を覆ってみた。こうしてろうそくの光は外へ漏れることなく、完全に遮られたのであった。

　マウン・ルーエイの両手がふさがっていたため、キンタンミンは赤子を片手に行ったり来たりして魔法瓶やら哺乳瓶《ほにゅうびん》やらをふろ場に運んできた。やっと最後に粉ミルクを溶き終わった。こうしてメー・フムウェも思う存分ミルクが飲めたのだった。マウン・ルーエイたちもいいかげん嫌けがさしてきた。しかし、灯火管制の最中、おなかを空かせて乳を欲しがるメー・フムウェのような年ごろの子どもたちが大勢ヤンゴンにはいること、そんな子どもたちの両親も自分たちのようにさまざまな不都合に見舞われていることを考えたとき、マウン・ルーエイたちは自分たちだけではないのだと幾分気持ちが落ち着いた。

　一夜明けた早朝、マウン・ルーエイの使用人たちが、近所のイギリス人の老婦人の家に泥棒が入り、およそ千チャット相当の品物が盗まれて、その婦人が泣いていたと言ってきた。

ああ、マウン・ルーエイたちの苦労に比べ、上には上があったのだ。

訳注

（1）そのころヨーロッパでは第二次世界大戦がすでに二年続き、優勢なドイツ軍はイギリスの主要都市に度重なる空襲を行っていた。本国からはるか離れた英領ビルマでも空襲に備えて灯火管制の予行演習が行われた。

（2）ラングーン路面電車・電力供給会社のこと。ミャンマーでの電力普及は、同社がヤンゴンで一九〇六年に路面電車運行を開始し、翌一九〇七年に街灯を設置したことに始まる。

（3）ヤンゴン市ダウンタウンの西寄り、アノーヤター通りとコンデー通りの間を南北に貫く十七番街から二十番街あたりの区画を指す。植民地時代から中国系住民が多い。

（4）マゴウとはムガールのミャンマー語風発音。シュエボンダー通りの旧称。ヤンゴン市ダウンタウンの中心部寄りにあり、ボウジョウッ・アウンサン通りとカンナーラン通りの間を南北に貫く通り。植民地時代からイスラム教徒インド人移民が多く居住してきた。

（5）サムサーはインド料理のスナック。つぶした茹でジャガイモにグリーンピースなどを混ぜてスパイスやとうがらしで味付けし、メリケン粉の皮で三角形に包んで揚げた物。

（6）めん類はミャンマー人の好む食品。ミャンマーの代表的なココナツ・ベースのスープめん、オンノウ・カウスウェに始まり、味付けめんの和《あ》え物であるカウスウェドウッや各種の中華めんメニューも親しまれている。

(7) 恐らくタイガーバームであろう。ミャンマー生まれの中国人で漢方薬専門家のオー・ブンホーとオー・ブンパー兄弟が作り出したタイガーバームは一九二〇年代にはすでにミャンマーの家庭の常備薬であった。この成功を元に兄弟はまずシンガポールへ、そして香港、中国大陸へと事業を拡大していった。

徹底的に

話し始めの子どもたちは大変な聞きたがり屋である。それはもう徹底的に聞きたがる。

このように徹底的に聞かれると、大人や親たちは子どもがわかるように根気強く答えてやることをせず、いいかげんなことを答え、じきに話を打ち切ってしまいがちである。こうしてすぐに話が打ち切られたがゆえに、子どもたちがまだ理解できずにまた質問してきたときは、どなりつけて追い払ってしまうこともよくある。そのため子どもたちの心に生まれてきた知りたい気持ち、できるようになりたい気持ち、確かめたいと思う気持ちはだんだんしぼんでいってしまう。

マウン・ルーエイが五歳のとき、大叔母ちゃんにお供して、説法師として知られたある大僧正の説法を拝聴しに、ムポン・パゴダの境内へ行ったことがある。その僧正の説法の中で、淫売女という言葉が使われた。この言葉はマウン・ルーエイにはわからなかった。説法が終わって帰る道すがら、大叔母ちゃんに淫売女という言葉の意味を聞いてみた。

「淫売女ってのは、売春婦のこと」

と大叔母ちゃんが答えた。

売春婦という言葉もマウン・ルーエイにはわからないので、またその意味を聞いてみた。

大叔母ちゃんもつきあっていられなくなった。

「まったくこの子は次から次へと、なんて知りたがり屋なんだい」

と声を荒げたので、マウン・ルーエイももうそれ以上は聞けずに口をつぐんでしまった。

でも、心の中では少しも満足していなかった。

西洋の国々ではミャンマーとは様子が違う。子どもたちの知りたい、できるようになりたい、確かめたいと思う心を押さえつけたりするのとはほど遠い。それどころかそれを励ましているとも聞いた。実際、目にしたこともある。それで、自分の番になったら我が子の知りたい、できるようになりたい、確かめたい心を大切にし、応援しようとマウン・ルーエイは心に決めたのであった。

幼い息子のマウン・ルーフムウェも満三歳[*1]になったので、だいぶ言葉がしゃべれるようになってきた。飛び方の練習を始めたばかりの小鳥のように、やたらしゃべりたがる。ひたすら質問してくる。知りたい、できるようになりたい、確かめたい一心なのである。あまりにあれこれ聞いてくるので、母親も叔母たちもいちいち答えてはいられない。

あるとき、仕事から帰ってくると、マウン・ルーエイはベランダに出て、幼い息子のマウン・ルーフムウェに娘のメー・フムウェと一緒に座っていた。娘のほうは「お花」の一語のほかはまだ何もしゃべれない。マウン・ルーフムウェはあれやこれや思いつく限りのことなどをしゃべり続けていた。

このようにマウン・ルーフムウェがしゃべっていると、すずめが三、四羽、そばのまだ細いマンゴーの木の枝に止まったり、その下の地面に舞い降りたり、チュンチュンと楽しげにしていた。マウン・ルーエイが指さしながら、小さい娘のメー・フムウェにすずめを見せていた。そのとき、マウン・ルーフムウェが、

「パパ、パパ、すずめはどうして草履[*2]を履いてないの」

と聞いてきた。息子のこの質問に対してすぐにうまい言葉が浮かばなかったので、

「どうしてだい、坊や」

と聞き返した。

「僕がお外を歩くとき、ママが草履を履かなくちゃと言ってたよ。すずめたちがお外を歩くときはどうして草履を履かないの」

「坊やが草履を履かないで外を歩いて、あんよが冷えないようにだよ」

「すずめはあんよが冷えないの？」

「そりゃ、すずめも冷えるだろうよ」

「それなら、すずめはどうして草履を履かないの」

「坊やはあんよが冷えたら、熱を出すかもしれないからな」

「すずめは？　あんよが冷えてもお熱は出ないの？」

「すずめたちは熱を出さないんだ」

「どうして」

「すずめは鳥だからだよ」

「鳥はどうしてお熱が出ないの。それなのに僕はどうしてお熱が出るの」

「鳥は動物だからな」

「動物って何」

マウン・ルーエイは答えにつまってしまった。しばらくの間、答える前に考えた。それから……

「動物というものは、知性がないんだ。食べることと寝ることしか知らない」

マウン・ルーフムウェは理解できずにいる。彼の頭の中はいよいよこんがらかってきた。

「パパ、知性って何」

さらに面倒になってきた。

「知性っていうのは、ものがわかることだよ」

「ものがわかるってどういうこと」

長引かせば長引かせるほど厄介なことになってきたので、マウン・ルーエイも困ってしまった。

「ものがわかるということは、夜寝る前には仏様にお祈りし、お父さん、お母さんを拝むことだよ。[*3]

パパもこれ以上は答えられないな」

「すずめは？　夜になっても僕たちのように仏様にお祈りしないの？」

「どうしてお祈りなんかするものか。しないよ」

「どうしてお祈りしないの、パパ」

「動物だからな」

「動物って何」

「さっき言っただろう」

「もう一度言ってよ、パパ」

マウン・ルーエイ父子そろって堂々巡りになってしまった。そこへ運良くキンタンミンがベランダに出てきた。

「こりゃ、ちょうどいい具合だ。マウン・フムウェたちにあめ玉でもやってくれよ」

と言ってようやく子どもたち二人は母親の方へ向かって駆けていったのだった。

もしもキンタンミンが来なければ、マウン・ルーフムウェと父親はどれほど長く堂々巡りを続けていたかわからない。

それから十日ほどたったとき、マウン・ルーエイの家で飼っていた大きな雌猫が子猫を三匹産んだ。マウン・ルーフムウェは大喜び。子猫のそばから片時も離れない。雌猫も気の毒に子猫を持っていかれやしないかと、始終はらはらしていた。家にだれか来ると、マウン・ルーフムウェは子猫のことをいかにも楽しそうに話していた。

子猫たちが生まれて十五日ほどたったとき、女医のドー・インメイ先生が家へやって来た。マウン・ルーフムウェは父親のそばにぴったりとついて、

「あの人はだれ、パパ」

と聞いた。

「有名なドー・インメイ先生だよ」

「何しに来たの」

「ママのおなかにいるお前の弟が生まれてくるように、ママを診察に来たんだ」

「僕の弟はいつ生まれるの」

「あと一月ぐらいしたら生まれると思うね」

「生まれるとき、あの人は何をするの」

「生まれるようにしてくれるんだよ。お医者さんだからな」

「子猫が生まれたときは、どうしてあの人を呼ばなかったの」

またマウン・ルーエイは困ってしまった。すぐには答えられない。

「猫は動物だからだよ」と答えたら、「動物って何。動物だったら、何でお医者さん呼ばないの」

と聞いてくるのはわかっていた。それでどう答えようかと考えていた。

「僕の聞いたことに答えてよ、パパってば」

とまた言ってきた。

「猫はお医者さんを呼ばなくたって自然に産むようにできてるんだ」

「じゃ、ママは？　どうして自然に産まないの」

「ママだってそりゃ自然に産むことは産むだろうよ」

「それなら、何でお医者さんを呼ぶの」

「それはな、坊やのママはとにかくよく食べるんだ。だからお医者さんを呼んだってわけだ」

と、適当な思いつきを言った。

「パパが産むときは？　お医者さん呼ばなきゃいけないの？」

「パパがどうして産むものか。産まないんだよ」

「どうして、パパ」

「パパは男だからさ」

「男だったら、どうして産まないの」

マウン・ルーエイはまた窮地に陥ってしまった。一体どうやって答えようかと考えていた。そのとき、「アイスクリーム」と、インド人のアイスクリーム売りが表の通りで叫んだので、マウン・ルーフムウェが、

「パパ、アイスクリーム食べる」

とせがんできた。マウン・ルーエイはこれで一息つけると思い、

「いいよ。呼んでおいで」

と言うと、マウン・ルーフムウェはすぐさまアイスクリーム売りを呼びに駆け出していった。こうしてやっとマウン・ルーエイは窮地から抜け出せたのであった。

訳注

（1）原文は「四歳に入っている」。ミャンマーでの年齢の数え方は、満の誕生日を迎えたと同時に、それに一歳足した年齢で表す。

（2）ミャンマーの基本的な履き物。日本の草履と同様に鼻緒がついたスタイルで、伝統的にはビロード、または皮革地にビロードの鼻緒で作られるが、近年は塩化ビニル製やゴム草履も用いられている。

（3）就寝前の祈りはミャンマーの仏教徒の習慣。子どもは小さいときから拝むべきものとして、「五大無量」（仏陀、仏法、僧団、両親、教師）を教えられて育つ。

テイッパン・マウン・ワ　人と作品

ミャンマー（＊注1）の国民的作家、テイッパン・マウン・ワ

高橋ゆり

近・現代におけるミャンマーの代表的な作家とはだれか。多くの読者に読み継がれ、また国からもその存在と影響力が認められているような、いわゆる国民的作家とはだれであろうか。テイッパン・マウン・ワ（一八九九～一九四二）は間違いなくそのひとりである。六十年ほど前に亡くなったテイッパン・マウン・ワとその文学が、今なおミャンマーの人々の高い関心を集めている事実を示す好例がある。

一九九九年六月六日と七日の二日間にわたり、ミャンマー文化省の主催によりヤンゴンの国立博物館でテイッパン・マウン・ワ生誕百年記念講演会が開催された。作家、研究者、映画監督など八名（筆者もその中で唯一の外国人講演者として参加）の講演のほか、会場にはテイッパン・マウン・ワの写真、初版本、肉筆原稿などを展示した資料コーナーも作られ、無料で一般に公開された。ミャンマー文化省にとって特定の作家をテーマにしたこうしたイベントは初の試みであった。ただし、講演会の告知は大幅に遅れ、詳細が正式に広報されたのは開催日当日の新聞という状態。さらに二日間とも雨季の集中豪雨に見舞われた。それにもかかわらず、両日ともそれぞれ三百名余りの聴衆が出席して会場をほぼ満席にし、主催者を驚かせた。

このように高い人気と敬愛を受けながら、一方でテイッパン・マウン・ワほど生前から現在に至るまで批判の声につきまとわれている作家も珍しい。その主な理由は彼が英領植民地政府の高官であったということに帰せられよう。一九三〇年代、彼が流行作家として名声を得た時期は植民地時代の末期にあたり、独立運動が高揚してきた時代でもあった。独立運動に深くかかわった作家の中には当時から、また独立後もテイッパン・マウン・ワとその文学を反人民的として批判する者もいた。こうした趣旨の批判はテイッパン・マウン・ワ生誕百年記念行事の際にも蒸し返された。文化省のある職員によると、この行事の実施について他省庁の政府要人には、独立国家の現在、植民地側にいた人物をことさら顕彰する必要があるのかと消極的な反応を示した者がいたという。

しかしながら、かつての流行作家テイッパン・マウン・ワは、後に新しいミャンマー語文学の流れを創った文学者として評価が定まり、六〇年代、七〇年代には彼の短編作品集は大学入学検定試験の必読書に指定され、数多くの新たな読者を獲得してきたこともまたミャンマーでは周知の事実である。

なお、ミャンマーでは一九三〇年代から現在（二〇〇〇年九月）までに、評論や作品選集などテイッパン・マウン・ワを扱った単行本が二十一冊出版されている。興味深いことにこの内七冊が一九九五年以降のものである。開放経済を採用したこの十年余り、出版界がシビアなビジネス競争の様相を強め、また検閲制度のため新しい創作文学が出にくい現状において、出版社にとってはテイッパン・マウン・ワは検閲の際のリスクが比較的少なく、手堅く購買層を確保する作家と考えられているようでもある。それにしても、植民地から独立へ、その後の内戦と議会制民主主義の破綻、そしてビルマ式社会主義、現在の軍事政権下の開放経済体制へと激変する国情を越えて、何ゆえミャンマーの人々はテイッパン・マウン・ワの作品を読み続けるのか。それにはまず私たちも実際に彼の作品に触れてみるべきであろう。

本翻訳集「変わりゆくのはこの世のことわり」について

本翻訳集は、愛読されながらも否定される奇妙な国民的作家、テイッパン・マウン・ワの代表的な作品、若い役人「マウン・ルーエイ」を主人公にした短編シリーズ、およそ一六〇編の中からよく知られた作品を中心に三十二編を選んで訳出したものである。

これら一六〇編余りの作品は、元来一九三〇年から四一年まで十一年間にわたって『ガンダローカ』や『ダゴン』といった月刊雑誌に掲載され、テイッパン・マウン・ワを新しいミャンマー文学の思潮「キッサン・サーペイ（時代の好みを探る文学）」の代表的作家として知らしめたものである。『ガンダローカ』は大学生や都市のインテリ層によく読まれたミャンマー語と英語による雑誌で、『ダゴン』はミャンマー語文芸雑誌として人気を博していた。

「マウン・ルーエイ」シリーズは全体をまとめる題名を持たず、それぞれが一話完結の形式で、あるものは小説、あるものは随筆ともいうべき文体で書かれている。このシリーズはまた結論めいたものもない。『ガンダローカ』誌一九四一年十二月号の「徹底的に」を最後に、第二次世界大戦の混乱の中、テイッパン・マウン・ワはこのシリーズの執筆を中断している。この作品群の特徴はそのほとんどに「マウン・ルーエイ」が登場していることである。継続して読んでいくと、独身の彼が結婚し、妻の死後再婚し、子供に恵まれず犬を飼い、各地へ転勤し、昇進し、やがて父親となり、といったストーリー展開が読みとれる。これらはそうした人生の過程で「マウン・ルーエイ」が出会った人々—妻に親族、農民に漁民、役所の同僚、少数民族、ならず者やビルマ王朝に仕えた老人など—と共有したエピソードをユーモアを湛えた筆致でつづった集大成でもある。植民地社会に生きる人間、特に貧しい庶民の描写が多いことから、社会主義時代には彼の作品はプロレタリア文学のように賞賛されたこともある。しかし、その魅力はそれだけにとどまらない。

そもそも何ゆえテイッパン・マウン・ワは「マウン・ルーエイ」という主人公を登場させたのか。テイッパン・マウン・ワは実生活では「マウン・ルーエイ」とまったく同じ植民地政府の最高級官僚「インド高等文官」(注：当時のミャンマーは英領インドの一州として統治されていた)でもあった。彼がその身分をあえて隠さなかったので、「マウン・ルーエイ」は役人作家テイッパン・マウン・ワの分身的存在であったことは当時の読者にもよく知られていた。読者が時にはフィクションのヒーロー、時には作者の単なる仮名で登場するマウン・ルーエイの行状記を興味津々で読んでいたことは想像にかたくない。この作品シリーズは私小説と自叙伝にまたがる性質も兼ね備えているのである。

英語が公用語であった当時、ミャンマー語にアイデンティティを見いだし、その復権を目指したのがテイッパン・マウン・ワの文学の身上でもあった。そのために彼は柔軟に英文学からもアイデアを取り入れており、そのひとつがミャンマー文学の伝統では馴染みのない自叙伝というジャンルであった。恐らく彼は「マウン・ルーエイ」シリーズを通じ、創作小説の余地も残しつつ自叙伝を書くという実験を試みたのであろう。「マウン・ルーエイ」は作者の自己客体化のツールであるとともに、多くの読者と体験を共有するヒーローでもあった。作者がもっとも書きたかった対象は自分自身であり、自分と同時代に生きる人々を見る自分、彼らと交流する自分の姿であったのではないか。いわば荒削りながら、テイッパン・マウン・ワの自我意識追求がこの文学を生み出したのだと言えよう。

「マウン・ルーエイ」シリーズの誕生については、テイッパン・マウン・ワ自身のある体験が大きな影響を与えていると考えざるを得ない。「マウン・ルーエイ」が初めて読者の前に登場した作品は『ガンダローカ』誌一九三〇年十二月号の「幸せ」である。ここで「マウン・ルーエイ」は気楽な独身生活を楽しむ高級公務員として描かれている。しかしこの時期のテイッパン・マウン・ワは独身を楽しむどころか、病気のため妻を新婚わずか九カ月で亡くし、まだその心の傷も癒えないころであった。その後、作者の体験をなぞるように、数カ月後に発表された作品で「マウン・ルーエイ」は結婚する。さらに、病気で実家へ帰った「マウン・ルーエイ」の妻、妻の葬儀、役所の仕事も手につかなくなり、勝つことのないギャンブルにふけるマウン・ルーエイ、とストーリーは続く。若く美しい女性がある日突然この世の人ではなくなる驚き。この実感をテイッパン・マウン・ワは作品中で仏教教理の一句「無常」、永遠のものなど何もない、すべては変わる、と表現している。

やがて、「無常」の教えのとおり「マウン・ルーエイ」の悲しみも薄らいでいく。彼は新しい恋人と出会って婚約する。折しも作家テイッパン・マウン・ワ自身も次の妻となる女性と婚約し、心楽しい日を過ごすようになっていた。世の中で自分自身ほど変化に満ちたものはない、不思議な存在はない、自分とはだれなのか。こうした作者の体験が自分を見つめる文学、「マウン・ルーエイ」シリーズの原点になっているようである。なお、作家が二度目の妻と婚約したころから、「マウン・ルーエイ」の物語は過去の回想記的なものから作者の日常体験を即反映する日記的な性格に変わっていく。

ところで、テイッパン・マウン・ワの体験する「無常」はまだまだ終わらない。インド高等文官になった彼は、決して豊かではない故郷の一族の出世頭でもあった。一方、一九二九年の世界大恐慌の影響は英領ビルマにも及んで繁栄を極めた経済は凋落、それに相まってビルマ族の権利拡張運動は独立運動へと急展開していく。テイッパン・マウン・ワが支配者イギリス人と堂々と肩を並べて県知事に抜擢されたときは、皮肉なことにもはや植民地体制の存在そのものが疑問視される時代に入っていた。

「マウン・ルーエイ」シリーズは、テイッパン・マウン・ワがその個人的な体験に固執することによって生まれてきた文学であると言えよう。「マウン・ルーエイ」を介して作者テイッパン・マウン・ワが正直かつ的確にあぶり出した真実、すなわち揺れる時代の波間に漂いながら生きる人間の悲喜劇は、まだ将来の見えない植民地末期の社会に不安げに生きる人々の心情を代弁するものとなり、それゆえ「マウン・ルーエイ」はそうした読者と共にいる友人型ヒーローとなったのである。現在もなお「マウン・ルーエイ」シリーズが読まれているのは、また違った形で将来の見えない今日のミャンマーに生きる人々の心の琴線に触れるところがあるからかもしれない。そして、次に来る時代のイメージがまだ見えず、時代の波間に漂っているのは何もミャンマーの人々ばかりではないはずである。

本翻訳集に収められた作品は、このシリーズのキーワードともいうべき言葉「無常」を生かし、「変わりゆくのはこの世のことわり」と名づけた。また作品の提出順については雑誌での初の掲載順に沿って編集した（＊注2）。これにより、刻々と変わる独立前夜のミャンマー社会とそれを反映したテイッパン・マウン・ワの思想の変化も理解しやすくなると考えたからである。また、翻訳にあたって使用した原書は以下のとおりである。

一、テイッパン・マウン・ワ著『キッサン王統史』
　　チェーモン出版　一九五五年
二、テイッパン・マウン・ワ著『随筆・小説集』

サーペイ・ベイマン出版局　第七版　一九六五年
三、テイッパン・マウン・ワ著『精選・家族小説集』
シュエ出版　一九九八年
四、テイッパン・マウン・ワ、ゾージー、ミントゥーウン著『キッサンの香り立つ花３輪』
シュエ出版　一九九九年
五、『チーポワーイェー』一九三六年五月号
六、『ガンダローカ』一九三七年五月号
七、『ガンダローカ』一九三八年六月号

テイッパン・マウン・ワの生い立ち

「マウン・ルーエイ」の物語は私小説でもあり、自叙伝にも近いユニークな文学であるが、作者テイッパン・マウン・ワの生涯とその時代を概観しておこう。

テイッパン・マウン・ワは本名をセインティンといい、一八九九年六月六日、モールメイン（現モーラミャイン）に生まれた。この誕生日については謎に包まれた部分もあるが、彼自身が書き残した日記を根拠にミャンマー文化省はこの日付を誕生日としている。

十九世紀に三回勃発した英緬戦争に敗れた結果、ビルマ王国はそのたびに国土をイギリスに割譲し、ついに一八八五年に王国は滅亡、全土が英領化された。その中でモールメインは最も早期の一八二六年に英領となり、イギリスの手によって近代港湾都市として開発され、植民地時代はラングーンに次ぐ第二の都市として栄えていた。

テイッパン・マウン・ワの父は英国資本の製材会社の事務員であったが、幼いときに母が亡くなって父が再婚したため、それぞれ二歳違いの兄弟とともに大叔母に養育された。また、仏典やミャンマーの古典に詳しい読書人の祖父にかわいがられ、高校生のときにはすでにミャンマー語による文芸に関心を示していた。

一九二〇年、その年に開校したばかりのラングーン大学に入学する。折から植民地下におけるビルマ族の権利拡張運動が広まり、大学もストライキに揺れ動く時代であった。教養課程を終えた一九二四年、その年大学に設置されたミャンマー語専攻科の初の学生となる。大学院にも進むが、インド高等文官の試験に合格して退学し、研修のため一年間オックスフォード大学に留学する。また、大学在学中から様々なペンネームを冠してエッセイ他短編作品を発表するようになる（一生を通じて使用したペンネームは五十八種に及ぶ）。

一九二九年より上ビルマ、ザガインの見習い郡長を振り出しに実務を始める。またこの頃からテイッパン・マウン・ワ（大学のだれかという意味）のペン・ネームで雑誌に短編作品を寄稿し始める。このペンネームには、植民地教育の最高学府、英語教育の牙城であったラングーン大学出身のミャンマー語作家という自負が込められていた。一九二九年、フラタンと結婚するが、九カ月後に新妻は病死する。一九三二年、キンキンミンと再婚する。

ザガイン勤務の後はザロン、ニャウンドン、ミャウンミャ、インセイン、チャウセエに転勤する。一九三八年にはシュエボウ県知事に昇進する。一九四〇年にラングーンに戻り、植民地政府国防省次官となる。なお、一九三七年には長らく子供に恵まれなかったテイッパン・マウン・ワ夫妻に長男ティンマウンミンが生まれる。その後、長女ティンメーミン、次女ティンスウェミンが生まれる。

イギリス勢力駆逐のためビルマ独立義勇軍は日本軍と結び、太平洋戦争開始と共に日本は英領ビルマに宣戦布告する。一九四一年十二月以降ラングーン市はたびたび日本軍の空襲を受け、四二年三月に陥落して日本軍に占領される。日本軍の侵攻に伴い、植民地政府は上ビルマへ退却、テイッパン・マウン・ワは再度シュエボウ県知事に任命されるが、同地が日本軍の手に落ちた後、植民地政府の命により次のポストが決まらないまま任を解かれる。テイッパン・マウン・ワ一家は他のミャンマー人、イギリス人植民地政府高官の家族と共にインドへの脱出を目指すが、一行は交通手段を失って上ビルマ、カンバルー郊外ガーターセージー村のゲスト・ハウスに滞在する。一九四二年六月六日未明、ゲスト・ハウスは盗賊集団の襲撃を受け、テイッパン・マウン・ワは盗賊の誤射により死亡する。

（＊注1）本書では、現在の日本において「ビルマ」に代わり「ミャンマー」が一般的に使用されるようになってきた現状に鑑み、「ミャンマー」を優先して使用している。ミャンマー語でこの国土と人々をあらわす単語をあえてカタカナ書きすれば、いにしえより「ミャンマー」であったが、英領植民地以降、この国は国内向けには「ミャンマー」、対外的英語名には「バーマ(Burma)」の名称を使用してきた。一九八九年、現軍事政権が対外的にも国内名称と同じ発音の「ミャンマー(Myanmar)」を使用すると宣言したことを受け、「ミャンマー」という日本語が生まれたが、すでに歴史的に「ビルマ」で定着した単語は「ビルマ」の名称を用いた。すなわち、ビルマ王国、英領ビルマ、上ビルマと下ビルマ、我らのビルマ協会などである。また、我が国ではこの土地と人々は江戸時代より「ビルマ」「ビルマ人」と呼ばれていたが、最大多数を占める特定の民族を指すときは「ビルマ族」としてきた。そのため、本書でも特定民族を示すときは「ビルマ族」、この土地に住む人々一般を指すときは、植民地時代も現代も「ミャンマー人」としている。

（＊注2）各作品が初めて掲載された雑誌の詳細は次のとおりである。

幸せ	『ガンダローカ』一九三〇年十二月号
一生に一度	『ガンダローカ』一九三一年三月号
インワ	『ガンダローカ』一九三一年六月号
菊	『ガンダローカ』一九三一年九月号
電報	『ガンダローカ』一九三一年九月号
ミンラッ号	『ガンダローカ』一九三一年十二月号
金の雨（死）	『ガンダローカ』一九三二年二月号
ほていあおい	『ガンダローカ』一九三二年三月号
ちんぴら	『ガンダローカ』一九三二年五月号
信じられないわ	『トゥーリヤ・ヨウッソン・ダディン』一九三二年六月十二日号
女の威徳	『ガンダローカ』一九三六年四月号
漁業権オークション	『ガンダローカ』一九三三年五月号
品格のある村	『ダゴン』一九三三年七月号
選挙	『ガンダローカ』一九三三年八月号
夫婦	『ダゴン』一九三三年九月号
幼いころに	『ダゴン』一九三三年十二月号

まごころ	『ガンダローカ』一九三五年四月号
番茶	『チーポワーイェー』一九三六年五月号
フマーダン	『ダゴン』一九三六年六月号
牛車乗り	『ガンダローカ』一九三六年九月号
上ビルマのパゴダ祭	『ガンダローカ』一九三六年十月号
愛の炎	『ガンダローカ』一九三六年十二月号
五派連合	『ガンダローカ』一九三七年五月号
マウン・ルーフムウェ	『ガンダローカ』一九三八年三月号 及び『ダゴン』一九三八年二月号
ただ今3か月	『ダゴン』一九三八年五月号
別離	『ガンダローカ』一九三八年六月号
遠国連絡官ウー・アウンジー	『トゥーリヤ・メガゼン』一九三九年八月号
食べていくため	『ダゴン』一九三九年十月号
血筋	『ダゴン』一九三九年十一月号
アーメイッ	『ガンダローカ』一九三九年十二月号
真っ暗やみ	『ジャーネージョー』一九四一年四月二十九日号
徹底的に	『ガンダローカ』一九四一年十二月号

あとがき

今から十五年近く前、東京外国語大学でミャンマー語を学んでいたとき、授業の教材として「幸せ」を読むことになったのがテイッパン・マウン・ワと私との初めての出会いでした。まだおぼつかぬミャンマー語で大変な時間をかけながら、いったいマウン・ルーエイはどんな女性と結婚するのか、何が起こるのかと楽しみに読み進んでいくと、結末はだれとも結婚しないというもの。最後まで読者を引っ張っていって何も起こらないとは。肩すかしを食わされた気分になったと同時に、してやったりと笑っている作者の顔が見えるような気がしました。この独特のユーモア漂う作品がこの作家の国では長らく高校生の必読作品に指定されていたと聞き、こうした文学を楽しんでいる国と人々を、そしてこの作家のことをもっと知りたくなって、テイッパン・マウン・ワを自分の研究テーマとするようになりました。

卒業後もテイッパン・マウン・ワにどこか心惹かれ、暇を見つけては彼の仕事の跡をたどりました。彼を直接知る方々にインタビューしたり、ゆかりの地も訪ねてみました。途中、ミャンマーの国情も大きく変わりましたが、この作家が国民から依然として忘れ去られないのも興味深いことでした。さらに数年前から昨年にかけてミャンマーでまた新たにこの作家の本が続々と出版され、今まで目にすることのできなかった作品も読めるようになり、ぜひこの作家の翻訳選集をまとめてみたいと考えました。本書に収録した作品は、月刊新聞「ミャンマー・タイムズ」（ニューコム社）に連載し、その後手を加えたものと新規の翻訳作品を併せたものです。

このように本書が生まれるまでには年月もかかり、多くの方のご協力も頂きました。まず、ティッパン・マウン・ワと私を巡り合わせてくださった東京外国語大学教授、奥平龍二先生に御礼申し上げます。そして、作品中のキンタンミンのモデルであるテイッパン・マウン・ワ未亡人のキンキンミン女史に本書を捧げたいと思います。夫人には一九九一年七月に会って貴重なお話をうかがいましたが、その二カ月後、不帰の人になられました。作品の歴史背景理解については東京外国語大学アジア・アフリカ言語文化研究所根本敬助教授、東京外国語大学斎藤照子教授より貴重なご示唆を、また、同大学土橋泰子講師より翻訳上有用な助言を頂きました。

キンマウンティン・ミャンマー文化省文化施設局副局長とミンチャイン・ミャンマー国立図書館長には十一年間にわたり資料収集でご協力頂きました。スィースィーウィン元ヤンゴン大学ビルマ語科教授（および元東京外国語大学客員教授）、タントゥン元マンダレー大学歴史学科教授（および元東京外国語大学客員教授）、チョーウィン・ヤンゴン大学歴史学科教授、トーガウン元大学総合図書館館長、ヤンゴンの日本大使館職員ロックトップ、チョウトゥン両氏、テイッパン・マウン・ワの次女であるティンスウェミン女史はじめ作家のご遺族、友人のゾーモー、フラフラウィン夫妻たちからの助言、協力も忘れられません。

現在オーストラリアに住む私にとって、インド近代史との関連でミャンマーを見直す視点をご教示くださったシドニー大学のジム・マセロス助教授、植民地ビルマの文化・教育に関し有益な情報を下さったパメラ・グットマン同大学講師、翻訳上や文化背景理解上、貴重なアドバイスを頂いたミャンマー出身者のサオ・ソーホム氏、タウンティン氏、コリーン・ド・カストロ女史、ミンタン氏にも感謝いたします。

まだ外国人の長期滞在が困難だった時期のミャンマーに、居住する機会を与えてくださった日本外務省にも深く御礼申し上げます。

日本の家族と、翻訳作業中、常に励ましてくれたマイクにも謝意を表したいと思います。

そして、この本がさらによい本になるようにハッとするようなアイデアを出してくださり、ミャンマーへのすてきな入り口、本書のカバー・デザインを準備してくださった、てらいんくの皆様、どうもありがとうございました。

二〇〇〇年十月

高橋ゆり

変わりゆくのはこの世のことわり

発行日　二〇〇一年三月三十日　初版第一刷発行
著　者　テイッパン・マウン・ワ
訳　者　高橋　ゆり
発行者　佐相美佐枝
発行所　株式会社てらいんく
〒二二〇-〇〇〇三　横浜市西区楠町一-三
TEL　〇四五-四一〇-一一七八
FAX　〇四五-四一〇-一一七九
振替　〇〇二五〇-〇-八五四七二
印刷所　加藤文明社

ISBN4-925108-25-5 C0097